Aufwind für die Seele

Aufwind für die Seele

Spendenanthologie
Herausgeberinnen: D. Dick, M. Gömann, N. Biesenbach

Impressum

Herausgeberinnen:
Diana Dick, Hannover
Melanie Gömann, Springe
Nina Biesenbach, Hungen

Bildnachweis: Diana Dick
Coverdesign und Umschlaggestaltung: Florin Sayer-Gabor,
www.100covers4you.de
Korrektorat: Nina Biesenbach, Lektorat Kleinkarismus,
www.kleinkarismus.de

ISBN: 9783757845919
Herstellung und Verlag:
BoD – Books on Demand, Norderstedt

Inhaltsverzeichnis

Vorwort

Die Idee für diese Anthologie kam mir beim Lesen eines Instagram-Posts. Es ging um das Thema Selbstwertgefühl und ich erinnere mich noch, dass der Verfasser schrieb, er wünschte, er hätte mehr davon, und er fühle sich oft einsam und nichts wert.

Damit steht er nicht allein. Viele Menschen haben negative Gedanken und Gefühle. Viele Menschen kämpfen mit Problemen, die sie nicht aussprechen wollen, aus Angst, verurteilt oder belächelt zu werden. Aus genau diesem Grund – um mehr Aufmerksamkeit und Verständnis für psychologische Themen zu schaffen – wollte ich diese Anthologie veröffentlichen.

Da so etwas mit mehreren leichter ist als allein, habe ich Melanie und Nina mit ins Boot geholt. Sie waren sofort begeistert von der Idee. Genau wie ich sehen sie die Notwendigkeit, psychischen Erkrankungen und mentalen Belastungen zu mehr Aufmerksamkeit zu verhelfen. Wir möchten, dass es genauso normal wird, über mentale Schwierigkeiten zu sprechen wie über ein gebrochenes Bein.

Das große Problem bei allem, das sich im Kopf abspielt, ist die Schwierigkeit, dies nachzuvollziehen – insbesondere von Menschen, denen es gut geht. Die mit sich im Reinen sind und die sich nicht einmal annähernd vorstellen können, wie beispielsweise eine Depression jemanden daran hindern kann, aus dem Bett aufzustehen.

Dabei wird das Wichtigste so gerne vergessen: Es ist nicht wichtig, zu verstehen, *wieso* jemand fühlt, wie er fühlt, sondern nur, *dass* er es tut.

Menschen wollen immer verstehen. Sehnen sich nach dem Wieso.
Doch besonders bei mentalen Problemen ist es häufig schwierig, diese nachzuvollziehen. Ein gebrochenes Bein können sich die meisten Menschen problemlos vorstellen. Ein Gipsverband ist, anders als zum Beispiel eine Depression, schließlich sichtbar. Viele haben sich vielleicht schon selbst einmal etwas gebrochen und kennen den Schmerz. Aber eine gebrochene Seele, einen chaotischen Kopf – das versteht nicht jeder.

Unter dem Hashtag #DiMeNiPSYCH riefen wir auf Instagram dazu auf, Geschichten zum Thema »psych-« zu verfassen. Die Rückmeldung war überwältigend: So viele Autorinnen und Autoren haben Texte zu ganz unterschiedlichen psychologischen Themen eingereicht, dass wir für dieses Buch eine Auswahl treffen mussten.

Natürlich können wir hier nicht alle Probleme, nicht alle Krankheitsbilder aufgreifen, aber darum geht es auch nicht. Es geht darum, sichtbarer, begreifbarer zu machen, was unsichtbar, aber allgegenwärtig ist.

Wir hoffen, mit dieser Anthologie etwas mehr Licht in die Dunkelheit zu bringen, die mentale Probleme umgibt. Die gesellschaftliche Akzeptanz zu steigern und es Betroffenen leichter zu machen. Das Thema »psych-« zu einem Thema zu machen, über das man offen reden kann.

Der Erlös aus dem Verkauf dieser Anthologie kommt übrigens der Organisation Irrsinnig Menschlich e. V. (www.irrsinnig-menschlich.de) zugute. Diese bringt das Thema psychische Gesundheit präventiv an die Schulen und macht, wie sie es selbst ausdrücken, seelische Krisen besprechbar. Also genau das, was wir auch wollen.

Jetzt bleibt uns nur noch zu sagen: viel Spaß mit den kreativen und vielfältigen Kurzgeschichten!

Diana Dick

Stigma tut weh – nieder mit dem Stigma!
von Nora Hille (@norahille_autorin)

Ein Appell für mehr Respekt, Toleranz und Gleichberechtigung – anstelle von Ausgrenzung und Stigmatisierung

Das Verurteilen und Ablehnen psychisch Kranker in unserer Gesellschaft ist weit verbreitet – und fällt oft als schmerzhafte Selbst-Stigmatisierung auf die Betroffenen zurück. Eigentlich doch seltsam, wenn gut ein Viertel der deutschen Erwachsenen psychisch krank ist, oder?

Konkret sind in Deutschland jährlich 27,8 % der erwachsenen Bevölkerung akut von einer psychischen Erkrankung betroffen: Das entspricht 17,8 Millionen erwachsener Menschen![1] Es ist also davon auszugehen, dass jeder bzw. jede Lesende dieses Textes mindestens einen Menschen mit psychischer Erkrankung kennt. Menschen wie deine beste Freundin, ein Sportkamerad, dein Nachbar, der Verkäufer an der Supermarktkasse, die vielbeschäftigte Managerin, ein Familienmitglied oder eine Arbeitskollegin. Menschen wie du und ich.
Nicht immer wissen wir von ihnen, denn viele möchten sich nicht offen mit ihrer psychischen Erkrankung zeigen. Sie haben Schamgefühle aufgrund der Diagnose und Angst vor Ablehnung – gerade Letzteres leider häufig nicht zu Unrecht.

Warum unterliegen psychische Erkrankungen, obwohl so weit verbreitet, so häufig einer Tabuisierung? Warum werden psychisch Kranke von der Gesellschaft stigmatisiert[2], also abgewertet, angegriffen, benachteiligt und sozial ausgegrenzt?

---

[1] Die Deutsche Gesellschaft für Psychiatrie und Psychotherapie, Psychosomatik und Nervenheilkunde e. V. (dgppn) stellt regelmäßig Basisdaten zu psychischen Erkrankungen in Deutschland bereit.
Hier aus folgender Quelle: Dossier »Psychische Erkrankungen in Deutschland: Schwerpunkt Versorgung. Eine Publikation der DGPPN (dgppn)«, 2018, S. 10.
Online verfügbar unter: https://www.dgppn.de/_Resources/Persistent/f80fb3f112b4eda48f6c5f3c68d23632a03ba599/DGPPN_Dossier%20web.pdf (Stand: 16. Januar 2023).

[2] »Das Wort Stigma kommt aus dem Griechischen und bedeutet ›Wundmal‹. Stigmatisierung heißt also wörtlich, ›jemandem Wundmale zuzufügen‹ oder ihn zu ›brandmarken‹. Im übertragenen Sinne spricht man von Stigmatisierung, wenn man ein bestimmtes Merkmal (z. B. depressiv sein) mit einer negativen Eigenschaft oder einem Vorurteil (z. B. ist faul) verknüpft.« Zitiert wird Glaßmeyer, Anke (Psychotherapeutin) mit ihrem Online-Artikel »End the stigma – Was du als Therapeutin für die Entstigmatisierung psychischer Krankheiten tun kannst«, veröffentlicht am 5. Februar 2019.
Quelle: https://psylife.de/magazin/psychotherapie/entstigmatisierung-psychischer-krankheiten (Stand: 16. Januar 2023).

Die Gründe für Stigmatisierung psychisch kranker Mitmenschen sind vielschichtig und liegen zumeist in Vorurteilen, Ängsten und Unsicherheit. Diese haben mehrere Ursachen:

- kein (wissentlicher) persönlicher Kontakt zu psychisch Kranken
- fehlendes oder falsches Wissen über Krankheitsbilder
- klischeehafte, überzeichnete oder einseitige Darstellung psychisch Kranker in den Medien, (Horror-)Filmen und Büchern
- Verbrechen durch psychisch kranke Täter

Noch vor Kurzem war mir der Begriff Stigmatisierung nicht geläufig – geschweige denn, dass ich auf die Idee gekommen wäre, ihn auf mich und meine persönliche Situation anzuwenden. Der Begriff »Stigma«, der Brand- oder Wundmal bedeutet, war zwar nicht Teil meines aktiven Wortschatzes, doch habe ich das damit bezeichnete verletzende Verhalten anderer mir gegenüber bereits mehrfach erlitten: die schmerzhafte Stigmatisierung, also Ablehnung und Entwertung meiner Person, aufgrund meiner psychischen Erkrankung.

Von nahezu unerträglicher Schmerz-Intensität und lange Zeit auch mein Selbstbild prägend waren für mich die drei folgenden Aussagen:

- eine frühere Schulfreundin: »Bei deinem Tablettenkonsum würde ich mich erschießen.«
- ein Psychiater: »Jemand wie Sie darf niemals Kinder bekommen.«
- meine Mutter: »Die ist die Irre in unserer Familie.«

Drei Sätze, mit denen ich in den zurückliegenden fünfundzwanzig Jahren konfrontiert wurde. Sätze, die übergriffig sind und so sehr schmerzen, dass sie tiefe Wunden schlagen – Stigmata eben. Sätze, nein: Verurteilungen, die ich zu hören bekam, weil ich eine bipolare Erkrankung habe. Weil ich in meinem Leben seit dem Alter von Anfang Zwanzig immer wieder depressive und hypomanische Phasen durchlebt habe; auch Mischzustände kenne ich.

Zwei der oben zitierten Stigmatisierungen wurden mir mitten ins Gesicht geschleudert:

Einmal erst vor Kurzem, als eine frühere Schulfreundin meinte, mir mitteilen zu müssen, mein Leben sei wegen der bipolaren Erkrankung und der Medikamente, die ich deswegen regelmäßig einnehme, nicht lebenswert.

Ein anderes Mal vor über zwanzig Jahren. Ich war als junge, verzweifelte Frau, beinahe noch ein Mädchen, mit einer ersten manischen Episode in einer psychiatrischen Klinik vorstellig geworden. Der Psychiater dort hatte auf meine verzweifelte Aussage »Aber irgendwann werde ich Kinder bekommen« nichts Besseres zu erwidern als eben diese schwere Stigmatisierung, jemand wie ich dürfe niemals Mutter werden.

Was gab ihm das Recht, mich derart zu verurteilen? Mich in die Schublade »ungeeignet als Mutter« zu stecken? Nichts gab ihm das Recht – im Gegenteil! Dieser Arzt hat missbräuchlich an mir als Patientin gehandelt. Seine Aussage wurde von mir unbewusst als negativer Glaubenssatz übernommen. Damit bekam diese Aussage des Psychiaters große Macht über mich und meinen Lebensverlauf. Dieser Satz hat ein Jahrzehnt später beinahe die Beziehung zu meinem Mann zerstört. Und er hätte beinahe verhindert, dass wir Eltern und damit eine glückliche Familie wurden.

Meine Mutter hingegen sagt es mir nicht ins Gesicht, sondern bezeichnet mich in meiner Abwesenheit – vor meinem Bruder und dessen Ehefrau – regelmäßig als »die Irre unserer Familie«.

Warum macht sie das? Aus einem einfachen Grund: Wenn ich doch »unzurechnungsfähig« bin, ist jede Kritik, die von mir kommt, irrelevant. Wenn sie mich zu einer »Irren« abwertet, zählen meine Worte nichts. Das macht es für sie sehr komfortabel, denn jede mögliche Kritik meinerseits wird für sie dadurch bedeutungslos, erlaubt es ihr gleichsam, sich nicht damit auseinandersetzen zu müssen.

Wer aber bin ich wirklich?
Eine Frau, die niemals Mutter hätte werden dürfen?
Die »Irre der Familie«, die sich wegen ihres Tablettenkonsums am besten suizidieren sollte?
Nein. All das bin ich sicher nicht!
Stehen diese drei verletzenden und stigmatisierenden Äußerungen in irgendeinem Zusammenhang mit meiner Persönlichkeit?
Nein, das tun sie nicht!
Diese drei Sätze haben NICHTS mit mir zu tun. Aber das musste ich erst lernen, und der Weg dahin war lang und schmerzlich. Diese drei Sätze haben nichts mit

mir zu tun, sondern sie verweisen zurück auf ihre Sprecher. Auf deren Engstirnigkeit, Berührungsängste oder gar Boshaftigkeit.

Über zwei Jahrzehnte habe ich meine Erkrankung vor der Außenwelt verborgen. Aus Angst vor Ablehnung und damit unbewusst vor Stigmatisierung – und aufgrund meiner eigenen Scham. Dass diese Scham offiziell als Selbst-Stigma bezeichnet wird, dass sie genau ein Echo auf die Verurteilung psychisch Kranker durch die Gesellschaft und die eigenen unbewussten Vorbehalte darstellt, war mir bis vor Kurzem nicht bewusst. Ich wollte schlicht nicht negativ auffallen. Wollte weder mir noch meinen Kindern gegenüber Ablehnung riskieren.

Was die bipolare Erkrankung angeht, bin ich zur Expertin in eigener Sache geworden: Mit Anfang Zwanzig erkrankt, hatte ich diesen Umstand zunächst für ein Jahrzehnt verdrängt und still an meinen Depressionen gelitten, die mir eine unbeschwerte Lebenszeit in jungen Jahren nahmen. Dann aber, direkt nach der Geburt unseres ersten Kindes, bekam ich einen heftigen manisch-verzweifelten Krankheitsschub, ein Klinikaufenthalt wurde nötig, die Diagnose »bipolar« gestellt. Innerhalb weniger Tage war mir klar, dass ich Managerin meiner Krankheit werden und zu 100 % mit den Ärzten und Therapeuten kooperieren musste, wollte ich meine kleine Familie nicht verlieren.

Über die Jahre war es häufig schwer, mit den intensiven Krankheitsschüben zurechtzukommen, mit Depressionen oder (hypo-)manischer Verzweiflung. Doch nach und nach lernte ich immer mehr über die bipolare Erkrankung und wie ich ihr mit Medikamenten und erprobten Alltagsstrategien begegnen kann, sodass ich zu einem angstfreien Dasein zurückfinden und ein Mehr an mentaler Stärke gewinnen konnte. Und genau dies ermöglichte meinem Mann und mir die Entscheidung für unser zweites Kind.

Dass man trotzdem mit seinem Leben und seiner psychischen Erkrankung gut zurechtkommen kann, zählt für Personen, die ihre Mitmenschen wegen ihrer psychischen Erkrankungen derart verurteilen, nicht. Denn oft wollen sie eigenen Ängsten ausweichen oder auf andere herabsehen und sie herabwürdigen – vermutlich, um sich so selbst besser oder überlegen zu fühlen, ihr in Wahrheit »mickriges Ego« zu füttern.

Vielfach geschieht das Stigmatisieren psychisch Kranker jedoch versehentlich und unbewusst: Wenn nämlich einfach nicht darüber nachgedacht wird, was die eigenen Worte bei Betroffenen auslösen können. Und genau deswegen ist es so wichtig, für dieses Thema zu sensibilisieren.

In dieser Anthologie sind Texte vieler Autorinnen und Autoren versammelt, die mutig und offen zeigen, wie sich psychische Erkrankungen anfühlen, welche persönlichen Auswirkungen sie haben können. Möge dieses engagierte Buch viele Lesende finden! Denn ein gesellschaftlicher Wandel im Umgang mit psychisch kranken Menschen kann nur gelingen, wenn Wissen zunimmt und Verständnis wächst. Literatur, die emotional berührt und gleichzeitig informiert, kann dafür eine wunderbare Vermittlerin sein.

Weg von Ausgrenzung und Stigmatisierung, hin zu mehr Respekt, Toleranz und Gleichberechtigung: Mentale Gesundheit geht uns alle an, individuell wie gesellschaftlich. Einen offenen Umgang miteinander zu erreichen, auf Augenhöhe, ist eine enorme Herausforderung. Nehmen wir sie gemeinsam an.

Und dann bin ich glücklich
von Diana Dick (@di_di_author)

Chris lehnte sich entspannt zurück und verschränkte die Arme hinter dem Kopf. Der Bürostuhl neigte sich mit einem leisen Quietschen nach hinten. Verärgert verzog er das Gesicht. Gestern schon hatte er Maria gesagt, sie solle sich um dieses unerträgliche Geräusch kümmern. Stattdessen saß sie heute früh mit frisch manikürten Nägeln hinter ihrem kleinen, unordentlichen Tisch und begrüßte ihn, als hätte sie sich nichts zuschulden kommen lassen. Einmal mit Profis arbeiten.

Es klopfte. Chris setzte sich auf, rollte an seinen Mahagonitisch und legte beide Hände an die Tastatur. Der Bildschirm war dunkel.
»Herein«, sagte er mit tiefer Stimme. Seine Stimme flößte Respekt ein. Er wusste das, sein Vater wusste das. Auch seine vier Brüder wussten das. Obwohl mindestens Anton diesen Umstand hasste. Anton war nämlich, anders als er selbst, ein viel fähigerer Geschäftsmann. Wenn er nicht so wenig Respekt ausstrahlen würde wie ein Regenwurm, hätte Vater ihn in die achtzehnte Etage gesetzt. An diesen schönen, glänzenden Tisch. Umgeben von perfekt geputzten Fenstern.
So saß Chris hier. Unfähig, aber charismatisch und selbstsicher. Er hatte absolut keine Ahnung, was er hier tat. Genau genommen wusste er nicht einmal, womit Vaters internationales Unternehmen die vielen Millionen verdiente. Aber es war ihm auch egal. Er war das Gesicht. Das schöne Lächeln. Der Grund, warum Frauen kreischend an Pressekonferenzen teilnahmen, wenn er sie gab. Und Vater war zufrieden. Nicht stolz. Nein, das war er nie. Aber zufrieden.
Chris hatte das perfekte Leben. Verdiente einen Haufen Asche mit seinem Perlweiß-Lächeln. Jenes, das sein Vater finanziert hatte. Genau wie die stolze, gerade Nase, die bis vor einigen Jahren weder stolz noch gerade gewesen war. Das Resultat von zu vielen Schlägereien auf dem Schulhof. Es war nicht so, dass er sich prügeln wollte. Nur wenn ihn jemand provozierte, ging er darauf ein. Mutter nannte ihn immer ihren kleinen Jähzorn. Er wusste nicht, ob das liebevoll oder abwertend gemeint war. Sein Glas war halb voll und er entschied, es als liebevoll aufzufassen.
Die dicke Eichenholztür mit der eingelassenen Milchglasscheibe schwang auf und Tino trat ein. Tino – Antons bester Freund seit Kindertagen. Und hier im Unternehmen ›Mädchen für alles‹. Chris war sich nicht ganz sicher, was das bedeutete, wollte es aber, um ehrlich zu sein, auch nicht wissen.
Sein Leben hier war nur gespielt. Er wollte keine Geschäfte führen.

Er wollte tanzen. Schon immer.

In jeder freien Minute bewegte er sich über irgendwelche Tanzflächen. Salsa-Bars, Techno-Schuppen, Schlager-Zelte – alles war ihm recht. Solange er nur tanzen durfte. Umgeben von anderen, die es genauso liebten wie er.

Seine Gedanken drifteten für eine Sekunde zu letzter Nacht. Zu Gina. Der blonden, vollbusigen Schönheit, die er stehengelassen hatte, weil ihn Frauen so wenig interessierten wie der Fussel, der unter dem A der Tastatur klemmte. Eine Enttäuschung mehr, wie Vater zu sagen pflegte. Gleichzeitig trichterte er ihm ein, es bloß für sich zu behalten. Auch wenn er es als Ratschlag verkaufte, wusste Chris, was es war: eine Drohung. Drohungen waren schon immer Vaters Lieblingserziehungsmethode gewesen. Ob das ein eigenes Kapitel in ›So erziehst du deine Kinder richtig‹ war?

»Chris«, sagte Tino und schloss dabei die Tür.

Seine Worte rissen Chris aus seinen Gedanken. »Tino«, erwiderte er gelassen, beinahe amüsiert. Weil er wusste, wie sehr Tino dieser Ton ärgerte. Immerhin kannte er den Hünen schon seit dem Kindergarten. Seit seinem, nicht dem von Tino. Anton und er waren fast zehn gewesen, als er seinen Kumpel zum ersten Mal mit nach Hause brachte. Genauso alt waren sie gewesen, als sie Antons jüngsten Bruder, mit seinen zarten vier Jahren, zum ersten Mal verprügelt hatten. Es sollte nicht das letzte Mal sein.

Viele Jahre hatte Chris nicht verstanden, wieso. Als Kind begriff er nicht, dass sie seine damals niedliche, jetzt umwerfende Ausstrahlung verachteten. Alle sahen ihn. Knuddelten ihn. Küssten ihn. Jeder liebte das süße Kind, während Anton nicht selten verächtliche Blicke und gerümpfte Nasen vorgesetzt bekam. Er war wirklich vieles – schön gehörte nicht dazu.

Unter seinem Arm trug Tino ein Paket, das er vor Chris auf den Tisch stellte. Ohne erklärende Worte wohlgemerkt.

Unbeeindruckt sah Chris ihn an.

»Oh, ein Geschenk?«, stieß er schließlich übertrieben begeistert aus und zog es an sich heran, wobei er die heute noch unbenutzte Tastatur zur Seite schob. »Für mich? Aber ich hab doch noch gar nicht Geburtstag.«

Gleichgültig zuckte Tino mit den Schultern. »Ich soll es dir von Artur, Anton, Adam und Arno geben.«

Chris musterte das braune, schlichte Päckchen, das etwa die Größe eines Schuhkartons hatte. »Wieso?«

Tino drehte sich bereits wieder zur Tür. »Keine Ahnung. Jemandem wie mir sagt man so was nicht.«

Ja, is' klar. Wer's glaubt, dachte Chris und unterdrückte ein abfälliges Schnauben. Wenn hier einer über alles Bescheid wusste, dann war es Tino Jäger.

»Dann richte meinen Brüdern doch meinen herzlichen Dank aus«, sagte Chris noch.

Ohne darauf einzugehen, verließ das Mädchen für alles das Büro. Wäre dies ein Königreich, wäre er wohl so etwas wie ein Berater gemischt mit dem ersten Ritter oder so. Jemand, der alle Schlachten anzettelte und sie auch ausfocht.

Nur leider nicht meine, schoss es Chris unglücklich durch den Kopf. Würde ihm etwas an der Firma und dem Job liegen, wäre das hier die Hölle.

Gut, dass es ihm scheißegal war. Wer brauchte schon Brüder, die einen mochten?

Ein Paket von seinen Brüdern. Er bezweifelte, dass sie ihm bloß etwas Gutes tun wollten. Nie im Leben. Selbst Arno, der mit seinen 28 Jahren am nächsten an ihm dran war, konnte nichts mit ihm anfangen. Ab und an ertappte er sich dabei, dass er sich fragte, ob er wirklich das Kind seiner Eltern war. Er war so anders. Und nicht nur ein bisschen. Zwischen ihm und dem Rest seiner Familie lagen ganze Welten. Selbst seine Onkel und Tanten wunderten sich manchmal über ihn. Gleichzeitig hatten sie damals von dem kleinen Chrissy nicht genug bekommen können. Weil er ja so putzig war.

Putzig. Wer sagte so was? Was war das überhaupt für ein Wort?

Die Augen wieder auf dem Paket, überlegte er, was er damit machen sollte. Er sah sich schon damit zum Fenster gehen, das Päckchen wie eine Bombe vor sich ausgetreckt, und es rausschmeißen. Wie er seine Brüder kannte, könnte es durchaus eine Bombe sein. Oder ein Boxhandschuh, der ihm eine verpasste, sobald er die Deckel zur Seite klappte. Oder ein abgetrennter Pferdekopf. Immerhin waren seine Brüder große ›Der Pate‹-Fans.

Er erwartete alles – außer etwas Nettem.

Mit einer Hand strich er sich über das Gesicht und durch die Haare. Dann drehte er das Päckchen einmal und schob es ein Stück weg von sich. Ein stechender Schmerz durchzuckte seinen rechten Mittelfinger. Fluchend hob er ihn vor das Gesicht. Ein feiner Blutstropfen quoll aus einem winzigen Einschnitt hervor. Seine Augen scannten das Paket. An einer Ecke stand etwas Pappe ab, an der etwas Rotes glitzerte. Die kleine Wunde pochte. Am Papier geschnitten. Das tat so verflucht weh. Diese Art von Verletzung gehörte seiner Meinung nach in die Kategorie ›Scheiße, tut das weh. Ich sterbe.‹ Grummelnd schob er den Finger zwischen die Lippen und saugte daran. Sein Speichel sorgte für eine sofortige Linderung der Schmerzen, während der metallische Geschmack von Blut sich auf seiner Zunge ausbreitete.

Mit dem Finger im Mund lehnte er sich wieder in seinem Bürostuhl zurück. Dabei entwich ihm ein tiefer Atemzug, der sich erst an seinem Finger vorbei nach draußen kämpfen musste. Bevor er sich mit dem aller Voraussicht nach unschönen Inhalt des Pakets auseinandersetzte, wollte er sich noch einen Moment Ruhe gönnen. Ruhe und die Erinnerung an Erik. Erik, dessen ungeöffnete Nachricht auf seinem Handy-Sperrbildschirm ihn daran erinnerte, dass die gestrige Nacht real gewesen war. Dass dieser Mann real war. Er und seine Fähigkeit, sich zu verbiegen wie Gummi.

Chris bis sich auf die Unterlippe und schloss die Augen. Es war nicht der Sex, der seine Gedanken beherrschte, sondern dieses raumeinnehmende Lachen, das Erik ausstieß, wenn er einen Witz erzählte, der eigentlich überhaupt nicht witzig war. Es riss einen förmlich mit. Chris hatte gelacht wie ein Weltmeister. Nicht, weil die Witze lustig waren, sondern weil Eriks ganze Art ihn überschwemmt hatte – wie eine gigantische Welle. Sie hatte ihn unter Wasser gezogen und ließ ihn nicht wieder hinauf.
Es störte ihn nicht. Im Gegenteil: Mit Erik lachend unter Wasser – einen schöneren Ort konnte er sich momentan kaum vorstellen.
Seufzend öffnete er die Augen wieder. Er sah sich in seinem großen Büro um. Betrachtete jedes teure Möbelstück. Strich mit der unverletzten Hand über seine Prada-Anzughose, die saß wie angegossen. Durchaus möglich, dass es Menschen gab, bei denen so ein Anblick Herzklopfen und Begeisterung ausgelöst hätte. Wie viele gab es, die von einer Position wie seiner träumten? Die davon träumten, überhaupt so eine Gelegenheit zu bekommen. Er solle nicht undankbar sein, pflegte sein Vater zu sagen.
Aber wofür sollte er bitte Dankbarkeit zeigen? Nur weil es Menschen gibt, die sich so ein Leben wünschen, musste er ja keiner von ihnen sein.

Er seufzte erneut.
Glück war doch für jeden etwas anderes. Und seines befand sich ganz sicher nicht in den Taschen eines Tausend-Tacken-Anzugs.
Glücklich sein. Das war ein schönes Ziel. Tanzen, lecker essen gehen, reisen, mit Erik nackt im Meer schwimmen, auf Bergspitzen stehen und laut schreien – ein Lächeln umspielte seine Lippen, während er sich das vorstellte. Es fiel jedoch sofort von ihm ab, als er den Raum um sich herum wieder deutlich wahrnahm. Mit einer Hand zog er das Paket bis an die Kante des Tisches. Er atmete tief durch. Sollte er sich eine weitere Schikane seiner Brüder ansehen? Natürlich würde er. Das war sein Alltag. Fotografiert werden, nutzlos rumsitzen und den

Bosheiten seiner Brüder ausweichen.

Er musste durchhalten. Vater stolz machen. In die Kamera lächeln. Ein perfektes Gesicht für das Unternehmen sein.

Wenn ich das durchhalte, darf ich irgendwann mein eigenes Leben führen.

Er presste die Lippen fest zusammen und klappte den linken Deckel des Kartons auf.

Und dann, dachte er, *bin ich glücklich.*

Sturmwolkenblau
von Melanie Gömann (@wortgeschmeide)

Ich hatte mich von der ersten Sekunde an in sie verliebt. In die blauen Augen der jungen Frau, die seit Wochen in das gleiche Café ging wie ich. Dass sie eine ebenmäßige Haut und eine makellose Figur hatte, fiel mir anfangs überhaupt nicht auf. Ich starrte sie einfach nur fasziniert an. Wenn sie meinen Blick erwiderte, schaute ich betreten zu Boden. Ich benahm mich nicht wie ein Dachdeckergeselle von achtundzwanzig Jahren, sondern wie ein dummer Schuljunge. Diese wunderschöne Frau lächelte mich jeden Tag an, und ich schaffte es nicht, entsprechend zu reagieren.

Heute war es besonders peinlich gewesen. Ich war spät dran, und die Zeit reichte nur für einen Kaffee to go. Ich hatte nicht bemerkt, dass sie in der Schlange hinter mir stand. Sie tippte mir auf die Schulter, und ich drehte mich erschrocken um. Ich sah direkt in diese kristallblauen Augen und rannte davon.

»Unser Kennenlernen ist mir heute noch unangenehm, meine Schöne. Wärst du mir damals nicht hinterhergelaufen, wären wir jetzt nicht verheiratet.« Ich küsste Laura auf die Stirn, und sie lächelte mich an. Ich konnte das pure Glück fühlen, als ich behutsam über ihren Bauch streichelte. In wenigen Wochen würde unser kleines Mädchen auf die Welt kommen und unser Leben perfekt machen.

Meine Frau und ich hatten schon alles geplant. Sechs Monate nach der Geburt würde ich meine Arbeitsstelle aufgeben und als Hausmann einspringen. Wir waren ein Ehepaar, das in modernen Zeiten lebte. Laura verdiente als Abteilungsleiterin in einem Industrieunternehmen erheblich mehr als ich. Und außerdem konnte ich besser kochen, was sie jedoch niemals zugeben würde. Unsere kleine Welt war ein Paradies. Wir hatten gerade ein Haus gekauft. Und wir liebten einander. Der Weg für eine sonnige Zukunft war mehr als geebnet.

»Marcel, es wird heute später. Der neue Großauftrag kostet uns eine Menge Zeit. Erledigst du ein paar Aufgaben für mich?«

Ich sah Laura schweigend an. Sie hatte sich in letzter Zeit verändert. Unser Rollentausch hielt ihr dermaßen den Rücken frei, dass sie die Karriereleiter hinauffliegen konnte. Sie arbeitete sechzig Stunden die Woche, aß kaum und trank

Unmengen an Kaffee. Wenn sie nach Hause kam, schlief unsere Tochter bereits, und auch ich war oft zu müde, ihr noch vor dem Fernseher Gesellschaft zu leisten. Aus der ursprünglich geplanten Elternzeit waren inzwischen vier Jahre geworden. Ich war nicht unzufrieden mit dieser Rolle. Doch wir waren immer weniger eine Einheit. Mein Alltag war der eines typischen Hausmanns. Die gemeinsame Zeit mit unserer Tochter entschädigte mich für alle Strapazen. Aber mir fehlte die Zuneigung meiner Frau. Zärtlichkeiten blieben oft mangels Zeit auf der Strecke. Die Stunden, die ihr warmer Körper nachts neben mir lag, konnte ich an einer Hand abzählen.

Ich hatte den Eindruck, als zählte für Laura nur noch ihr Beruf. Die Familie blieb schmückendes Beiwerk. Ich schloss für einen Moment die Augen und versuchte, die Silhouette dieser hageren Karrierefrau mit der damaligen Schönheit zu vergleichen, in die ich mich verliebt hatte.

»Marcel, hast du mir überhaupt zugehört? Meine Zeit ist kostbar!«

Angesichts des barschen Tonfalls zuckte ich zusammen. Ich schaute betreten zu Boden und nickte nur kurz. So gereizt wie heute hatte ich Laura noch nie erlebt. Als ich aufblickte, schlug sie bereits wortlos die Haustür hinter sich zu. Am besten sollte ich sofort mit ihrer Liste beginnen, damit ich sie nicht noch mehr verärgerte. Ihre verbalen Wutanfälle häuften sich, und ich muss zugeben, dass ich mir Sorgen machte.

Nach getaner Arbeit zappte ich lustlos durch die Fernsehkanäle. Es war nicht so, dass ich Langeweile verspürte. Ich war körperlich an meine Grenzen gekommen. In den ersten Jahren hatten wir alles gerecht verteilt. Ich war für den Haushalt und das Kind zuständig. Meine Frau war zum Abendessen zu Hause, und mir blieb genug Zeit, meine Freizeit zu gestalten.

In den letzten Monaten hatte Laura mir häufiger ihre eigenen Aufgaben und Besorgungen zugeteilt. Ich fügte mich, um ihr beizustehen. Laura sagte mir jeden Tag zum Abschied, dass bald alles besser werden würde. Doch inzwischen kam sie selten vor Mitternacht nach Hause, und mir blieb nicht genug Zeit, um mich körperlich fit zu halten.

Meine Freunde und ehemaligen Kollegen zogen mich schon auf, wenn wir uns gelegentlich mal auf ein Bier trafen. Ich lachte dann immer über ihre anmaßenden Witze, damit sie nicht merkten, wie sehr mich ihre Worte verletzten. Nachdem mich einer von ihnen grienend gefragt hatte, ob meine Frau mit ihrem Chef schläft, während ich die Hausarbeit mache, traf ich mich gar nicht mehr mit ihnen.

Ich hatte mich gerade für einen alten Liebesfilm entschieden, als ich die Haustür hörte. Ich sprang von der Couch und erkannte Laura im Halbdunkel.

»Schatz, ich freue mich, dass du da bist. Es ist nicht einmal halb neun. Alles in Ordnung im Büro?« Ich merkte selbst, wie meine Stimme zitterte. Ich schaltete das Flurlicht an und erschrak.

Ich konnte meiner Frau die schlechte Laune geradezu ansehen. Ihre Mundwinkel verliehen ihrem Gesicht ein genervtes Antlitz, und ihre Stirn war von Zornesfalten durchzogen. Aber den schrecklichsten Anblick boten mir ihre Augen. Sie waren in letzter Zeit etwas matt gewesen, glichen aber immer noch eisklarem Gebirgswasser. Doch was ich jetzt sah, erinnerte mich nur an ein Heer von Himmelskriegern, die sich ihrem Feind entgegenstellen. Sturmwolkenblau, eine andere Farbe fiel mir nicht ein.

Laura hatte mir nicht geantwortet. Sie ging nur zum Kühlschrank und entnahm ihm eine Flasche Wein. Sie war so aufgeregt, dass sie den Korkenzieher nicht in den Griff bekam. Ich eilte zu ihr und hielt sie sanft am Arm fest. Ich weiß nicht mehr genau, wie es passierte. Sie entzog sich der Berührung, holte aus und schlug mir mit der Faust ins Gesicht.

Blut tropfte aus meiner Nase, und ich taumelte überrascht zurück in den Flur. Sie folgte mir. Und während ich noch hoffte, dass sie sich entschuldigte, stolperte ich über die Kinderkarre und fiel zu Boden. Sie starrte mich regungslos an. Ich werde niemals ihren Gesichtsausdruck vergessen. Innerhalb von Sekunden wich anfängliche Reue aus ihrem Gesicht, und dieses verformte sich zu einer diabolischen Fratze der Wut. Sie griff nach dem Plastikbügel, der einsam an der Garderobe hing, und schlug erbarmungslos auf mich ein.

Anfangs schrie ich sie noch laut an. Der Schmerz schien mir Mut zu geben. Doch mein Aufbäumen interessierte sie in ihrer aggressiven Verfassung nicht. Die ersten Blutspritzer schienen meine Frau noch mehr anzuspornen. Als ich nur noch schwach wimmerte, ließ sie endlich von mir ab. Doch war es kein Mitgefühl, das sie stoppte. Der Bügel war in zwei Teile zerbrochen und lag neben mir auf dem Boden. Sie drehte sich wortlos um und ging die Treppe hinauf. Zurück blieben zwei blutbefleckte Symbole der neuen Hierarchie in unseren vier Wänden: die wahllos gewählte Waffe und das erniedrigte Opfer.

Ich weiß nicht, wie lange ich bewegungslos da lag. Ich versuchte zu begreifen, was soeben passiert war. Was hatte Laura in ein prügelndes Monster verwandelt? Und warum hatte ich mich nicht gewehrt? Ein Gefühl zerdrückte in diesem Moment mein Herz, und das Bewusstsein traf mich wie eine Pfeilspitze. Ich hatte Angst vor meiner eigenen Frau.

Ich konnte mich kaum bewegen und verbrachte die Nacht auf dem Sofa. Ich schlief so gut wie gar nicht. Ich weiß nicht, ob ich fürchtete, dass sie zurückkam oder mich meine eigene Scham einfach auffraß. Ich schlich am frühen Morgen ins Badezimmer, und zum ersten Mal, seit ich Laura kannte, schloss ich die Tür ab. Ich zog mich aus und stellte die Dusche an. Der geringe Blickwinkel, den mir der Badezimmerspiegel bot, brachte mich bereits zum Weinen. Mein Oberkörper war mit beginnenden Hämatomen übersät. Meine Nase blutete nicht mehr, aber ich konnte deutlich die aufgeplatzte Oberlippe sehen. Ich ließ das viel zu heiß eingestellte Wasser über meinen Körper laufen, so als würde ich mir die Schande abwaschen wollen.

Ich wog zwanzig Kilogramm mehr als meine Frau, und doch war ich zu schwach gewesen, mich zu wehren. Obwohl *Schwäche* das falsche Wort war. Als normaler Mann trägt man eine anerzogene Sperre in sich: Man schlägt keine Frauen! Doch angesichts der Bestie, in die sich Laura verwandelt hatte, kam mir dieser Leitsatz nun wie blanker Hohn vor. Ich stieg aus der Dusche und zog mir den Bademantel über. Ich zuckte zusammen, als die Türklinke heruntergedrückt wurde.

»Marcel, bitte! Es tut mir leid! Ich weiß nicht, was da gestern mit mir passiert ist. Der Tag in der Firma war ein Albtraum, weil der Kunde unsere Präsentation abgelehnt hat. Ich war so wütend. Die monatelange Arbeit und die Überstunden – alles umsonst! Und als du mich dann am Arm berührt hast, habe ich einfach nicht mehr gewusst, wer ich bin und wer vor mir steht. Bitte verzeih mir! Das kommt nie wieder vor. Ich muss jetzt los, aber heute Abend reden wir, okay?«

Ich wartete noch endlose Minuten, nachdem ich die Haustür gehört hatte. Ich war unfähig, einen klaren Gedanken zu fassen. Ich wollte Verständnis aufbringen für diese Frau, die ich über alles liebte, aber in mir war nur Nebel.
Der Tag mit meiner Tochter Mia brachte mir ein kleines Lächeln zurück. Sie fragte mich, ob ich hingefallen sei und pustete mir sanft ins Gesicht. Ich brachte die Kleine nicht zum Kindergarten. Es war bereits Freitag, und ich hoffte, dass übers Wochenende die offensichtlichen Verletzungen unsichtbar würden. Als Mia schlief, gab ich die Worte »häusliche Gewalt durch Frauen« im Internet ein. Ich erschrak angesichts der prozentual festgestellten Fälle und vermuteten Dunkelziffer. Eins wusste ich nun: Ich war nicht allein! Ich weiß gar nicht mehr genau, warum ich mir die Nummer einer Selbsthilfegruppe aufschrieb. Immerhin hatte Laura versprochen, dass das nie wieder vorkommt.

In den kommenden Wochen war meine Frau wie ausgewechselt. Sie kam überpünktlich nach Hause, lachte viel und kochte für uns. Sie war zärtlich und zuvorkommend, als ich nach einigen Tagen ihre Berührungen wieder zuließ. Doch war ich wirklich bereit, ihr zu verzeihen? Ich schlief jede Nacht im Gästezimmer und schloss die Tür ab. In mir schwelte die Angst, dass es wieder passieren könnte. Ich versuchte, an unsere Liebe zu glauben. Bis zu jenem Tag im April, der unser Leben endgültig aus der Bahn warf. Wir hatten ein Wochenende ganz für uns allein geplant. Mia schlief bei meiner Mutter, und ich hatte Lauras Lieblingsessen gekocht. Wie immer in den letzten Wochen kam sie zeitig nach Hause, aber ich merkte sofort, dass etwas nicht stimmte.

Sie griff in den Schrank mit dem Alkohol und trank den Wodka direkt aus der Flasche. Ihre Augen hatten sich wieder zu diesem düsteren Blau des Sturmes verfärbt. Die Zeichen eines nahenden Wutanfalls waren deutlich sichtbar. Eine Flucht wäre in diesem Augenblick der richtige Ausweg gewesen, doch ich stand wie versteinert hinter der Kochinsel und sah sie angstvoll an. Sie kam bedrohlich näher, und dann sah ich nur noch, wie sie in Richtung des Messerblocks griff.

Ich erwachte in einem Krankenhausbett. Neben mir saßen ein Polizeibeamter und eine Frau mittleren Alters. Ich fühlte einen stechenden Schmerz oberhalb meiner rechten Hüfte. Mein Mund war wie ausgetrocknet. Ich bat um ein Glas Wasser, während die Frau zu reden begann:

»Herr Möhring, mein Name ist Bettina Sacher. Ich bin Mitarbeiterin des städtischen Männerbüros, und ich bin hier, um Ihnen zu helfen. Ihre Nachbarin rief vorgestern die Polizei, und diese fand Sie anschließend blutüberströmt in Ihrem Haus. Sie wurden unverzüglich notoperiert. Und während die Polizei zunächst von einem Einbruch ausging, stellte sich heute Morgen heraus, dass Ihre Frau die Täterin war. Sie erschien mit ihrem Anwalt in einem Polizeirevier und gestand die körperlichen Attacken. Sie müssen sich nicht schämen. Und es ist in Ordnung, wenn Sie sich unwohl fühlen. Häusliche Gewalt gegenüber Männern ist heute kein Tabuthema mehr. Unser Verein wird Ihnen zurück ins Leben helfen.«

Ich versuchte etwas zu erwidern, doch die Dame wusste bereits, wonach mir der Sinn stand.

»Machen Sie sich keine Sorgen um Ihre Tochter. Sie ist noch bei ihrer Großmutter. Und beiden geht es gut. Ich habe auch bereits mit dem Verteidiger Ihrer Frau gesprochen. Sie wird auf das Sorgerecht verzichten und sich Ihnen nie wieder nähern.«

Die Sozialarbeiterin hatte genau die richtigen Worte ausgesprochen, die mich beruhigten. Ich war müde, aber ich hörte ihr weiter zu, weil ich unbedingt wissen wollte, was passiert war.

»Doch das soll Sie jetzt nicht weiter kümmern, Herr Möhring. Sie haben ein sehr schlimmes Trauma erlitten. Ihre Frau hat in blinder Wut mehrfach auf Sie eingestochen, und Sie haben nur knapp überlebt. Ihre körperlichen Wunden werden verheilen. Doch die Seele wird Zeit brauchen, um vollständig zu heilen. Wenn Sie keine Hilfe annehmen, kann dies zu einer posttraumatischen Belastungsstörung führen. Sie kennen so etwas nur von Soldaten. Aber auch die körperlichen Angriffe eines Ehepartners können so etwas auslösen.«

Ich schloss die Augen und hörte nicht mehr richtig zu.
Ich wollte nur noch schlafen – tief und in Sicherheit.

Alles Routine
von Nina Biesenbach (@kleinkarismus)

»Ich geh duschen!«, rief Nele und schnappte sich auf dem Weg ins Badezimmer einen Satz frischer Kleidung.

»Alles klar.« Marc, ihr Freund, saß im Wohnzimmer und zockte auf der Konsole wieder irgendeins dieser Videospiele, die Nele nicht interessierten. Männerkram. Dann sah er noch einmal hoch. »Du denkst dran, dass wir um halb sieben loswollen zu Anne und Peter?«

»Ja, klar!« Neles Mund lächelte, während sich ihre Hände um die Klamotten auf ihrem Arm krampften.

Sie freute sich auf den Spieleabend mit ihren Freunden. Jan und Marie würden auch dort sein, und Alex und Mona. Es würde bestimmt lustig werden.

Bis eben hatte sie den freien Samstagnachmittag genossen und bei einer Tasse Tee mit dem neuen Buch auf der Couch gelegen. Eigentlich hatte sie schon vor einer halben Stunde unter die Dusche gehen wollen, aber es war so spannend gewesen, dass sie noch ein paar Kapitel mehr gelesen hatte. Doch jetzt wurde es Zeit. Sie sollten nicht schon wieder ihretwegen zu spät kommen.

Im Badezimmer angekommen blickte Nele auf die Uhr: vier Minuten nach fünf. Sie erschrak: noch nicht einmal mehr eineinhalb Stunden! Zum Duschen, Föhnen, Kämmen und Schminken! Duschen dauerte sechsundfünfzig Minuten. Acht Minuten fürs Föhnen, drei zum Kämmen: Dann blieben zum Frisieren und Schminken noch neunzehn Minuten. Sie schluckte. Normalerweise benötigte sie dafür zweiundzwanzig Minuten.

Wenn sie sich ein bisschen beeilte, klappte es hoffentlich trotzdem.

Die Hose hängte sie auf den rechten Handtuchhalter, das T-Shirt kam darüber, darauf die Socken. Obenauf der BH und der fein säuberlich zusammengelegte Slip. So wie immer.

Beim Blick auf den Badheizkörper runzelte Nele die Stirn: Marcs Duschtuch hing mal wieder auf links. Warum fiel es ihm denn so schwer, die Dinger richtig herum hinzuhängen? Er wusste doch, wie wichtig ihr das war! Sicher, das Muster sah auf beiden Seiten genau gleich aus; aber so sah man doch den Umschlag mit den Nähten. Letztere kratzten richtiggehend in Neles Innerem, wenn sie mal versuchte, auf links Gedrehtes zu ignorieren.

Seufzend drehte sie das Tuch um und achtete darauf, dass die Ecken exakt auf-einanderlagen. Ein Blick auf die Uhr: So ein Mist, durch die Aktion hatte sie eine Minute verloren!

Sie zog die Duschtür auf, hob den linken Fuß und setzte ihn wieder ab. Wo war sie bloß mit ihren Gedanken? Erst musste der rechte Fuß hinein! Kopfschüt-telnd berichtigte sie ihre Routine und ärgerte sich über sich selbst: Noch mehr solcher Kleinigkeiten und sie konnte ihren Zeitplan vergessen! Dann wäre sie schuld daran, dass sie zu spät zum Spieleabend kämen. Mal wieder.

Nele drehte das Wasser auf und trat unter den Strahl, um wie üblich für eine Minute das beruhigende Gefühl der Tropfen zu genießen, die warm auf ihren Körper prasselten. Doch heute fühlte sie sie kaum. Alles, was sie wahrnahm, war die Unruhe, die langsam, aber sicher von ihr Besitz ergriff. Sie musste sich doch beeilen, sie hatte heute keine Zeit für diesen Luxus!

Mit der rechten Hand griff sie nach der Shampooflasche und stutzte: Das war das Duschgel! Hatte Marc etwa wieder ihres benutzt und es nicht an seinen Platz zurückgestellt? Das Duschgel musste links stehen, das Shampoo rechts, nicht andersherum! Nele fühlte, wie Wut in ihr hochbrodelte, schon wieder hatte sie durch Marcs Unbedachtheit Zeit verloren. Dabei gab sie sich solche Mühe, alles rechtzeitig zu schaffen!

Sie biss die Zähne zusammen und stellte das Duschgel an seinen Platz, richtete es mit dem unteren Rand des Etiketts genau an der Fliesenkante aus. Dann erst griff sie nach dem Shampoo und gab einen Klecks auf ihre Hand, bevor auch diese Flasche zurück an ihren Platz wanderte – exakt parallel zur vorderen Fuge.

Die Haare an den Schläfen wollten zuerst gewaschen werden, danach war die Kopfmitte dran, anschließend der Hinterkopf, zum Schluss die Längen. Jeweils fünf Mal bewegte Nele ihre Fingerspitzen kreisförmig durch die Haare, nicht mehr, nicht weniger. War es versehentlich einmal zu viel, musste sie von vorn anfangen. Das durfte heute nicht passieren, die Zeit für eine Wiederholung hatte sie nicht!

Auch die Körperwäsche folgte einer akkuraten Routine: Immer auf der linken Seite beginnend wusch Nele erst die Arme, dann die Beine, dann die Füße, dann die Achselhöhlen. – Marc hatte gelacht, als er das zum ersten Mal mitbe-kommen hatte: Sei es nicht viel sinnvoller, die Achseln im Anschluss an die Arme zu waschen statt nach den Füßen? Der logische Teil in Neles Gehirn stimmte dem sogar zu. Dennoch verhinderte dieser andere, pedantische Teil, dass sie ihre Routine änderte.

Sie hatte es versucht, mehrmals. Doch die einzige Erkenntnis bestand jedes Mal darin, dass sie anfing zu zittern und sich erst wieder beruhigte, wenn sie ihre gewohnte Abfolge ausgeführt hatte.

Ganz zum Schluss wusch Nele das Shampoo aus den Haaren, fünfmal pro Kopfseite strich sie die Haare mit beiden Händen zur Seite, damit der Wasserstrahl den Schaum herausspülen konnte. Hin und wieder passierte es, dass dabei noch ein Fitzelchen Schaum zurückblieb – dann musste die Prozedur wiederholt werden. Einfach noch ein-, zweimal zusätzlich Auswaschen ging nicht. Das war ja dann zu oft. Auch wenn Nele klar war, dass das idiotisch war: Sie schaffte es nicht.

Wie bei der Körperwäsche hatte sie auch hierbei schon zigmal versucht, von ihrer Routine abzuweichen. Doch die Unruhe, dieses Gefühl, dass es *falsch* war, ließ sich nur abschütteln, indem sie es noch einmal *richtig* machte.

Wie oft wünschte sie sich, sie könnte unter der Dusche ein Peeling machen, wie es ihre Freundinnen gerne taten. Oder eine Haarmaske auftragen. Doch sie traute sich nicht. Noch nicht einmal Haarspülung besaß sie – denn egal, wie deutlich auf der Packung stand, dass diese nur einmal pro Woche angewendet werden sollte: *Sie* müsste es ja jedes Mal machen. Schließlich musste immer alles gleich sein. Aber dann wäre die Zeit, die sie im Badezimmer verbringen musste, ja noch länger.

Mit dem kleinen Handtuch als Turban um den Kopf geschlungen trocknete Nele sich ab. Natürlich immer in der gleichen Reihenfolge: erst die Arme, dann die Beine, dann der Rücken, dann die Brust. Zum Schluss der Bauch.

Ein Blick auf die Uhr: beeilen, beeilen! Auf keinen Fall sollte Marc sie gleich wieder mit diesem Blick ansehen, der sagte, Mädchen, über eine Stunde im Bad und trotzdem noch nicht fertig? Auf keinen Fall sollten sie zu spät losfahren und dann mit diesen hochgezogenen Augenbrauen Annes begrüßt werden, die sagten, Ey, müsst ihr immer zu spät kommen? Auf keinen Fall sollte Marie sie wieder mit diesem mitleidigen Blick ansehen oder Jan einen seiner blöden Sprüche ablassen.

Die hatten doch keine Ahnung, weshalb sie so oft zu spät dran waren!

Keine Ahnung davon, dass sie morgens eine halbe Stunde früher aufstand als alle anderen, weil sie es sonst unmöglich rechtzeitig zur Uni schaffte: Das Obst fürs Müsli wollte schließlich in exakt gleich große Stücke geschnitten, die Haferflocken exakt abgemessen, das Pausenbrot exakt belegt werden. Keine Ahnung davon, dass sie fürs Einkaufen einen ganzen Nachmittag einplante, weil jedes Lebensmittel in einer bestimmten Reihenfolge ausgesucht, aufs Band gelegt, in den Schrank geräumt werden musste. Keine Ahnung davon, dass die Zubereitung einiger Sandwiches eine Stunde in Anspruch nehmen konnte, weil der Käse so genau auf die Brotscheiben passen musste, dass er nach dem Schmelzen die gesamte Oberfläche bedeckte, aber auf keinen Fall am Rand hinunterlief.

Keine Ahnung davon, was es hieß, all ihre Routinen einhalten zu müssen, Tag für Tag.

Ob sie wollte oder nicht.

Weiter, weiter, beeilen, nicht zu spät sein! Sie könnte ihre Haare heute nur am Ansatz föhnen und nach dem Kämmen zu einem hohen Pferdeschwanz binden, die Spitzen würden auf dem Weg zu Anne und Peter von selbst trocknen. Das sparte ihr die zwei, drei Minuten, die sie aktuell im Zeitplan hinterherhinkte.

Der Gedanke war so erleichternd, dass Nele unwillkürlich lächelte.

Das Duschtuch aufgehängt, natürlich richtig herum und mit den Ecken exakt aufeinander, dann schnell in die Klamotten geschlüpft. Sehnsüchtig schaute Nele auf den Tiegel mit der Körperbutter: So gerne würde sie sich regelmäßig eincremen, aber wo sollte sie diese zusätzlichen Minuten denn hernehmen? Das blieb besonderen Gelegenheiten vorbehalten. Wenn die Uhr mal nicht ganz so laut rief. Also ziemlich selten.

Heute wehrten sich die Haare glücklicherweise nicht, waren mit je fünf Strichen links und rechts des Scheitels geglättet und Sekunden später zu einem Pferdeschwanz gebunden. Mit dem glitzernden Haargummi sah es gleich ein bisschen edel aus und nicht so nach Notlösung.

Ha! Noch zweiundzwanzig Minuten Zeit! Stolz breitete sich in Neles Brust aus, bis ihr klar wurde, dass sie gerade stolz darauf war, zum Duschen, Föhnen und Kämmen »nur« vierundsechzig Minuten gebraucht zu haben. Das Gefühl des In-sich-Zusammensackens wurde noch verstärkt, als ihr bewusst wurde, dass sie in ihrer Zeitrechnung das Anziehen von Jacke und Schuhen vergessen hatte.

Sie zog die Schublade mit den Schminkutensilien auf. Beeilung, Beeilung! Sie würde es schaffen. Diesmal würde sie es schaffen. Diesmal würden sie pünktlich sein. Würde *sie* pünktlich sein.

»Schatz, bist du so weit?« Marcs Stimme kam aus dem Flur, was bedeutete, dass er bereits in Richtung Garderobe unterwegs war. Jetzt schon? Sie hatte doch noch vier Minuten! Das war unfair, er konnte doch nicht einfach die Abfahrtszeit vorziehen, er ...

»Ich muss noch mal kurz in den Keller, die Kiste Bier holen! Das Tiramisu nehm ich auch schon mit ins Auto. Ich warte dann draußen, okay?«

Nele atmete auf. Doch keine verfrühte Abfahrt. Sie bemühte sich um einen locker-leichten Tonfall: »Okay, bin gleich fertig!«

Marcs »Beeil dich, ja?« war gleichzeitig Motivation und wie ein Schlag in die Magengrube.

Stolz, Erleichterung, Aufatmen. Nele ließ sich in den Beifahrersitz fallen und griff nach dem Sicherheitsgurt.

Marc reichte ihr das Tiramisu herüber. »Hey, wir kommen mal pünktlich los, ich bin begeistert!« Sein leicht sarkastischer Tonfall wurde durch sein Lächeln abgemildert.

»Ich geb mir Mühe.« Und wie sie sich immer Mühe gab, jedes Mal, nur war es so oft vergeblich. Die Routinen wollten erfüllt werden, sie konnte einfach nichts dagegen tun. Ausbrechen, abkürzen: unmöglich.

Sie atmete tief durch. Für den Moment war es vorbei, sie saßen im Auto.

»Das weiß ich doch.« Kurz legte Marc seine Hand auf ihr Knie. Die Wärme in seiner Stimme erfüllte sie vom Kopf bis zu den Zehen und machte der Vorfreude auf den Abend den Weg frei.

Sie lächelte zurück.

Heute würden sie pünktlich bei ihrer Verabredung ankommen. Heute würde kein blöder Kommentar sie daran erinnern, dass alle immer schneller waren als sie.

Heute hatte sie gewonnen.

Wer, wenn nicht wir?
von Lex Smithereens (@mitder_feder_insherz)

›Hilfe.‹

Nur für den Bruchteil einer Sekunde starrte ich das einsame Wort an, das mittels SMS den Weg auf mein Handy gefunden hatte. Was danach geschah, verlief in Lichtgeschwindigkeit, während ich mit wenigen, zittrigen Handgriffen meinen Unikrempel in die Tasche stopfte, um nur Minuten später Hals über Kopf und ohne ein weiteres Wort aus der Vorlesung zu stolpern.

›Bleib da‹, schrieb ich zurück, verpasste dabei eine Stufe auf dem Weg nach unten und fing mich mit einem Sprung ab. Schmerz zuckte durch meine Knöchel, als meine Füße wieder auf dem Boden aufsetzten, doch ich rannte weiter. Über den asphaltierten Hof bis zum Studentenwohnheim am anderen Ende des Campus. Als meine Zimmertür hinter mir ins Schloss fiel, flog alles aus der Tasche, was ich für die nächsten Stunden, Tage nicht brauchen würde. Hefter, Blöcke, Bücher. Stattdessen stopfte ich eine Handvoll Klamotten, eine Stange Zigaretten, Zahnbürste und Zahnpasta hinein und stand in weniger als zehn Minuten wieder draußen auf dem Gang. Das kalte, fahle Licht half mir überhaupt nicht, denn meine Sicht flackerte plötzlich, als ich an die Tür meines Nachbarn klopfte. Vielleicht zu oft, vielleicht zu laut. Ich hoffte, dass er da war.
Nach einer gefühlten Ewigkeit öffnete er die Tür und fand mich davor – hektisch von einem Fuß auf den anderen tretend, die Augen geschlossen und das Handy fest im Griff. Ich hatte noch keine Antwort erhalten und das setzte eine ganze Ameisenkolonie in meinem Bauch frei.
»Du siehst aus, als sei der Teufel persönlich hinter dir her. Brauchst du das Auto?«
Mark wirkte müde und abgespannt. Die Masterarbeit saß ihm im Nacken und er war in Verzug. Wahrscheinlich hatte er wieder die halbe Nacht nicht geschlafen, weil er sich durch Berge aus Forschungsmaterial gewühlt hatte. Mark war kein Freund großer Worte. Genau genommen war er der schweigsamste Mensch, den ich kannte. Er war aber auch der einzige Mensch, auf den ich mich an Tagen wie diesen verlassen konnte. Weil er wusste. Weil er verstand. Weil er keine großen Fragen stellte. Und wenn er nicht selbst fahren konnte, bot er mir sein Auto an. Obwohl er wusste, dass ich zwar fahren konnte, aber niemals einen Führerschein gemacht hatte.
Ich nickte seine Frage nur stumm ab und nach einem knappen »Pass auf dich auf, Mark!«, welches er mit »Bring mir die Karre heile zurück!« konterte, rannte

ich erneut. Diesmal durchs Treppenhaus und quer über den Parkplatz, die Finger fest um den Autoschlüssel gekrallt.

Marks dunkelroter Škoda Octavia stach aus der Masse an Autos heraus, war als Kombi eher eine Familienkutsche und nicht das klassische Studentenauto. Ich erreichte den Wagen und stützte mich kurz an der Dachhalterung ab, versuchte zu atmen. Das funktionierte nur mäßig. Die Klamotten klebten mir schweißnass am Leib, während die Ameisen in meinem Bauch mittlerweile Samba tanzten und ich die aufkeimenden Angstgedanken abwürgte. Über zweihundert Kilometer musste ich gleich fahren. Dunkelschwarz half nicht. Dunkelschwarz verbesserte nichts. Doch ich sehnte das erlösende Vibrieren des Handys herbei, weil endlich eine verdammte Antwort eingeflattert war. Doch es passierte nichts.

›Ich fahre jetzt los‹, schickte ich in den schweigenden Orbit und schob nach kurzer Bedenkzeit hinterher: ›Bleib bitte am Leben.‹

Mit allem, was er aufbringen konnte, jagte ich den Škoda über die Autobahn. Den Fuß fest auf dem Gaspedal, während die Asche der abbrennenden Kippe im Mundwinkel auf meine Hose rieselte und Slayer aus dem Radio mir die Ohren wegfetzte. Es war kein Platz für Watte im Kopf. Für Sorgen, Ängste und Erinnerungen, fernab von schön und lauschig. Das Navigationsgerät meldete, die Dauer der Fahrt läge bei zwei Stunden und 39 Minuten. Wenn ich mich schon nicht innerhalb von Sekunden nach Berlin-Moabit beamen konnte, war ich entschlossen, zwei glatte Stunden zu schaffen. Am Leben bleiben klingt manchmal ganz easy. War es in diesem Fall aber nicht. War es für mich nie gewesen und für den Menschen am anderen Ende des Orbits ebenfalls nicht. Die Narben an meinen Handgelenken juckten dumpf, während ich Kilometer für Kilometer abriss und dabei ein Dutzend Kippen vernichtete. Alle 15 Minuten pustete ich eine weitere SMS in den Orbit. Dass ich damit meinen Hals und die Verschrottung von Marks Karre riskierte, hatte weniger Priorität, als dem Menschen am anderen Ende der SMS-Verbindung klarzumachen, dass ich nicht nur quatschte, sondern wirklich auf dem Weg zu ihm war. Es war wichtig, ihm zu zeigen, dass er nicht allein war.

›Ich bin unterwegs. Bleib am Leben.‹

Zwei Stunden später kämpfte ich mich durch den Berliner Straßenverkehr. Der Bleifuß hatte keinen Mehrwert mehr und mit jeder roten Ampel wuchs meine

Frustration. Ich hatte die Fäuste so fest ums Lenkrad geballt, dass die Handknöchelchen weiß hervortraten. Nicht mehr weit bis Moabit. Nur noch ein paar Meter mit dem Auto über die Straße kriechen und ich war am Ziel. Die Karre setzte ich letztlich passend, aber nicht formschön in eine zu eng wirkende Parklücke und zündete mir die nächste Zigarette an, als der Motor verstummte. Nur einen kleinen Moment gab ich mir, bevor ich ausstieg und vielleicht feststellte, dass plötzlich alles anders war. Ich drückte meine warme Stirn gegen das kühle Lenkrad und seufzte. Der Zigarettenqualm brannte in meinen Augen. Bislang hatte ich keine Antwort bekommen. Im Orbit war es totenstill geblieben, abgesehen von meinem viertelstündlich wiederkehrenden Ruf, der ohne großen Nachhall sofort verschluckt worden war.

»Ich bin hier«, stahlen sich die Wörter leise aus meinem Mund. Ich griff blind nach der überfüllten Tasche und stieg aus.
Den Ersatzschlüssel fand ich wie immer oberhalb des angekippten Fensters zum alten Kohlenkeller. Auf eine bessere Idee waren wir nie gekommen, doch auch wenn meine Hand fast zu groß war, es funktionierte irgendwie. Ohne vorab zu klingeln, ließ ich mich selbst ins Haus und stieg mit festen Schritten die Treppen hinauf ins Dachgeschoss. Mit jeder Stufe hämmerte der Puls stärker in meinen Adern, bis das Blut in den Ohren rauschte und die Watte zurück im Kopf war. Ich stand vor dieser Wohnungstür und gleichzeitig drei Schritte neben mir. Was erwartete mich da drin? Die Narben drückten und etwas Bedrohliches saß mir im Nacken, während ich den Schlüssel im Schlüsselloch herumdrehte. Die Tür sprang auf, eine Wolke aus verbrauchter Luft kam mir entgegen und hielt sich hartnäckig, als ich die spärlich beleuchtete Wohnung betrat.

»Ich bin da«, rief ich in die Stille und die Tür fiel leise knarzend hinter mir ins Schloss. Beim ersten Mal hatte ich die Atmosphäre noch als gespenstisch empfunden. Schnell hatte sich das Gespenst jedoch in die Hölle auf Erden verwandelt, als ich hektisch den Krankenwagen gerufen und damit die Situation nur noch verschlimmert, blinde Panik in ihm ausgelöst hatte. Mittlerweile waren zwei Jahre ins Land gezogen und verschiedenste Absprachen existierten zwischen uns. Und so sehr mich auch manchmal die Angst packte – er hatte bislang keine davon gebrochen.
»Wolf?«
Das künstliche Licht brach sich in den Spiegelscherben am Boden, als ich die Badezimmerlampe anknipste. Ich musterte die kleine Zerstörungsexplosion. Er hatte den Spiegel zerschlagen. Ob mit der Faust oder mit der Stirn voran,

wusste ich nicht, entdeckte aber nur minimale Blutspuren. Es war nicht der erste Spiegel, der zu Bruch gegangen war, und es würde nicht der letzte sein – das war mir klar. Nach einem kurzen Blick ins verdunkelte Wohnzimmer holte ich tief Luft und betrat das Schlafzimmer. Finsternis fing mich ein und meine Hand suchte automatisch den großen Kleiderschrank zu meiner Rechten, um einen Orientierungspunkt zu schaffen, bis meine Augen sich an die Dunkelheit gewöhnt hatten.

»Ich bin da, Wolf«, murmelte ich, hielt inne und wartete ab. Erstarrt in der Dunkelheit, eine Hand am Schrank, als sei dieser Koloss ein schwergewichtiger Rettungsanker. Ich setzte zum nächsten Wort an, da drang das Rascheln einer Decke an mein Ohr. Er bewegte sich in seiner Höhle, blieb aber stumm.

»Ich komm zu dir, ja?«

»Nein! Bleib weg!«, schmiss er mir plötzlich entgegen, die Stimme gedämpft von der Deckenschicht über seinem Kopf. »Du darfst mich nicht sehen!«

»Wolf …« Allmählich erkannte ich schemenhaft die ersten Umrisse im Raum und pirschte langsam vorwärts, bemüht, nicht über irgendwelchen Krempel zu stolpern. Während ich mit Leidenschaft Bücher sammelte, sammelte Wolf so ziemlich alles Mögliche und ihm ging wohl langsam der Platz aus. »… es ist stockdunkel hier. Ich kann dich nicht sehen.«

Er schien zu überlegen, als meine Schienbeine gegen die Bettkante stießen und ich mich vorsichtig darauf niederließ. Neben mir türmte sich ein Berg aus Decken und ich wusste, er hockte da drunter, die Knie bis zur Brust gezogen und die Arme um die Beine geschlungen. Der Berg wippte leicht vor und zurück und ich streckte eine Hand aus, ließ sie vorsichtig auf die Stelle sinken, wo ich seinen Kopf vermutete. Er zitterte. »Ich bin jetzt da. Ganz in echt. Ohne SMS.«

Er rutschte zaghaft näher zu mir, unverändert unter den Decken versteckt, bis sein Kopf sich an meine Schulter lehnte. »Du darfst mich nicht sehen!«, wiederholte er und ich nickte, wissend, dass er es zwar nicht sah, vielleicht aber fühlte. Was weiter passieren würde, gab er vor, nicht ich. Und so saßen wir dort, minuten-, vielleicht auch stundenlang und existierten einfach nur. Während ich mich fragte, wie er unter dem schweren Stoff überhaupt Luft bekam, lehnte er weiter an meiner Schulter. Wortlos, bewegungslos.

»Willst du erzählen, was passiert ist?«, fragte ich unvermittelt in die Stille und sein Körper spannte sich sofort an. Ich hatte eine leise Ahnung, was vorgefallen war, weil es nur einen Auslöser für zerstörte Spiegel gab, hielt ihm aber den Weg frei, selbst zu erzählen.

Er blieb stumm, sehr lange, sehr stumm. Bis …

»Manchmal erinnere ich mich an *ihn* und …«

Er sog scharf die Luft ein, sein Körper lehnte jetzt bretthart an meinem und das Zittern nahm zu. Meine Hand blieb, wo sie war – fest auf seinem Kopf. Körperkontakt, aber so wenig wie nötig.

»… und dann ist *er* wieder da und ich kann spüren, was *er* macht … Ich kann's ganz genau spüren, Leo …« Seine Stimme brach in einem erstickten Schluchzen. Meine Augen brannten, doch ich schob es auf den Zigarettenqualm, obwohl ich in dem Moment nicht rauchte. Die aufflammende Wut verknotete meinen Magen und trieb mir die Galle in den Hals. Er war noch nicht fertig und ich wusste es. Der Text veränderte sich nie, folgte immer einem imaginären Drehbuch. Denn nur so fand Wolf überhaupt Wörter für alles, was sein Vater ihm früher angetan hatte.

»*Er* macht immer diese Dinge und dann guck ich in den Spiegel und … und … und …«

»… und du stellst fest, dass ihr euch sehr ähnlich seht?«, schloss ich fragend, aber wissend und er schrie plötzlich gequält auf, bevor er sich vollständig in Tränen auflöste. Sturzbäche, tosendes Wasser aus abertausend Tränen, die dem Schmerz im Inneren niemals gerecht wurden.

Ich legte fest die Arme um ihn und seine Stoffschutzschicht, drückte ihn an mich und vergrub mein Gesicht in der warmen Decke. Eine Lösung musste her, er brauchte Linderung. Wie kamen wir am besten ins Handeln? Doch ich war ratlos. Vielmehr hilflos, denn was konnte man schon tun, wenn einen Menschen seine eigene Vergangenheit in Einzelteile auflöste? Ich hatte es bereits am eigenen Leib erfahren. Schlimm und schlimmer hatten wir die Auswirkungen bei ihm bereits erlebt. Doch solch ein Ausmaß seiner Tränen hatte es lange nicht gegeben.

Tosendes Wasser.

Die Erkenntnis traf mich wie ein Vorschlaghammer.

»Zeigen wir dem Scheiß hier den Mittelfinger und hauen ab. Was denkst du, Wolf?«, nuschelte ich gegen seinen Kopf und wartete. Die Chance auf ein klares »Nein« war groß, doch er überraschte mich, als ein leises »Okay« aus dem Deckenhaufen drang. Ich atmete tief ein, ließ Luft meine Lunge durchströmen und gab den Deckenberg frei. Präsentierten wir also der ganzen Welt unsere schillernden Mittelfinger. Wer, wenn nicht wir?

Der Octavia kutschierte uns sanft über die Straße. Kein Bleifuß, keine Angst vorm schweigenden Orbit. Aus den Augenwinkeln sah ich den frischen weißen

Verband, der Wolfs Hand zierte. Der Spiegel war tatsächlich durch einen Faustschlag zu Bruch gegangen, doch bevor er in seine Höhle abgetaucht war, hatte er die Schnitte an der Hand gereinigt und verbunden. Selbstfürsorge. Nun hatte er sich die Kapuze seines schwarzen Hoodies tief ins Gesicht gezogen und erweckte den Eindruck, durch das konstante Brummen des Motors eingeschlafen zu sein. Ich war mir allerdings sicher, dass er in die Ferne schaute, Wolken zählte und sich über das eine oder andere auf den Feldern grasende Reh freute. Autobahnen tauschten irgendwann mit Landstraßen und nach knapp drei Stunden erreichten wir die Seebrücke, die ich für die Überfahrt auf die Insel auserkoren hatte.

»Schau mal, Wolf! Du kannst von hier aus schon das Wasser sehen!«, rief ich und stupste sein Bein an, um ihn vom Zählen der himmlischen Wattegebilde abzulenken. »Wir sind also fast da.«

Je näher wir der Küste gekommen waren, desto dunkler hatte sich der Himmel gefärbt. Es war die Zeit der Frühlingsstürme, die Wolke über Wolke quer durchs Himmelszelt jagten.

»Können wir gleich an den Strand?«, fragte Wolf und starrte wie gebannt das immer näherkommende Wasser an. »Ich will mich in den Wind stellen.«

Ich nickte nur wortlos und nahm mir vor, die erstbeste Abzweigung nach der Brücke zu nehmen, um seinen Wunsch zu erfüllen. Wenn der starke Wind unsere Köpfe lüftete, war das ein Anfang, oder? Vielleicht stellten wir uns später in den Sturm und schrien, bis unsere Lungen brannten. Und etwaige Spiegelungen in der Wasseroberfläche brauchte Wolf nicht zu fürchten: Die See schäumte und spie, teilte sich und knallte zusammen und trug glitzernde Gischtkronen auf jeder einzelnen Welle mit sich.

Wir waren mutterseelenallein da draußen und Wolf wirkte gelöst, fast schon entspannt, als er Kiesel und Muscheln einsammelte. Der Sturm pustete uns den Kopf frei und die einzige Watte in diesem kleinen Moment blieb am Himmel zurück.

Am Leben bleiben war nicht leicht – doch wer, wenn nicht wir?

Das Reich hinter den Wolken
von Ilka Mella (@autorin_ilka_mella)

Das Erste, was ich nach dem Aufwachen wahrnahm, war der eklige Geschmack in meinem Mund. Es fühlte sich an, als sei mir über Nacht ein Pelz auf den Zähnen gewachsen.

Dann hörte ich eine schon etwas entnervte Stimme aus dem Erdgeschoss: »Miriam! Bist du endlich aufgestanden? Du hast noch eine halbe Stunde!«

Meine Mutter, und Shit, nur noch dreißig Minuten, um mein Leben wieder zusammenzusammeln.

Ich öffnete die Augen, obwohl ich mir den Anblick lieber erspart hätte. Um mein Bett herum und auch darunter lagen leere Chipstüten, Joghurtbecher, Verpackungen von Fertigkuchen und Schokoladenpapiere. Mein Puls beschleunigte sich. Die Überreste meines gestrigen Rückfalls mussten dringend verschwinden, bevor ich aus dem Haus ging.

Ich versteckte den Müll in meinem Schulranzen. Dann hetzte ich ins Bad und versuchte zu duschen, ohne meinen verhassten Körper im Spiegel zu sehen. Unter dem warmen Wasser begann ich, meinen Kopf klarzukriegen. Wie hatte das gestern passieren können? Diesmal wollte ich doch durchhalten, abnehmen, dünn werden, bis zur Abschlussparty in vier Wochen zehn Kilo weniger wiegen und dort die Augen aller auf mich ziehen. Ich wollte hören: »Du siehst aber toll aus!« anstatt »Bist du schon wieder dicker geworden?« Ich wollte endlich die Blicke der Jungs auf mir spüren, wollte in meinem Leben durchstarten. Ich war sechzehn, war das nicht die Zeit, in der man durchdrehte, alles möglich war und die Wunder passierten?

Mit einem Handtuch um den Körper tappte ich zu meinem Zimmer zurück. Während ich mich abtrocknete, wagte ich nun doch einen Blick in den Spiegel an meiner Wand. Meine Schultern sackten verzweifelt nach unten. Mein Bauch war so groß wie meine Brust und ich hatte gar keine Taille! Ich sah aus wie ein Kloß. Als ich meine Beine abtrocknete, schluckte ich. Meine Oberschenkel zeigten Dellen und an den Innenseiten hatte ich seit Kurzem feine, weiße Linien. Geweberisse, Dehnungsstreifen, die gehen nicht mehr weg, hatte mir meine Mutter freundlich mitgeteilt.

Im Spiegel sah ich mir in die Augen, das Einzige, was mir an meinem Körper gefiel. Die Wimpern waren zwar völlig unspektakulär und die Brauen zu buschig (meine Mutter sagte, sie wüchsen noch buschiger nach, wenn man anfinge, sie zu zupfen), aber die Augen selbst waren groß und whiskeybraun (meine Mutter sagte rehbraun) und die Lider lagen schwer auf ihnen (meine Mutter sagte, das sei unser italienisches Erbe). Ohne große Überraschung las ich in ihnen, was ich auch fühlte: Enttäuschung, Selbsthass und wachsende Verzweiflung.

Ich zuckte zusammen, als die Zimmertür aufflog und mein Vater sich vor mir aufbaute.

»Sag mal, was fällt dir eigentlich ein!«, legte er ohne Vorwarnung los. »Hier rumzuträumen, wenn deine Mutter schon zweimal gerufen hat. Und wie sieht das Bad aus? Ich muss da jetzt rein.«

Mir lagen so viele Erwiderungen auf der Zunge, dass ich beinahe daran erstickte. Kurz überlegte ich, eine Krankheit vorzuspielen, um der Schule zu entgehen, wusste aber, dass, hätte ich das Haus für mich, eine komplette Kühlschrankplünderung die Folge wäre. Meine einzige Chance war die Welt da draußen.

Es gab in meinem Schrank noch genau zwei Jeans, die mir passten. Ich entschied mich für die schwarze, als Abwechslung zu der blauen von gestern, und schnüffelte an meinem Lieblingssweatshirt. Heute war definitiv ein Tag für Lieblingssweatshirts. Den Geruch befand ich als noch im grünen Bereich, dann lief ich die Treppe nach unten. Im Eingang wäre ich allerdings beinahe erstickt, weil meine Mutter gerade ihre Haare vor dem Spiegel mit Festiger einsprühte. Meine Mutter: fast eins achtzig groß und die Figur einer Giraffe! Ellenlange Beine, eine zierliche schmale Taille, elegante Hände. War ich ihr nach der Geburt untergeschoben worden? Oder waren die Gene meines Vaters so dominant wie er selbst? An mir war einfach alles unförmig und mein Gesicht sah aus wie ein Pfannkuchen. Lustlos zog ich die Bürste durch meine dünnen, mausbraunen Haare.

Meine Mutter musterte mich. »Schätzchen, du siehst müde aus!« Obligatorische Hand auf die Stirn.

Ich konnte spontan nicht entscheiden, ob mir die Berührung guttat oder ob ich in Ruhe gelassen werden wollte. Aber der Moment war sowieso schon wieder vorbei. Während sie sich auf ihren Arbeitstag vorbereitete, perfektionierte ich den unsichtbaren Abgang, bevor mich noch jemand ansprechen konnte.

Am Nachmittag schloss ich meine Zimmertür hinter mir und lehnte mich von innen dagegen. Ich schloss die Augen und fragte mich zum tausendsten Mal, wann mein Leben so verdammt schiefgelaufen war. Der Schultag war eine Mischung aus Langeweile und gemeinen Spitzen gewesen.

Mir war klar, dass ich heute Nachmittag nicht würde widerstehen können. Es gab noch reichlich Vorräte hinter meinem Bett. Ich würde einfach heute alles aufessen und dann ab morgen eine doppelt strenge Diät halten.

Auf der Abschlussparty wie Phoenix aus der Asche … Irgendetwas in meinem Kopf lachte mich aus. Wem wollte ich eigentlich etwas vormachen?

Ich stellte mich vor den Spiegel, um meinen Selbsthass noch ein bisschen zu schüren. Mir kamen die Tränen. Ich sah diese heulende, dicke Jugendliche und konnte nicht glauben, dass ich das war. Wie konnte ich mich bloß davon abhalten, gleich an die Süßigkeitenvorräte zu gehen und loszuessen? Doch gerade schien es mir, als sei es das Einzige, was ich hatte. In den Momenten, in denen ich aß, glaubte ich noch an meine Träume und daran, dass alles gut werden würde.

Traurig berührte ich mein Spiegelbild, als meine Hand auf einmal wie in einem See versank. Ich schluckte. Die vorher harte Oberfläche des Spiegels zog Wellen und ich konnte mich darin nicht mehr sehen. Aber eine warme Hand hatte meine genommen und zog aufmunternd daran.

Im selben Moment wurde ich von den Füßen gerissen.

Ich fiel, oder besser stolperte, und landete – auf Wolken. Sie wurden von der Sonne des späten Nachmittages angeleuchtet, sodass sie rosa und lachsfarben strahlten. Kitschig, wenn es nicht so verdammt schön gewesen wäre. Und wenn es im Bereich des Möglichen gelegen hätte. Die Wolken unter mir fühlten sich an wie ein Moosbett und trugen mich. Dezente Panik stieg in mir auf. Hatte ich etwas verpasst? Hatte ich meinem vermurksten Leben ein Ende gesetzt? Aber hätte ich mich daran nicht in irgendeiner Art erinnern müssen?

Als ich mich wieder aufrappelte, spürte ich, dass etwas an meinem Rücken hing. Leicht hysterisch drehte ich mich um mich selbst und bekam schließlich etwas aus einem unbeschreiblichen Material zu fassen: samtartig, hauchdünn und trotzdem recht stabil. Ich rupfte daran, im gleichen Moment zerriss mir ein stechender Schmerz fast den Rücken. Mit einem Aufschrei ließ ich los. Der Schmerz ließ nach, und ich versuchte, mich etwas zu beruhigen. Das auf meinem Rücken war aber immer noch da, und so drehte ich den Kopf, soweit ich konnte. Diese in Regenbogenfarben schillernden Gebilde reichten bis über meine Schultern und ragten über mir auf. Waren das etwa … Flügel? Als ich versuchsweise meine Schultern vor und zurück bewegte, wehten mir Strähnen meiner Haare ins Gesicht und ich hob ein Stück ab. Kreischend fiel ich wieder auf meinen Hintern.

Ein leises Lachen ertönte hinter mir.

Mit einem hochroten Kopf rappelte ich mich auf und drehte mich um.

Da stand ein Junge, ungefähr so alt wie ich, mit verschränkten Armen. »Zieh bitte nicht noch mal an ihnen. Das tut mir ja schon vom Zuschauen weh.«
Mir blieb der Mund offenstehen. »Kennen wir uns?«, stammelte ich. Saublöde Frage. Daran hätte ich mich mit Sicherheit erinnert. Alleine das Grau seiner Augen!
»Ich bin Mattis. Leider haben wir nicht viel Zeit. Also folge mir einfach. Wir reden unterwegs.« Er hob ab und mir war klar, dass ich ihm wohl oder übel folgen musste, um Antworten zu bekommen, und auch um zu erfahren, wie ich wieder zurück in mein Zimmer kommen würde. Obwohl das hier echt abgefahren war. Es gelang mir auf Anhieb, zu fliegen. Zu Beginn ruderte ich zwar übertrieben mit den Schulterblättern, lernte dann allerdings schnell, dass eine minimale Bewegung genug war.
Mattis schien auf mich zu warten und so schloss ich zu ihm auf. Aufmunternd sah er mich an, also begann ich trotz meiner Verwirrung ein Gespräch. »Wo ... bin ich und wieso?« Das subsummierte meine Fragen so ziemlich auf das Wesentliche.
»Du bist im Reich hinter den Wolken. Ich muss dir dringend etwas zeigen.«
»Du ... und wer bist du? Bist du ... mein Schutzengel?«
Der geflügelte Junge neben mir lachte leise. »Ich hab dir doch gesagt, ich bin Mattis.« Und nach einer Weile fügte er hinzu: »Ich bin der Hüter deiner Seele.«
Ich vergaß, meine Schwingen zu bewegen, beinahe wäre ich abgestürzt. Als ich mehrere Meter in die Tiefe sackte, folgte mir der Junge mit einer eleganten Drehung.
»Du bist ... was?«
»Der Hüter deiner Seele. Du bist ... die erste Seele, die mir anvertraut wurde.«
»Ehrlich?«, fragte ich. Dieser zuckersüße Typ kümmerte sich um meine Seele? Erst jetzt merkte ich, dass er den Kopf gesenkt hatte und seine Arme wieder vor der Brust verschränkt waren. So leise, dass ich es kaum verstehen konnte, fügte er hinzu: »Aber es läuft nicht besonders gut.«
»Oh ...« Ich schluckte und der Junge tat mir leid. Schon wieder kam ich mir vor wie ein Versager. Die Wolken leuchteten nicht mehr ganz so rosa, als wir schweigend weiterflogen.

Schließlich zeigte Mattis nach unten. »Wir sind fast da!«
Unfassbar eigentlich, dass ich mich schon daran gewöhnt hatte, zwischen Wolken herumzufliegen. Aber was ich hier sah, brachte mich erneut fast zum Absturz.

Dort unten, auf den Wolken, erstreckte sich eine Landschaft. Ein großer See, der in goldener Abendsonne gebadet wurde, und ein riesiger Wald. Mattis flog tiefer und zog dabei einen großen Kreis über die Bäume. Ungläubig betrachtete ich die vielen verschiedenen Exemplare. Ich war jetzt wirklich kein Spezialist für Fauna und Flora, aber das hier war ein wildes Sammelsurium von Urwaldriesen, Eichen, Mammutbäumen und Tannen. Vegetationszonen spielten hier augenscheinlich keine Rolle.

»Die Luft ist rein, lass uns landen«, sagte Mattis knapp, er schien jetzt angespannt zu sein.

Die Landung verlief noch etwas wackelig, ich stolperte ungeschickt nach vorne, weil ich den Schub, den mir meine Flügel auch bei einer leichten Bewegung noch gaben, unterschätzt hatte.

Der Junge mit den grauen Augen nahm lachend meinen Oberarm. »Sachte, immer schön in Rückenlage bleiben beim Landen.« Mattis legte mir ganz kurz die Hand auf die Schulter und sagte anerkennend: »Das hast du gut gemacht. Du scheinst ein Naturtalent im Fliegen zu sein.«

»Was ist das für ein Wald?«, fragte ich, um von mir abzulenken. Mit Lob hatte ich noch nie umgehen können.

Mattis breitete die Arme aus. »Das – ist der Seelenwald. Jeder Mensch hat hier eine Seele, die wächst und Früchte trägt.« Er ging zu einem Baum, einer Linde vielleicht, und streichelte den Stamm. »Das ist eine gesunde Seele. Manche ...«, und damit zeigte er auf einen merkwürdigen Baum mit dunkelgrauer Rinde und schwarz schimmernden Beeren, »... sind giftig. Doch wir Seelenhüter passen auf sie alle auf und versuchen ihnen zu geben, was sie brauchen.«

Er ging ein paar Schritte weiter. »Manche wachsen über sich hinaus«, damit klopfte er gegen den Stamm eines Baumes mit einer mehrfarbigen Rinde, »aber ... ich bin nicht sicher, ob das auch die glücklichsten Menschen sind.«

Der Seelenhüter nahm mich an der Hand und ging auf einen Bereich zu, in dem kleinere Bäume standen. Manche waren nicht viel mehr als winzige Sprösslinge.

»Am schwierigsten bei der Aufzucht der Seelenbäume sind die ersten zwanzig Jahre ...« Seine Stimme hatte einen traurigen Unterton.

Ich bekam ein komisches Gefühl. »Wieso erzählst du mir das alles?«

»Ich ...«, er ließ mich los und strich sich frustriert durch die Haare, »weiß nicht, woran es liegt. Es sollte bei dir keine Probleme geben. Deine Eltern lieben dich, du bist in Sicherheit, du hast Freunde. Trotzdem ...«, er ging vor einem kleinen, verkümmerten Bäumchen in die Hocke, »sieht deine Seele so aus.«

Ich wollte nicht glauben, was ich sah. Ein krummer Stamm, hängende Zweige und halb verwelkte Blätter. Außerdem rankte sich dunkler Efeu um das Bäumchen und erstickte es fast vollständig.

Mattis stützte seine Hände in die Hüften und sah ratlos aus. »Ich weiß einfach nicht weiter.«

»Es tut mir leid«, erwiderte ich zerknirscht und blickte mit Tränen in den Augen auf das kümmerliche Pflänzchen, meine Seele.

»Siehst du, und das ist eines der Hauptprobleme!«, donnerte eine Stimme hinter uns.

Mattis zuckte zusammen und zog augenblicklich den Kopf ein.

Ein weiterer Geflügelter war lautlos gelandet, flankiert von zwei Typen, die wie eine Leibgarde aussahen. Der Mann in der Mitte war eindeutig der Chef. Große breite Schultern, unbeugsame, resolute Haltung. Unfreundlich fixierte er Mattis und mich mit zusammengezogenen Brauen. Seine Augen sahen aus, als tobte darin ein Gewitter und die schwarzen Strähnen, die sich aus den zurückgebundenen, schwarzen Haaren gelöst hatten, gaben ihm ein wildes Aussehen. Die folgenden Worte richtete er an Mattis, es klang wie eine Lektion. »Wieso tut es ihr leid? Sie kann nichts dafür. Sie ist fast noch ein Kind. Wieso nimmt sich bei ihr zu Hause niemand Zeit, zu fragen, warum sie die Tage in ihrem Zimmer verbringt? Wieso ermutigt sie niemand, die Welt zu entdecken und wagemutig zu sein? Und wieso hat ihr niemand beigebracht, Grenzen zu ziehen? Wie soll man in dieser Welt da unten zurechtkommen, wenn man nicht weiß, das Wort ›Nein‹ zu benutzen?«

Wenn seine Worte schon vorher nicht sehr freundlich gewesen waren, wurden sie jetzt zu Eis. »Aber du bist der Falsche, um sie an die Hand zu nehmen. Wie kommst du dazu, sie hierherzubringen?«

»Ich … konnte doch nicht einfach zusehen, wie sie verkümmert! Ich habe versucht, ihr Zeichen zu schicken, aber sie war zu tief im Efeu verstrickt …«

»Und das haben wir zu akzeptieren. Du kennst unsere Gesetze. Wir sind Hüter, keine Retter.«

»Bitte, Isus. Gewähre ihr einen Blick in den See der Möglichkeiten, damit sie weiß, was aus ihr werden könnte … wo sie doch jetzt schon mal hier ist?«

Mattis beherrschte definitiv den Dackelblick, dem keiner widerstehen konnte.

»Was soll das bringen? Denkst du, sie spürt nicht, was in ihr steckt? Und trotzdem kann sie sich nicht befreien aus ihren Mechanismen, die sie zum Überleben entwickelt hat.«

»Bitte!«

Der andere seufzte. »Da du nun sowieso schon alle Regeln gebrochen hast, gehe deinen Weg zu Ende. Vielleicht lernst du etwas daraus.«

In meiner Mitte entzündete sich eine kleine Flamme, die mich zuerst nur wärmte. So viel hatte Mattis für mich riskiert? Und er wurde dafür nur zurechtgewiesen? Die Flamme wurde zu einem Feuer. »Wie kommen Sie dazu, Mattis so zu kritisieren? Er setzt sich für mich ein, und das ist das Ermutigendste, was mir seit langer Zeit passiert ist.«

Isus sah mich an wie ein Insekt. »Es ist leicht für dich, hier im Wolkenreich aufzubegehren. Aber dies ist nicht deine Wirklichkeit. Dort musst du lernen, aufzustehen. Und du musst herausfinden, welche der vielen Rollen, die du versuchst zu spielen, dir selbst entspricht. Vielleicht keine davon.« Mit diesen Worten gab er den Weg zu dem silbrig schimmernden See frei.

Mattis nickte mir freundlich zu und ich ging etwas eingeschüchtert, aber auch gespannt auf die Wasseroberfläche zu. Was würde ich sehen? Eine strahlende Schönheit? Eine erfolgreiche Anwältin? Eine Künstlerin?

Mit großen Augen beugte ich mich über das Wasser und sah – einen Baum. Einen gesunden Stamm, dichtes, sattgrünes Laub und große, rote Früchte.

Verwirrt drehte ich mich um. »Was ... hat das zu bedeuten?«, fragte ich Mattis und suchte die Antwort in seinen Augen.

Isus antwortete für ihn. »Dass du gesund werden kannst, erfüllt und glücklich. Dass es in dir steckt, dieses Zerrbild deiner selbst, hinter dem du dich vor den Ansprüchen der anderen versteckst, hinter dir zu lassen. Aber deine Zeit hier bei uns ist nun vorbei. Ich wünsche dir Glück.«

Isus schnippte mit den Fingern und ich merkte, wie ein Wind aufkam, der unter meine Flügel stob und mich davonwehen wollte.

Ich packte Mattis' Arme und seine Hände verschränkten sich mit meinen. »Danke, dass du an mich glaubst. Ich werde dich nicht enttäuschen.«

Mattis sah mich ein letztes Mal an. »Finde, was dich wirklich ausmacht, ich bin sicher, es wird großartig sein.«

»Du bist der beste Seelenhüter, den ich mir wünschen kann.«

Mit diesen Worten lösten sich meine Finger und ich ließ mich von Isus' Wind nach Hause tragen. Ich wurde aus dem Spiegel katapultiert und stolperte in mein Zimmer hinein. Ein Blick auf die Uhr zeigte mir, dass höchstens zehn Minuten vergangen waren, seit diese unfassbare Reise begonnen hatte. Oder war es nur ein Traum gewesen?

Ich sah wieder in den Spiegel, doch diesmal sah ich gerötete Wangen, strahlende Augen und vom Wind zerzauste, wilde Haare. Einen gesunden Körper mit starken, straffen Schultern und Beinen, die mich weit tragen konnten. Nie wieder wollte ich mich durch meinen inneren Zerrspiegel betrachten, der mich dazu brachte, mich auf negative Äußerlichkeiten zu beschränken und mich von einem Leben voller einmaliger Chancen fernzuhalten. Ich würde jetzt anfangen zu leben, für mich zu sorgen, und nicht auf Perfektion warten. Ich würde mich nicht mehr verstecken hinter Essen und Isolation.

In diesem Moment flog die Tür auf und mein Vater stand in meinem Zimmer.

»Bist du etwa immer noch nicht bei den Hausaufgaben?«

Ruhig drehte ich mich zu ihm um. »Raus.«

Mein Vater schnappte nach Luft.

»Ich bin sechzehn Jahre alt und habe ein Recht auf Privatsphäre. Das nächste Mal klopfst du an.«

Als mein Vater sich umdrehte und wortlos mein Zimmer verließ, spürte ich es: Mein Seelenbaum streckte ein Blatt nach der Sonne aus, ganz zaghaft.

Ich wusste, es würde ein langer Weg werden und ich würde nicht jeden Tag stark genug sein, für mich einzustehen.

Aber für mich und meinen Freund im Reich hinter den Wolken würde ich die Kraft aufbringen. Ich wusste jetzt, er war da und freute sich über jede Blüte, die sich entfalten und jede Frucht, die reifen würde, egal, wie sie aussahen.

Trigger mich
von Simone Heisz (@moneee_h)

Hoffentlich dauert der Termin nicht so lang, es ist noch so viel zu tun, und wie üblich habe ich viel zu wenig Zeit. Aber wer kennt das nicht. Zudem fühle ich mich die ganze Woche schon so seltsam, als stünde ich irgendwie neben mir. *Werde ich krank? Bekomme ich meine Tage? Oder bin ich einfach nur überarbeitet?* Ich stöhne innerlich auf und reibe mit der linken Hand entnervt über meine Nasenwurzel, während ich mit der rechten an die Bürotür meines Chefs klopfe. Er bittet mich hinein und ich setze mich auf das beigefarbene Sofa. Schnell breite ich meine Unterlagen auf dem Glastisch zwischen uns aus und bringe meinen Chef auf den neuesten Stand. Alles läuft hervorragend und das Meeting ist durchaus produktiv.

Nach einer Weile beginne ich, mich unbehaglich zu fühlen, der Raum verzerrt sich leicht und ich reibe mir die Augen. *Was ist nur los mit mir?* Mich zu konzentrieren, fällt mir plötzlich schwer. *Was hat er gesagt?* Im verzweifelten Versuch, mich wieder zu fokussieren, starre ich mein Gegenüber an, während er unbeirrt weiterspricht. Ich kann zwar nicht folgen, nicke aber automatisch. Mein Herz rast, was die aufkeimende Übelkeit und den Schwindel noch verstärkt. *Was hat er gesagt?* Die Situation ist mir äußerst peinlich, ich möchte stark und kompetent wirken, nicht schwach und zerbrechlich. Doch obwohl in mir ein Kampf gegen die Ohnmacht tobt, wirke ich äußerlich ruhig und beherrscht.

Mein Chef scheint nichts zu bemerken, im Gegenteil, er steht auf, bedankt sich für meine Zusammenfassung und verabschiedet mich. Ich nicke höflich und verlasse wie ein Zombie das Büro. Meine Beine bewegen sich vorwärts, obwohl ich nicht das Gefühl habe, sie bewusst zu steuern.

Auf der Toilette angekommen, muss ich mich am Waschbeckenrand festhalten, um nicht umzufallen. Mein Herz schlägt so schnell und schmerzhaft, dass ich befürchte, es könnte aus meiner Brust springen. Durch die Beklemmung bekomme ich Panik und beginne zu hyperventilieren. *Was ist das nur? Bekomme ich etwa einen Herzinfarkt? Und das in meinem Alter?* Mein linker Oberarm tut plötzlich höllisch weh, *ist das nicht das erste Anzeichen für einen Herzinfarkt?* Ich weiß nicht, wie mir geschieht; die Frau, die mir aus dem Spiegel entgegenblickt, sieht mir nicht im Geringsten ähnlich. Ihre Haut ist weiß, jegliche Farbe ist aus ihren Wangen gewichen und kleine Schweißperlen bedecken ihre Stirn.

In ihren Augen steht die blanke Angst. *Was geschieht nur mit mir? Und wann hört es wieder auf? Fühlt sich so Sterben an?*

»Entschuldigung, Entschuldigung! Dürfte ich kurz vorbei? Oh, Vorsicht, nicht, dass ich noch auf Ihre Nachos trete.« Mit dieser Litanei mogeln wir uns fünf Minuten vor Vorstellungsbeginn durch die dritte Reihe, zum Unmut aller bereits Sitzenden. Wie immer zu spät. Nun gut. Ursprünglich bestand mein heutiger Plan darin, frustriert und schmollend zu Hause zu sitzen. Aber eine meiner besten Freundinnen hat mich gezwungen, diesen Fantasy-Streifen mit ihr anzusehen. »Um nach der Sache den Kopf freizubekommen«, sagt sie. Wobei mich *diese Sache* eigentlich gar nicht tangiert. Zumindest nicht so, wie sie vielleicht annimmt. Was passiert ist? Ich wurde abserviert, von einem Kerl. Wir hatten uns einige Monate lang verabredet, aber so richtig gezündet hat die Beziehung zwischen uns nie. Emotional bewegten wir uns einfach nicht vorwärts. Daher hat er gestern Abend die Reißleine gezogen und mir gestanden, dass er sich in Zukunft nicht mehr mit mir treffen möchte. Was für mich vollkommen in Ordnung ist. Als emanzipierte Frau bin ich schließlich nicht auf einen Mann an meiner Seite angewiesen. Einzig und allein mein Ego hat es schwer getroffen. Aber das wird schon wieder. Halb so wild.

Endlich erreichen wir unsere Plätze und ich stopfe Jacke und Tasche unter meinen Sitz. Es wird dunkel und der Film startet. Die Handlung ist unterhaltsamer als gedacht und schreitet voran, während ich müßig mein Popcorn vor mich hin esse. Ich verschlucke mich an einem kleinen Korn und muss kräftig husten, ein Schluck meiner Cola und das Klopfen meiner Faust auf mein Dekolleté unterbindet den Hustenanfall schnell. Während meine flache Hand noch auf meinem Brustkorb liegt, werde ich mir plötzlich unnatürlich deutlich meiner Atmung und meines beschleunigten Herzschlags bewusst. Und auch der fünfhundert weiteren Leute, die mit mir in diesem Saal sitzen. Ich hatte noch nie Probleme mit Klaustrophobie, doch drängt sich mir nun die Frage auf, wie schnell ich den Kinosaal verlassen könnte, wenn ich mich unwohl fühlte. Oder Panik bekäme. Also rein hypothetisch.

Wie ein schwarzer Schleier senkt sich die Angst über mich, mein Herz rast, ich kann mich nicht mehr auf den Film konzentrieren. Die Leute um mich herum lachen, anscheinend hat es eine lustige Szene gegeben. *Wie könnt ihr jetzt nur lachen und so unbeschwert sein?* Bei dieser Enge im Saal und dieser stickigen Luft. Mein Hals ist trocken. Ich trinke einen Schluck, doch ich fühle mich nicht besser. Im Gegenteil, die Kurzatmigkeit nimmt zu. Ich überschlage die Beine, um mich von diesem Gefühl abzulenken, es funktioniert nicht. Überschlage sie in die andere Richtung und meine Absätze scharren dabei über den rauen Teppich unter den Sitzen. Es funktioniert wieder nicht. Der kalte Schweiß tritt mir auf die Stirn, während ich krampfhaft versuche, den Gesprächen auf der Leinwand zu folgen und der Panik, die mich einhüllt, zu entfliehen. Die Situation wirkt surreal, einerseits fühle ich nichts, andererseits alles. Die komplette Bandbreite an mir zur Verfügung stehenden negativen Emotionen. Eine gefühlte Ewigkeit lang reiße ich krampfhaft die Augen auf und starre auf die Leinwand, bis sich mein Herz endlich beruhigt. Als meine Atmung nachzieht und sich verlangsamt, sacke ich innerlich zusammen und drücke mich tief in den weichen Sitz. Erleichterung durchflutet mich und ich knabbere weiter an meinem Popcorn. Wie ich bereits sagte, es hat nur mein Ego getroffen.

Soeben fahre ich mit meinem neuen Volvo auf die Autobahn auf. Schon seit Ewigkeiten habe ich kein so neues Auto mehr besessen, es fühlt sich gut an. Die Ledersitze, die einwandfrei funktionierende Klimaanlage und die Sitzheizung! Besser geht es nicht. Während ich einen langsamen Smart auf der mittleren Spur überhole, tippe ich auf meinem Handy in der Halterung herum, um die Navigation zu starten. Ich besuche heute eine Kollegin von früher, sie wohnt circa einhundert Kilometer entfernt, daher sehen wir uns leider nicht mehr allzu regelmäßig. Ich wundere mich zunächst über die errechnete Fahrzeit, denn sie kommt mir ungewöhnlich lang vor, schenke dem Ganzen aber keine weitere Beachtung.

Nach dreißig Minuten wird mir klar, warum ich wohl etwas länger brauchen und mich zum Kaffee verspäten werde: eine Baustelle. Laut der aufgestellten Schilder eine ziemlich lange noch dazu. Das kann ja heiter werden. Ich fahre in lockerem Tempo auf der rechten Spur und schlängele mich, gemeinsam mit Dutzenden anderer Autos, die behelfsmäßig markierten Fahrstreifen entlang. Die Fahrbahn wird links und rechts von Betonpfeilern begrenzt. Einen Standstreifen gibt es nicht mehr. Und genau dieser flüchtige Gedanke lässt meinen Puls abrupt in die Höhe schnellen. Kein Standstreifen. Keine Ausfahrt. Keine Möglichkeit anzuhalten, falls ich mich unwohl fühlen sollte. Oder Panik bekommen sollte. *Fühle ich mich denn unwohl? Nein, natürlich nicht. Wobei, wenn ich genauer darüber nachdenke, jetzt schon.* Ich spüre die bereits vertraute Enge in meiner Brust und umklammere krampfhaft das Lenkrad. *Nein! Bitte nicht jetzt! Ich muss doch fahren. Wenn ich jetzt ohnmächtig werde, endet das in ei-*

nem riesigen Unfall! Ich könnte mich selbst schwer verletzen, oder noch schlimmer, andere! Der kalte Schweiß tritt mir auf die Stirn und meine Hände zittern. Am liebsten möchte ich weinen. Ich versuche, meine Atmung unter Kontrolle zu bringen, und singe mit belegter Stimme den Song im Radio mit. Jede Abwechslung ist willkommen, während ich den gelben Fahrbahnmarkierungen folge. Die Minuten ziehen sich in die Länge, ich bin unglaublich angestrengt und atme schwer. Doch endlich sehe ich, wie sich die Spuren wieder verbreitern und dadurch das Ende der Baustelle markieren. So schnell und heftig diese Attacke begonnen hat, so schnell ist sie auch wieder vorbei. Denn es kann nichts mehr passieren. Ich kann jederzeit abfahren. Obwohl der Wind bei dieser Geschwindigkeit meine Haare zerzaust, öffne ich das Fenster und genieße die kühle Luft auf meiner schweißnassen Stirn.

Heute war ein langer Tag. Nach einem gelungenen Abendessen und ein paar Folgen meiner Lieblingsserie lasse ich mich erschöpft, aber entspannt auf die weiche Matratze meines Bettes sinken. Mein Blick schweift durch mein Schlafzimmer. Die hohen Wände mit Verzierungen aus Stuck sowie der Fußboden aus Fischgrätparkett geben jedem Zimmer seinen ganz eigenen Altbau-Charme. Ich liebe meine Wohnung. Seitdem ich hier eingezogen bin, ist sie mein Rückzugsort und mein unangefochtener Wohlfühl-Tempel. Kein Druck, kein Stress, keine Erwartungen. Hier kann ich ganz ich selbst sein. Und obwohl all diese positiven Gedanken durch meinen Kopf wabern, verspüre ich plötzlich die altbekannte innere Unruhe. Obwohl sich die Panik diesmal sachte ankündigt, könnte der Schock nicht größer sein: *Nicht hier! Nicht in meiner Wohnung! Das kann nicht sein! Bin ich nirgends mehr sicher?* Meine Brust schmerzt, ebenso der linke Arm. Mein Sichtfeld verschwimmt, während schwarze Punkte vor meinem geistigen Auge tanzen. Wie Schneeflocken. Nur schwarz wie die Nacht. Würde ich nicht sitzen, würde ich vermutlich umfallen und zu Boden gehen.

Das ist es! Ich stehe auf. Zunächst zaghaft, dann mit einer Vehemenz, die im krassen Gegensatz zu meinem momentanen Gefühlsleben steht. Denn ich weiß, was zu tun ist. Ich bin darauf vorbereitet. Anstatt klein beizugeben und die Panik die Überhand gewinnen zu lassen, schiebe ich meine Ängste beiseite und laufe los. Einen Fuß vor den anderen. Dabei spüre ich das glatte Parkett unter meinen nackten Fußsohlen, was mir Sicherheit verleiht. Ich atme tief durch die Nase ein und durch den Mund wieder aus. Ganz langsam, ohne Hast. Genauso wie ich es gelernt und schon tausendmal geübt habe. *Hier habe ich die Kontrolle. Ich ganz allein.* Nach kurzer Zeit werden meine Schritte sicherer und meine Atemzüge langsamer. Der Druck auf der Brust nimmt ab, die Panik schwindet.

Diesmal macht sich nicht nur Erleichterung breit, sondern auch Stolz. Stolz auf mich selbst, darüber, dass ich die Panik, die mich wie ein dunkler Schatten zu verschlucken drohte, abschütteln konnte. Mit jedem Mal wird es einfacher. Und die Angst vor einem Rückfall weniger. Über die Jahre habe ich gelernt, meine Panikattacken sogar als eine Art Freund zu betrachten. Einen Freund, der mir unmissverständliche Signale sendet. Der mich vor Problemen warnt, vor denen mein Geist sich noch verschließt. Mit jeder überwundenen Attacke werde ich nicht nur stärker, sondern lerne mich selbst auch besser kennen. Daher blicke ich mutig in die Zukunft und denke: *Trigger mich.*

Ein weiterer Versuch
von Scarlett Henning (@lettilein_)

»Da sind wir«, sagte ich und stellte erschöpft die kleine, aber ziemlich schwere Reisetasche auf dem Boden ab.

Ihr Blick blieb am verglasten Haupteingang haften. In ihrem Gesicht war ihr die Anspannung deutlich anzusehen, denn ihre Lippen waren zu einem dünnen Strich zusammengepresst.

Wir verharrten einige Minuten vor den Stufen der Eingangstreppe und schwiegen gemeinsam. Ich ließ meinen Blick über das Gelände mit der gepflegten Grünanlage schweifen. Das war mir lieber, als mich mit den bohrenden Fragen auseinanderzusetzen, an was sie wohl gerade dachte und ob ich ihre Gedanken gutheißen würde.

Die Anlage hatte es mir angetan. Sie lud zum Verweilen ein, vor allem an einem sonnigen Tag wie diesem. Auch die Menschen, die das schöne Wetter nach draußen gelockt hatte, machten einen entspannten Eindruck auf mich und wirkten so normal. Erst als eine Frau in einem langen, weißen Kittel gemeinsam mit einem dieser entspannt wirkenden Menschen an uns vorbeilief und mit zielsicheren Schritten im Gebäude verschwand, wurde mir wieder bewusst, wo wir uns befanden. Ich war hier zum ersten Mal. Sie kannte diesen Ort und vor allem dieses Gebäude vermutlich besser, als es ihr selbst lieb war.

»Ich will noch eine rauchen, bevor wir reingehen.« Sie kramte nervös in ihrer Handtasche und holte eine Schachtel Zigaretten hervor.

Ich konnte es nicht leiden, dass sie die Finger nicht von den Dingern lassen wollte. Immer und überall musste sie die Luft damit verpesten. Selbst in der Wohnung rauchte sie eine nach der anderen. Das hatte sie auch schon früher getan, als ich noch ein Kind gewesen war. Aber wenn man das große Ganze betrachtete, war ihre Nikotinsucht das geringste Übel und ich hatte irgendwann beschlossen, sie deshalb nicht mehr zu kritisieren. Erst wenn sie alles andere unter Kontrolle hatte, wäre sie vielleicht bereit und dazu in der Lage, auch dieses Verlangen einzustellen.

»Okay. Lass uns dort Platz nehmen. Eine halbe Stunde haben wir noch Zeit. Bis neun Uhr sollen wir da sein, hat die Schwester gestern am Telefon gesagt«, erwiderte ich und deutete auf eine der freien Parkbänke einige Meter von uns entfernt.

Noch bevor wir uns niedergelassen hatten, versuchte sie bereits ungeduldig, mit ihren zittrigen Händen eine Zigarette aus der vollen Schachtel zu fummeln. Ich konnte ihre Hilflosigkeit nicht ertragen und wandte meinen Blick von ihr ab.
»So eine Scheiße!«, fluchte sie.
Eigentlich wollte ich das Geschehen unkommentiert lassen. Ich wusste, wie schnell sie an die Decke gehen konnte, vor allem, wenn sie so gereizt war wie heute, aber ich konnte es nicht länger ignorieren. Wie so oft.
»Soll ich dir helfen?«
»Ich schaffe das alleine!«, fauchte sie mich an. Dabei schlug mir eine ordentliche Alkoholfahne entgegen.

Ich schloss die Augen und atmete einige Male tief durch. Das half mir manchmal, meinen eigenen Stresspegel im Zaum zu halten und die Ruhe zu bewahren. Ich öffnete meine Augen erst wieder, als ich das Klicken des Feuerzeuges hörte. Bei jedem tiefen Zug drehte sie ihren Kopf von mir weg, damit ich nicht sehen konnte, wie schwer es ihr fiel, die Zigarette zielgerichtet zum Mund zu führen, ohne sie dabei aus der Hand fallen zu lassen.

»Du hast heute noch was getrunken, oder?«
»Habe ich nicht.«
»Du hast eine Fahne, Mama.«
»Jetzt reicht es! Höre auf, solch einen Quatsch zu erzählen.«

Diesen Satz hörte ich so oft von ihr. Jedes Mal, wenn ich sie fragte, ob sie getrunken hatte. Und jedes Mal brachte sie mich damit zum Schweigen. Die Situation war von unglaublich viel Scham geprägt. Vermutlich auf beiden Seiten. Letztendlich wusste ich die Antwort. Über die Jahre war ich immer feinfühliger dafür geworden. Es brauchte nur einen Blick in ihre Augen und den ganz bestimmten Klang ihrer Stimme und ich wusste Bescheid. Allerdings hoffte ich immer wieder, dass ich vielleicht doch falsch läge. Deshalb wurde ich nie müde, sie zu fragen.

»Ich habe gestern Abend den letzten Schluck getrunken, wenn du es so genau wissen willst. Ich bin nicht wie die anderen. Ich komme hier nicht besoffen an, okay?«

Die anderen. Damit meinte sie die anderen Menschen mit Alkoholproblem, mit welchen sie vehement jede Gemeinsamkeit abstritt. Sie sei nicht wie sie und würde auch nie wie sie sein. Dass sie schon längst wie sie war, wollte sie nicht wahrhaben. Aber ich konnte es sehen und das tat wahnsinnig weh. Sie hatte die Kontrolle darüber verloren, wann und wie viel sie trank. Sie brauchte den Alkohol. Bereits in aller Frühe nahm sie den ersten Schluck zu sich, noch bevor sie richtig aufgestanden war. Das gehörte für sie dazu, wie für andere der Kaffee am Morgen. Bei ihr war es eben das Bier oder der Wein.

Lange Zeit hatte sie heimlich getrunken. Auf Familienfeiern hatte sie demonstrativ keinen Alkohol zu sich genommen und auch vor uns hatte sie das nicht getan. Stattdessen hatte sie damit angefangen, überall, wo sie nur konnte, etwas von dem Zeug zu verstecken. Sich kleine Depots zu schaffen, auf welche sie immer wieder und an jedem Ort zurückgreifen konnte. Irgendwann aber hatte sie den Überblick über ihre Verstecke verloren, denn es war nicht selten vorgekommen, dass wir in der hintersten Ecke eines Küchenschranks oder im vollen Wäschekorb auf eine halbvolle Flasche Wein oder eine leere Bierflasche gestoßen waren.

Und dann gab es einen Zeitpunkt, wo es ihr egal geworden war, seitdem trank sie auch vor mir. So blieb die Bierflasche einfach auf dem Nachttisch stehen, anstatt in ihm zu verschwinden. Außer bei meinem Vater, den sie mit ihrer Streitlust und ihrem permanenten Geschrei irgendwann in die Flucht getrieben hatte, versuchte sie weiterhin, die Fassade aufrechtzuerhalten. Das war natürlich sinnlos, denn er wusste genauso Bescheid, wie jeder Nachbar im Block und jede Verkäuferin im Supermarkt um die Ecke Bescheid wussten.

Wenn sie nichts getrunken hatte, wurde sie unruhig und war reizbarer als sonst. Das war mir aufgefallen, nachdem sie ein paar Mal versucht hatte, eigenständig mit dem Trinken aufzuhören. Das ging völlig schief. Denn wenn sie komplett auf Alkohol verzichtete, fing irgendwann ihr gesamter Körper an zu krampfen. Einmal tat er das nicht, aber dafür sah sie Hunderte kleiner und großer Ratten in der Wohnung, obwohl da überhaupt keine waren. Das waren Entzugserscheinungen. Ihr Köper brauchte mittlerweile den Alkohol und wehrte sich massiv dagegen, wenn er ihn nicht bekam. So hatte es mir ein Arzt erklärt, nachdem ein lebensbedrohlicher Versuch, mit dem Trinken aufzuhören, im Krankenhaus geendet hatte. Spätestens ab da konnte auch ich nicht mehr leugnen, dass meine Mutter alkoholabhängig war. Sie hatte nicht nur ihr Leben damit verändert, sondern auch unseres und vor allem meins. Denn von da an drehte sich alles nur noch um sie, und mein Kampf, sie davon zu überzeugen, damit wieder aufzuhören, hatte begonnen.

»Ich wünsche mir einfach nur, dass du es diesmal schaffst.«

Ich unterdrückte die Tränen, die jedes Mal bei den Erinnerungen an die Vergangenheit in mir aufstiegen. Vor ihr wollte ich nicht weinen. Das hatte ich zur Genüge getan, als ich noch ein Kind gewesen war. Geändert hatte sich dadurch nichts. Nun war ich erwachsen und da musste ich stark sein. Ich wollte stark für uns beide sein und ich wollte an ein gutes Ende glauben. Ich wollte mir nicht ausmalen, was geschehen würde, wenn ihre eigene Tochter sie auch noch aufgäbe.

Sie reagierte nicht auf meine Worte. Wenn es ihr zu viel wurde, ignorierte sie mich einfach. Manchmal war das okay. Solche Momente waren mir lieber als die, in denen sie mich unentwegt anbrüllte. Aber jetzt war nicht der Zeitpunkt, die Tatsachen totzuschweigen. Dafür waren sie viel zu offensichtlich. Wir befanden uns schließlich auf dem Gelände der größten Psychiatrie der Stadt und sie hatte einen geplanten Termin zur Entgiftung. Den hatte ich für sie in die Wege geleitet, nachdem sie tagelang mit ihren angeblichen Freunden in ihrer Wohnung durchgetrunken hatte. Ich war zu ihr gefahren, als ich nichts mehr von ihr gehört hatte, und hatte sie allein im Schlafzimmer in einem völlig desolaten Zustand aufgefunden. Ich nutzte ihren Moment der Schwäche aus und machte ihr klar, dass das so nicht weitergehen konnte, und wenn sie weitermachen würde, dann ohne mich. Davon war ich überzeugt gewesen. Zumindest in dem Moment.

»Sag doch bitte was, Mama.«
Sie seufzte. »Was soll das jetzt? Warum sollte ich es nicht schaffen?«
Ich lachte auf vor Empörung. Das konnte sie nicht ernst meinen! »Weil du vielleicht die letzten Aufenthalte einfach mittendrin abgebrochen hast? Oder ich erinnere dich an den einen von vor vier Jahren, wo du es wie auch immer geschafft hast, die gesamte Zeit über heimlich zu trinken?«
»Das hat dir dein Vater erzählt, oder?« Ihre Augen funkelten vor Wut.

Ich musste mich bremsen. Wenn ich jetzt weitermachte, würde ich sie in die Flucht treiben und dann wäre alles umsonst gewesen. »Es ist egal. Lass uns damit aufhören. Wenn du so weit bist, würde ich jetzt einfach gerne mit dir reingehen.«

Ich wartete nicht auf eine Antwort. Stattdessen nahm ich ihre Reisetasche und erhob mich von der Parkbank. Plötzlich griff sie nach meiner Hand und hielt sie fest, was mich am Gehen hinderte. Ich drehte mich zu ihr und sah sie fragend an.

»Ich habe dir versprochen, dass ich es diesmal durchziehen werde, und daran werde ich mich auch halten. Dich zu enttäuschen ist das Letzte, was ich will. Ich will so nicht weitermachen«, sagte sie und machte eine kurze Pause, um sich eine Träne von der Wange zu wischen. »Ich kriege das hin.«

»Das wäre so toll, Mama.«

Ich drückte ihre Hand, die meine noch immer festhielt, und schenkte ihr ein Lächeln, in das ich viel Hoffnung und ein klein wenig Zuversicht legte.

Die wenigen Meter bis zum Haupteingang gingen wir schweigend. Kurz bevor wir die gläserne Eingangstür passierten, hielt sie jedoch meinen Arm fest und forderte mich erneut auf, stehen zu bleiben. Als ich dem nachkam, wanderte ihre Hand weiter meinen Arm hinunter bis zu den Henkeln der Reisetasche, welche sie umklammerte und dann zu sich zog.

»Den Rest schaffe ich alleine«, sagte sie sanft.

»Aber Mama —«

Sie schüttelte entschlossen den Kopf, gab mir zum Abschied einen zärtlichen Kuss auf die Wange, wie sie es das letzte Mal vor Jahren getan hatte, und verschwand dann durch die gläserne Eingangstür im Klinikgebäude, ohne sich noch einmal nach mir umzudrehen.

Ich blieb allein zurück und überlegte, ob ich ihr nachlaufen sollte. Nur um sicherzugehen, dass sie auch wirklich auf der Station ankam. Doch ich entschied mich, ihr zu vertrauen, auch wenn das alles andere war als leicht.

Martin Ehrmann jun.
von Finn Crawley (@finn.crawley.autor)

Auf dem Grabstein steht mein Name. Es ist ein großer Stein, nicht protzig, denn das ist nicht unser Stil. Groß, aber bescheiden. Schwarz, aber nicht glänzend. Die Buchstaben sauber herausgemeißelt, feinste Handarbeit jeder einzelne, aber nicht eingefärbt.

MARTIN EHRMANN

Martin, Ehrenmann: Auf Martin kann man sich verlassen. Wenn du einmal einen Rat brauchst, dann geh zu Martin. So einen wie den alten Ehrmann, den gibt es heute nicht mehr. Der war noch aus einem ganz anderen Holz geschnitzt. Da können sich die Jüngeren einmal eine Scheibe von abschneiden.

Ich entferne das nasse Laub zwischen den Heidekräutern, die vor dem Grabstein wachsen, auf dem mein Name steht. So früh am Morgen ist der Zentralfriedhof noch … nein, menschenleer ist er nicht. Außer mir und einem Dutzend Saatkrähen befinden sich nur keine lebenden Geschöpfe hier.

Ich friere. Letzte Nacht habe ich praktisch nicht geschlafen. Seit Wochen habe ich nicht mehr richtig geschlafen. In einer Stunde müsste ich im Büro sein. Der Schreibtisch wartet. Dein Schreibtisch wartet auf mich, Vater.

MARTIN EHRMANN GmbH & Co KG. Seit drei Generationen im Familienbesitz. Du hast den kleinen Betrieb von Opa Martin groß gemacht, Vater.

Meine kalte rechte Hand gleitet in meine Jackentasche und umschließt den glatten Griff deiner alten Pistole.

Alles, was ich besitze, verdanke ich dir, Vater. Alles, was ich noch bin, bist du. Du hattest mit allem recht: mit der Firma, mit Anna, mit allem, vor allem aber mit Anna. Ich knie nieder vor dir. Ich strecke die Waffen, ich ergebe mich dir. Ich habe versagt. Versagt als Chef. Versagt als Ehemann und als Vater. Was aber am schwersten wiegt, ist mein Versagen als Sohn. Als dein Sohn. Ich habe dich verraten.

Du musst stark sein, hast du immer gesagt. Du musst dich durchsetzen, es zu Ende bringen.

Ich bin nicht stark. Bin es nie gewesen, und du hast es gewusst. Und durchsetzen kann ich mich auch nicht. Aber zu Ende bringe ich es heute. Ich schließe die Augen und nehme die Pistole aus der Tasche.

Alles ist still. Selbst die Krähen in den alten Platanen scheinen zu warten. Zu warten – worauf warten sie, worauf warte ich noch?

Ein letztes Mal denke ich an Anna. Wir waren glücklich in Paris, wirklich glücklich, aber das ist lange her. Wir hatten fünfhundertachtundsechzig glückliche Tage. Unbeschwert, losgelöst, durchgedreht, tanzend, verzaubert, betrunken, gelebt, geliebt … ja, immer wieder geliebt. Bis zu deinem Anruf am 2. Juni 2009, der alles veränderte.

Noch einmal öffne ich meine Augen, die sich bei der Erinnerung an Anna mit Tränen gefüllt haben, und blicke auf das Grab von Robert, meinem jüngeren Bruder, der an deiner rechten Seite liegt. Du hattest ihn dir zum Nachfolger ausgesucht. Völlig zu Recht, denn Robert war deiner würdig. Er war dein Ebenbild. Nicht nur äußerlich. Er war ein Draufgänger wie du. ALL IN – ganz oder gar nicht.

Ich habe eure Vorliebe für schnelle Motorräder nie geteilt. Aber als du mich in Paris anriefst, habe ich mein Kunststudium noch in der gleichen Woche an den Nagel gehängt und bin mit Anna zu dir ins Sauerland gezogen.

Meine Knie versinken in dem kalten, nassen Boden deines Grabs. Die verholzten Äste der Heidekräuter stechen durch meine dünne Hose. Ganz langsam schiebe ich mir den Lauf der Pistole in den Mund, ohne ihn dabei allzu weit zu öffnen. Meine Zähne klappern.

Schon heute wird es die ersten Gerüchte in der Firma geben, aber Simon Ebert, mein Stellvertreter, wird zunächst nur sagen, dass ich einen Unfall hatte. Er wird etwas Zeit brauchen, um mit der neuen Situation zurechtzukommen und die Sache für sich zu verarbeiten. Aber dann wird er ein guter Geschäftsführer für unsere neuen japanischen Inhaber sein und ein besserer Chef für unsere noch verbliebenen hundertzweiundfünfzig Mitarbeiter, als ich es je gewesen bin. Morgen wird er dann die Belegschaft zusammenrufen, zur Schichtübergabe am frühen Nachmittag, damit möglichst viele dabei sind. In der großen

Maschinenhalle 1 werden sie sich alle versammeln, wie wir es auch nach deinem Tod gemacht haben. Neben dem Rednerpult wird ein Schwarz-Weiß-Bild von mir in einem dunklen Rahmen mit Trauerflor stehen. Daneben eine brennende Kerze – aus Brandschutzgründen in einer hohen, mit Sand gefüllten gläsernen Vase – und ein Feuerlöscher. Zuerst wird fassungslose Stille herrschen. Der ein oder andere wird möglicherweise sogar eine Träne vergießen. Natürlich nicht so viele wie bei deiner Trauerfeier, Vater.

Dann wird eine Phase der Aufarbeitung folgen, nicht zu lang, zwei Wochen vielleicht. Meine engsten Mitarbeiterinnen und Mitarbeiter werden sich Vorwürfe machen, warum sie von dem Kampf, der in mir tobte – und es war eine lange, ohrenbetäubend laut kreischende Schlacht –, nichts mitbekommen haben. Jasmin und vielleicht auch Ayça werden sagen: »Und ich habe ihm noch Komplimente gemacht, weil er in den letzten Monaten so deutlich abgenommen hat.« Und Simon Ebert wird sagen: »Ich hatte sogar den Eindruck, dass er erleichtert war, nachdem der Deal mit den Japanern klar war. Er hätte doch jetzt alles machen können, was er wollte.«

Ja, alles machen können, denn in der neuen Firma brauchte es einen Quereinsteiger von Papas Gnaden, einen abgebrochenen Kunststudenten, der innerhalb von knapp sechs Jahren das florierende Erbe seines Vaters fast vor die Wand gefahren hat, definitiv nicht mehr.

Über meine Trennung von Anna würde man nicht sprechen. Denn es war ja schon über vier Jahre her, dass sie mit dem gemeinsamen Sohn zurück nach Paris gezogen war. Vier Jahre sind doch eine Ewigkeit. Da musste er doch längst drüber hinweg sein. Und Martin Ehrmann jun. war ja immer so gut gelaunt.

Sie haben in mir auch immer nur den gesehen, den sie sehen wollten. Aber ich mache ihnen da keinen Vorwurf. Ich habe ihnen ja auch immer nur das gezeigt, was sie sehen sollten. Und wer fragt schon seinen Chef, ob er psychische Probleme hat? Zehn Stunden am Tag und fünf Tage in der Woche habe ich für sie meine Rolle gespielt. Aber niemand weiß, wie es in der übrigen Zeit in mir aussah, wenn ich abends und am Wochenende allein in meiner großen Villa saß – in meinem goldenen Käfig.

Nur um es noch ein letztes Mal in aller Deutlichkeit zu sagen: Anna werde ich nie vergessen! Sie ist das Skelett, das meine Seele zusammenhält, sie ist die DNA meines Herzens. Ohne sie hätte ich niemals erfahren, wie es ist, nicht ein

Nichts zu sein. Ja, Vater, du hattest recht, sie war nicht die richtige Frau für mich. Aber nur nicht für das Leben eines Industriellen im Sauerland, in das sie mir bereitwillig gefolgt ist. Anna hatte ihren eigenen Kopf. Ich weiß noch, wie du fast ausgerastet bist, als sie durchgesetzt hat, dass unser Sohn Jérôme heißt und nicht Martin.

Ich habe Anna immer geliebt und werde sie immer lieben. Auch für ihre Entscheidung, zurück nach Paris zu gehen, habe ich sie geliebt, auch wenn mir das niemand glaubt. Ich habe sie dafür geliebt, dass sie erkannt hat, was gut für sie ist. Dafür, dass sie die Kraft hatte, den ständigen Kreislauf von Streit und Unzufriedenheit zu durchbrechen. Und für ihre Konsequenz zu handeln. Nein, ich habe sie keine Sekunde gehasst. Mein Hass richtet sich ausschließlich gegen mich selbst. Dass ich es nicht geschafft habe, ihr das Leben zu bieten, das sie verdient hat. Und dass ich für meinen Sohn kein besserer Vater war.

Zum Glück ist Claude da anders. Er ist ein wirklich guter Mann. Wir kennen uns schon seit Studienzeiten und ich habe mich ehrlich für Anna und Jérôme gefreut, als ich gehört habe, dass Claude und Anna nächsten Monat heiraten. Ich kann mich für das Glück anderer Menschen freuen und gleichzeitig traurig sein, tieftraurig, abgrundtief traurig.

Nur sollte ich dann besser nicht trinken, so wie gestern Abend. Und wenn ich getrunken habe, sollte ich nicht telefonieren. Und wenn ich betrunken telefoniere, sollte ich auf keinen Fall mit Anna sprechen. Wir haben uns gestritten wie noch nie. Dabei wollte ich ihr eigentlich nur mitteilen, dass für Jérômes Ausbildung gesorgt ist. Ich wollte einfach nur ein guter Vater sein.
Und jetzt ist alles aus. Alles. Für immer!

Der Alkohol von gestern und der nach Öl stinkende Pistolenlauf in meinem Mund: Ein kurzer Impuls geht von meinem Gehirn an den Zeigefinger meiner rechten Hand, wird aber im letzten Augenblick unterbunden. Mein Würgereflex ist stärker. Ich reiße mir die Waffe aus dem Mund und übergebe mich röchelnd auf allen vieren auf das Grab meines Vaters. Mir ist so schlecht. Lieber Gott, warum kann ich nicht einfach so sterben?

Als Antwort höre ich Vaters Stimme: »Das gibt es doch wohl nicht. Da ist der Kerl selbst zu blöd, den Abzug zu betätigen«, dröhnt es gleichermaßen wütend wie verächtlich in meinem Kopf. »Bring es zu Ende, Martin!«

Mühsam raffe ich mich auf. Ja, Vater. Verzeih mir. Du hast wie immer recht. Ich werde dich nie wieder enttäuschen. Diesmal halte ich den Lauf der Pistole an meine Schläfe. Ganz leicht berührt mein Finger bereits den Abzug, als mein Vater wieder mit mir spricht:

»Martin.«

Einfach nur Martin. Diesmal spricht Vater ganz zart. So zart wie nie zuvor.

»Martin.« Noch einmal. Fast flehend und von hinten, mit einem leichten französischen Akzent.

Ich bin mir sicher, ich höre eine Stimme. Nicht in meinem Kopf, wie sonst so häufig, sondern in der Realität, einer Realität, die mir immer weiter zu entschwinden droht.

Das ist nicht mein Vater.

»Anna?«, höre ich mich ganz leise fragen und merke, wie meine eigene Stimme ganz langsam in den Nebel meines Bewusstseins vordringt und sich in mein Gehirn eingräbt wie ein Rettungsanker. »Anna!« Das war Annas Stimme. Wie kann sie jetzt hier sein? Sie muss sich gleich nach meinem Anruf gestern ins Auto gesetzt haben, um hierherzukommen.

»Du bist nicht wie dein Vater, Martin. Du bist du! Du bist ein eigener, äußerst wertvoller und liebenswerter Mensch, genauso, wie du bist.«

Langsam lasse ich die Waffe sinken und drücke sie erschöpft und weinend in den feuchten Boden vor mir zwischen die Heidekräuter, sodass Anna sie nicht sieht. Ich schäme mich so. Ich lasse den Kopf sinken und brauche einige lange Sekunden, bis ich genügend Kraft gesammelt habe, mich umzudrehen.

Da steht sie hinter dem Zaun und streckt mir ihre Hand entgegen. Meine Anna. Der einzige Mensch, der mich je verstanden hat.

Neben ihr steht Claude mit seinem schönen und breitflächigen Gesicht und überragt sie um mehr als einen Kopf. »Martin, bitte lass dir von uns helfen«, sagt er auf Französisch. »Anna und ich lieben dich. Wir sind deine Freunde, und Jérôme braucht seinen Vater.«

Zwischen den Ohren
von Martina Rens (@martinarens)

Dieser blöde Vogel war schon wieder da.

Genervt sprang er auf und riss die Terrassentür auf.

Die Krähe blieb ruhig auf dem Tisch sitzen und schaute ihn mit ihren schwarzen Knopfaugen neugierig an. Dann hackte sie mit dem Schnabel energisch auf das Kabel des Tischgrills ein, das sich über den dreckigen Holztisch kringelte, und flog schließlich mit lautem Krächzen davon.

Er trat auf die Terrasse, zündete sich eine Zigarette an, inhalierte einige tiefe Züge und schnipste sie danach mit den Fingern auf den Rasen. Sein Blick ruhte auf dem Tischgrill mit dem angepickten Kabel. Mit einem wütenden Laut, der einem Knurren glich, fegte er das Gerät vom Tisch.

Die ältere Frau aus der Wohnung neben ihm, die auf ihrer Seite der Rasenfläche Wäsche aufhängte, sah erschrocken hoch. Als sie ihn erblickte, senkte sie schnell ihren Blick.

Blöde Schnepfe.

Er musste etwas unternehmen. Krähen sind kluge Vögel. Dieses Exemplar war sitzengeblieben und nicht weggeflogen, als er die Tür geöffnet hatte. Vielleicht war sie krank. Obwohl sie eigentlich nicht so ausgesehen hatte. Also war es eine Botschaft. Für ihn.

Er hob den Grill auf. Er sah unversehrt aus. Nur dort, wo die Krähe das Kabel bearbeitet hatte, war blanker Draht sichtbar. Er hatte nicht gewusst, dass Krähen einen so starken Schnabel haben. Wenn er Isolierband darumwickelte, könnte er den Grill wahrscheinlich noch gebrauchen. Hatte beim Telefon auch funktioniert. Allerdings musste es gelbes Band sein. Die anderen Farben isolierten nicht, das war ihm mittlerweile klar.

Er nahm den Tischgrill mit in das Wohnzimmer und stellte ihn auf einen der vielen Zeitungsstapel neben dem Couchtisch. Hoffentlich hatte er noch genügend gelbes Band, sonst würde er noch in den Baumarkt laufen müssen. Vier Rollen hatte er allein für die Steckdosen benötigt. Auch wenn das nicht sehr viel genützt hatte. Es gab noch immer zu viele Schwachstellen in dieser Wohnung.

Sie hatten es auf ihn abgesehen, und er wusste auch, warum. Er war kurz davor, diese Organisation zu sprengen, und das konnten sie nicht dulden. Menschen wie er waren gefährlich für das große Ziel. Mussten eliminiert werden. Wurden abgehört. Aber er kannte ihre Methoden. Hatte vorgesorgt. Isoliert.

Sie hatten ziemlich lange keine Aktionen mehr unternommen. Aber er wusste, dass es nur eine Frage der Zeit war, bis sie wiederkamen. Sie hatten ihn ja schon früher immer wieder gefunden.

Seine Mutter hatte ihm nicht geglaubt. Hatte was von Einbildung gefaselt. Zum Schluss hatte sie regelrecht Angst vor ihm gehabt. Vor IHM, nicht vor denen, die ihn verfolgten und drangsalierten.

Beim letzten Mal hatte seine Mutter die Polizei gerufen, die ihn mitnahm. Als er sich Monate später Handyaufnahmen ansah, die er von sich selbst vor dem Besuch bei seinen Eltern gemacht hatte, musste er zugeben, dass ihre Angst verständlich war. Dieser Gesichtsausdruck war schon … irre.

Sein Vater sagte damals zu ihm: »Junge, du brauchst Hilfe.« Es war das erste Mal, dass ihn sein Vater nicht mit seinem Namen angesprochen hatte. Komisch, dass ihm das damals aufgefallen war.

Nach dem wochenlangen Aufenthalt in der Klinik hatte er endlich Ruhe. Offenbar reichten ihre Beziehungen nicht bis dorthin. Die vielen Gespräche mit dem netten Arzt hatten ihn letztendlich überzeugt, dass er dort sicher war. Und vielleicht hatte er sich das tatsächlich ja alles nur eingebildet.

Das Mittel zur »Stärkung seiner Konstitution«, wie es die Ärzte in der Klinik nannten, musste er nach seiner Entlassung weiternehmen. Es half tatsächlich; er fühlte sich mit jedem Tag besser. Sein Appetit jedenfalls war beträchtlich, was sich auf der Waage deutlich bemerkbar machte. Allerdings fiel ihm das Denken manchmal etwas schwer. Es fühlte sich an, als ob seine Gedanken sich erst durch dicke Watte hindurcharbeiten mussten. Eigentlich gar nicht so unangenehm, doch nach einiger Zeit fand er es anstrengend. Seine Hausärztin meinte, das seien Nebenwirkungen, die man vernachlässigen könne. Wichtig sei, dass ihm das Mittel mehr helfe als schade.

Daran war nichts auszusetzen, doch fühlte er sich nach einem halben Jahr wirklich genug gestärkt. Einfach mal ausprobieren, wie es ihm ohne das Mittel ging. Er fühlte sich großartig. Die Wattedecke verschwand, seine angefutterten Kilos auch. So langsam keimte in ihm die Hoffnung, dass ihn die, die ihn verfolgten, endlich aus ihrer Zielkartei gestrichen hatten.

Die Wohnung, in die er vor zwei Monaten gezogen war, hatten ihm seine Eltern besorgt. Zwei Zimmer, Küche, Bad, ebenerdig, mit Terrasse und angrenzender Rasenfläche. Was praktisch war, so sparten sich seine Freunde – die, die er noch hatte – den Weg durch das Treppenhaus. Klopften einfach an die Terrassentür, wenn sie mit einem Kasten Bier bei ihm aufschlugen.

Anfangs kamen sie fast täglich, aber nach einigen Wochen wurden die Besuche weniger und reduzierten sich auf das Wochenende. War ja klar, sie mussten arbeiten. Er war zu Hause. Zumindest im Moment. War gar nicht so einfach, einen geeigneten Job zu finden. Er hatte zurzeit kein Auto, also suchte er nach Stellenangeboten in seiner Nähe. Viel gab's da nicht.
Und seine Ärztin hatte sowieso gemeint, dass er auf keinen Fall den ganzen Tag arbeiten könne, das sei eine zu große Belastung für ihn.
Außerdem waren da noch die wöchentlichen Gruppensitzungen, die immer mittwochvormittags stattfanden. Da ging er zwar nicht mehr hin, aber das mussten seine Ärztin und das Arbeitsamt ja nicht wissen.

Dass er nicht mehr an den Sitzungen teilnahm, lag an Bram. Bis dahin hatte es ihm ganz gut gefallen. Was die anderen erzählten, war interessant, wenn auch manchmal unglaubwürdig. Wer packt schon sein Telefon in eine Decke, damit es nicht friert! Kein Wunder, dass man denjenigen dann für verrückt hält.
Als Bram das erste Mal an der Gruppensitzung teilnahm, fläzte er sich auf das Sofa und lächelte breit. Bis auf seinen Namen sagte er den ganzen Vormittag nichts.
In der darauffolgenden Woche setzte er sich rittlings auf einen Stuhl, zog sein Handy aus der Hosentasche und daddelte darauf herum, bis die Sitzung beendet war. Er sagte kein einziges Wort.
Bei der Sitzung eine Woche später sagte der Therapeut zu Bram, dass es schön wäre, wenn er sich an den Gesprächen beteiligen würde. Bram schaute ihn an und begann, wie ein Huhn zu gackern. Danach presste er die Lippen zusammen und fuhr mit den Fingern darüber als Zeichen, dass sie versiegelt waren.
Die nächste Sitzung fand erst drei Wochen später statt, weil der Therapeut Urlaub hatte.
Diesmal redete Bram. Sein starker niederländischer Akzent war lustig, seine Worte waren es nicht. »Ihr seid alle verrückt«, sagte er, »aber ich nicht.«
Als ihn alle erstaunt ansahen, gackerte er sein schrilles Hühnerlachen. »Wie blöd seid ihr eigentlich? Glaubt ihr echt, dass ihr normal seid? Nee hoor, alle hier seid ihr ein bisschen gaga. Ich weiß das, ich hab schon viele von euch gesehen. Aber …«, hier machte Bram eine bedeutungsvolle Pause, »het zit tussen de oren. Kapiert? Zwischen den Ohren. Das ist alles nur in eurem Kopf. Und deshalb seid ihr plemplem und ich nicht.« Seine Worte unterstrich er mit drehenden Zeigefingern an beiden Schläfen, rollte mit seinen Augen und gackerte dabei.

»Und warum glaubst du, dass du nicht verrückt bist?«, fragte ihn Micha, der neben ihm saß. »Es hat doch einen Grund, warum du auch hier bist.«

Bram sah erst Micha, dann ihn an und meinte dann geheimnisvoll: »Ich muss jemanden finden. Das Huhn weiß, wen.«

Volltreffer. Es war das letzte Mal, dass er zur Gruppensitzung gegangen war. Er war nach Hause gestürmt und hatte alle Türen abgeschlossen. Die Rollos heruntergelassen, Telefon und PC ausgeschaltet, den Fernseher ebenso.

Am nächsten Tag deckte er sich mit Lebensmitteln, Batterien, Zigaretten und allem ein, was er für die nächsten Wochen benötigen würde. Auch mit einem Tischgrill.

Seine Mutter hatte er aus einer Telefonzelle angerufen und gesagt, dass er für ein paar Tage bei einem Freund in Münster sei. Sie hatte es ihm offenbar geglaubt und ihm viel Spaß gewünscht.

Sie hatten ihn gefunden. Es gab einfach kein Entkommen. Bram hatten sie in die Gruppe geschleust, damit der ihn ausspionieren konnte. Und wer weiß, vielleicht kamen sie ja bereits in seine Wohnung, wenn er mal nicht zu Hause war. Erdgeschoss mit Terrasse. Verflixt, das war eine Einladung für die. Obwohl sie natürlich genauso leicht in eine Wohnung im Dachgeschoss gelangen würden. Hatte er sich nicht schon darüber gewundert, dass das Licht in der Küche in den letzten Tagen immer so flackerte? Obwohl die Glühbirne in Ordnung war? Den Kühlschrank hatte er schon vor einer Woche untersucht und hinten mit gelbem Band isoliert. Nur vorsichtshalber. Er stammte zwar von seinen Eltern, aber man konnte ja nicht wissen, ob die Organisation nicht doch schon wieder tätig war.

Er ging in die Küche und schloss die Tür. Dann nahm er die Taschenlampe von der Spüle, machte das Licht aus und stieg auf die kleine Trittleiter, die sich ebenso wie die Taschenlampe noch vom Streichen vor einigen Wochen in der Küche befand.

Seine Ahnung hatte ihn nicht getrogen. Ein dünner, gelbgrüner Draht, der lose neben der Lüsterklemme hing. Sie hatten die Wohnung infiltriert. Shit. Sein Herz begann zu rasen.

Er musste handeln. Sofort.

Er holte Hammer und Meißel und begann, die Decke zu bearbeiten. Öffnete sie rund um den Lampenanschluss, bis er den Leitungsverlauf sah. Der gelbgrüne Draht war mit den anderen zusammen verdreht, sodass er nicht auffiel. Wirklich raffiniert von denen. Wenn sie die Lampe manipuliert hatten, dann auch die Steckdosen.

Seine Ahnung bestätigte sich. Die beiden Steckdosen in der Küche waren ebenfalls betroffen. Drähte raus, Steckdosen mit gelbem Isolierband abdecken. Das war sicher. Falls er etwas übersehen haben sollte, isolierte das gelbe Band so stark, dass die Strahlung der Leitungswanzen nicht mehr durchkam.

Die anderen Zimmer waren clean gewesen. Noch. Sein Instinkt hatte ihm gesagt, dass sich das bald ändern würde.

Von der Terrasse aus hatte er den perfekten Blick auf den Park und die Straße, die direkt daran vorbeiführte. Daher machte er es sich tagsüber im Liegestuhl bequem, grillte seine Würstchen und Steaks und beobachtete die Umgebung. Keine Auffälligkeiten. Bis auf diesen blöden schwarzen Vogel, der ständig auf der Wiese herumhüpfte und ihn beäugte.

Einmal war er hineingegangen, weil er pinkeln musste. Als er zurückkam, saß die Krähe auf dem Tisch. Bevor er reagieren konnte, packte sie mit ihrem Schnabel ein Stück Fleisch und flog auf den Rasen, wo sie das Stück in aller Ruhe verspeiste. Er verscheuchte sie mit Handgebärden, doch sie flog nur krächzend auf einen Baum und blieb dort sitzen.

Er konnte das Vieh nicht leiden. Es war immer in der Nähe, lauerte darauf, sich von seinem Essen bedienen zu können. Also baute er sich eine Schleuder. Er traf zwar nicht, doch der Vogel war weggeflogen und nicht zurückgekommen. Das war vor zwei Tagen. Jetzt war die Krähe wieder da. Und nun war er sich sicher, dass sie ihm mit ihrem Verhalten etwas sagen wollte.

Er überlegte. Sie hatte durch ihr Picken einen Kupferdraht bloßgelegt. Alle Stromleitungen in der Wohnung waren sauber; er hatte sie mit seinem speziellen Wanzen-Aufspürgerät kontrolliert und nichts gefunden. Blieben noch … aber das wäre Wahnsinn. Der Aufwand wäre selbst für die Organisation zu hoch. Allerdings, wenn sie jemanden wirklich RICHTIG abhören wollten, jemanden, der ihre Methoden kannte, mussten sie sich etwas Spezielles einfallen lassen.

Er hatte keine Wahl. Mit hängenden Schultern schlurfte er ins Wohnzimmer, setzte sich auf den letzten Platz auf dem breiten Sofa, der noch nicht von Werkzeugen und anderen Geräten belegt war, und überlegte.

Wo war der Anschluss? Er hatte keine Ahnung von Wasser- oder Gasleitungen, aber er konnte vielleicht Enzo fragen. Per SMS, mit anonymer Prepaid-Nummer, die er sich extra besorgt hatte. Enzo kannte die Nummer, er würde wissen, dass er es war, wenn seine SMS eintrudelte.

Die Antwort kam zehn Minuten später, half ihm aber nicht weiter. Enzo hatte auch keine Ahnung. Also schaute er in der Küche hinter den kleinen Vorhang. Es gab keine Einbauküche; sein Vater hatte eine Arbeitsplatte montiert, für die seine Mutter den Vorhang genäht und angebracht hatte. Rechts daneben stand der Gasherd, links die Spüle.

Da waren die Anschlüsse. Er verfolgte die Leitung bis zum Gerät. Es war die richtige. Er machte sich an die Arbeit.

Zwei Stunden später klopfte es laut und mit einem bestimmten Rhythmus. Fast hätte er es durch sein eigenes Geklopfe überhört. Er lief ins Wohnzimmer, ließ Enzo durch die Terrassentür herein und ging zurück in die Küche.

Sein Freund folgte ihm. »Ey Alter, was geht denn hier ab, Mann! Bist du irre? Mensch Rönne, du hast die Leitungen rausgerissen. Das zahlt keine Versicherung. Und es stinkt widerlich nach ...«, er hörte Enzo schnüffeln, »nach faulen Eiern oder so.«

»Das ist der Käse aus dem Kühlschrank«, nuschelte er mit der Taschenlampe zwischen den Zähnen. »Sie haben mich gefunden. Dieser scheiß Bram in der Gruppe. Der hat für sie spioniert. Jetzt haben sie mich wieder am Haken. Keine Chance, wenn ich die Leitungen nicht isoliere. Gib mir mal das gelbe Band, das auf dem Küchentisch liegt.« Er saß unter der Arbeitsplatte und streckte die Hand aus.

Enzo gab ihm die Rolle Isolierband und ging neben ihm in die Hocke. »Geil, Alter. Willst du mit dem Band jetzt die Löcher abdichten, oder was?«

Er gab keine Antwort, sondern hackte mit dem Meißel weiter in dem Loch herum. Dann legte er die Taschenlampe neben sich, riss mit den Zähnen ein Stück Band ab und klebte es über das Rohr. Dann das nächste Stück und das nächste, bis die freigelegte weiße Leitung vollkommen zugeklebt war.

Zum Schluss zog er eine Leitung heraus, von der er weiter unten in der Wand ein Stück frei- und abgehackt hatte. Sie war gelb.

Er hob den Finger an die Lippen, um Enzo zu bedeuten, dass er ruhig sein solle, und zeigte dann Richtung Wohnzimmer.

Enzo nickte und folgte ihm. »Ey Rönne, was soll das? Deine Küche hat Totalschaden. Und wer sind ›sie‹?«

Enzo begriff offenbar nichts. Er musste es ihm erklären. »Ich werde von einer Organisation verfolgt. Sie haben mich vor meiner ... äh ... Pause in der Klinik ausspioniert. Der Arzt hatte mich überzeugt, dass sie das aufgegeben haben. Und jetzt haben sie Bram in meine Wochengruppe geschickt, und der hat ein Huhn, das es weiß«, flüsterte er.

»Ich kapier kein Wort. Ich dachte, du wärst wegen Burn-Out in der Klinik gewesen.« Sein Freund sah in stirnrunzelnd an.

»Ja. Ist doch egal! Mann, verstehst du, die wollen mich eliminieren, weil ich weiß, wie sie operieren. Weil ich weiß, wie sie Menschen abhören und manipulieren. Ich kenne ihr großes Ziel. Und wer ihnen in die Quere kommt ...« Er machte eine Schnittbewegung über seine Kehle und sah Enzo verzweifelt an. »Die gelbe Leitung. Die war schon gelb, als ich sie rausgerissen habe. Also wissen sie, dass Gelb isoliert und nutzen das selbst, damit ich ihre Wanzen nicht finde. Ich muss alle gelben Leitungen rausreißen, damit sie mich nicht mehr abhören können. Hilfst du mir?« Flehend sah er seinen Freund an.

Enzo blickte ihn zweifelnd an. »Hör mal, das ist echt 'ne große Nummer. Du solltest damit zur Polizei gehen.«

Entgeistert schaute er Enzo an. Sein bester Freund war gegen ihn. Hätte er sich ja denken können. »Ich hab das letzte Mal meine Mutter um Hilfe gebeten. Sie hat die Polizei gerufen. Die hat mich dann mitgenommen und ich habe mehrere Wochen in dieser Klinik verbracht. Die glauben mir nicht, Enzo! Die halten mich für verrückt. Bram hat gesagt, bei uns sitzt es zwischen den Ohren. Einbildung. Gaga. Sein Huhn weiß das auch. Zwischen den Ohren, wenn man verrückt ist. Ich bin nicht irre.«

Er begann, hin- und herzulaufen und redete laut mit sich selbst. »Ich bin nicht verrückt, ich bilde mir das nicht ein. Ich weiß, dass sie mich verfolgen. Fuck, warum glaubt er mir nicht! Bram ist ein Scheißkerl, ich muss das Huhn finden. Und die Alte von nebenan ist sicher auch eine von denen.«

Enzo legte ihm den Arm auf die Schultern.

Er schüttelte ihn ab und sagte mit zusammengekniffenen Augen: »Du bist einer von ihnen, oder? Sie haben dich gekauft, damit du mich aushorchen kannst.«

Enzo hob seine Hände. »He, ich bin dein Freund. Mich hat niemand gekauft. Schon gut, Rönne, ich helfe dir. Aber es ist zu dunkel in der Küche, wenn du das Rollo unten hast. Und draußen ist es mittlerweile auch dunkel. Da kriegst du kein Licht mehr von der Terrassentür.« Er zog seine Zigaretten aus der Tasche und lief voraus in die Küche. »Ich rauch jetzt erst eine und dann helfe ich dir, okay? Aber erstmal machen wir Licht an. Und — ey Alter, nichts für ungut, aber dieser Käse stinkt wirklich widerlich. Wir müssen danach echt mal kurz lüften.«

Die Lichtschalter. An die hatte er gar nicht gedacht. Mann! Logisch, wenn er einen der Schalter betätigte, schaltete sich automatisch die Abhöreinrichtung ein. Wie hatte er nur so blöd sein können! An das Naheliegendste hatte er nicht gedacht. Sofort isolieren. Wo war das gelbe Isolierband?

Schnell drängte er sich an seinem Freund vorbei und stürmte in die Küche. Er hob die noch eingeschaltete Taschenlampe und die Rolle mit dem gelben Band vom Boden auf. Dann drehte er sich um.

Enzos Hand lag auf dem Lichtschalter.

»Warte, Enzo, die Lichtschalter sind noch nicht gelb isolie…«

Wächter
von Nadia Raia (@@nadia.raia_autorin)

Er hasste dieses Kind.
Er hasste es, wenn es zu heulen anfing. Er hasste es, wenn es so lange schrie und bockte, bis Matteo seine eigenen Gedanken nicht mehr hören konnte.
Er hasste dieses Kind.
»Halt endlich die Klappe, Mann!«
Der Junge zuckte beim Klang der lauten Stimme zusammen, unterbrach sein Heulen jedoch nur für einen Moment, ehe er nach Luft schnappte und wieder damit anfing.
Matteo zog die Knie an seine Brust, legte seine Stirn darauf ab. Er wollte sich die Ohren zuhalten, doch er wusste genau, dass das nicht helfen würde.
Es gab nichts, was ihm jetzt helfen würde.
Er war hier. Dieses schreiende Kind war hier.
Matteo hob das Kinn ein paar Zentimeter an, um durch das halblange Haar, das ihm in die Augen fiel und an seiner Nasenwurzel kitzelte, einen verstohlenen Blick in die andere Ecke des Raumes zu werfen.
Und sie war hier.

Matteo hatte lange gebraucht, um sie zu bemerken, aber seit er sie kannte, sah er sie ständig in seiner Nähe.
Sie wusste alles über Matteo. Kannte jeden seiner Fehler. Kannte all seine Ängste. Und sie war sich nie zu schade dafür, Matteo jede seiner Unzulänglichkeiten vor Augen zu führen.
Matteo hatte sie nie nach ihrem Namen gefragt. Sie dagegen hatte viele Namen für ihn.
»Bring die Kröte zum Schweigen«, sagte sie und deutete mit einem Kopfnicken in Richtung des kleinen Jungen, dem allmählich von dem ganzen Heulen die Luft wegblieb, sodass er zwischen seinen ohrenbetäubenden Lauten und dem Wimmern nun immer wieder japste.
»Klappt nicht«, gab Matteo knapp zurück. Er hatte es doch versucht und damit nur erreicht, dass der Junge kurz zusammengezuckt war.
»Dann lass dir was anderes einfallen«, blaffte sie. Sie saß an einem kleinen, runden Tisch und hatte die Beine übereinandergeschlagen. Nun löste sie sie, setzte die Füße fest nebeneinander auf den Boden und beugte sich ein wenig herunter, um Matteo feindselig anzustarren. »Ich will dieses Scheißkind nicht mehr hören.«
Matteo auch nicht.

Er wollte auch sie nicht mehr hören.

Er wollte allein sein. Er wollte atmen können. Er wollte die Augen schließen und in der Dunkelheit versinken.

Stattdessen war er hier, in diesem Raum mit steril weißen Wänden und Strahlern an der Decke, die so kaltes Licht abgaben, dass Matteos Hände darunter fahl wirkten.

Er löste seine Arme von den Knien, um seine Beine auszustrecken. Starrte seine Hände an.

Waren das seine Hände?

Es war zumindest sein schwarzer Hoodie, dessen Ärmel sich über die Handgelenke schoben.

Aber waren das seine Finger?

Er drehte beide Hände, sodass die Rücken zur Decke zeigten, und bemerkte erst jetzt, wie sehr sie zitterten.

Wie sehr sein ganzer Körper unter einer Anspannung bebte, für die er bis zu diesem Moment taub gewesen war.

Jetzt, da er sie spürte, überfiel sie ihn.

Matteo fühlte sich fremd. Fremd in diesem Raum, fremd in diesem Körper, der zitterte, als wollte er Matteo damit zwingen, ihn zu verlassen.

Und das wollte Matteo, das wollte er wirklich.

Er wollte hier raus.

Mit bebenden Knien kämpfte Matteo sich in den Stand, traute diesem Körper jedoch nicht genug, um sich von der Wand abzudrücken, deren Kälte er selbst durch den Stoff des Hoodies an seinen Schulterblättern spürte.

»Reiß dich zusammen, du Clown«, zischte sie.

Matteo starrte auf den gefliesten Boden vor sich, um ihrem Blick auszuweichen, von dem er wusste, dass er abschätzig auf ihm lag.

»Und bring die Heulsuse endlich zum Schweigen.«

Sie hatte sich keinen Zentimeter von der Stelle bewegt. Das konnte Matteo im Augenwinkel sehen, während er den Riss in einer der Fliesen nachverfolgte.

Er hörte ein Knarzen, aus dem er schloss, dass sie sich nun im Stuhl zurücklehnte.

»Was ist überhaupt mit dir? Warum stellst du dich so an?«

Das wusste Matteo nicht.

Er wusste nicht, was mit ihm los war. Er spürte nur den Stress in seinem Körper. Spürte Anspannung. Spürte so vieles. Und spürte nichts.

»M-hm, dachte ich mir«, sagte sie, als hätte sie jeden seiner Gedanken gehört. »Das ergibt einfach wieder gar keinen Sinn. Du bist unausgeglichen und jetzt soll die Welt mal kurz anhalten? Für dich?«

Matteo sah förmlich vor sich, wie sie die Augenbrauen hob.

»Jemand konfrontiert dich damit, was für ein Arsch du bist, und du kommst kurz hierher, um dir zu überlegen, wie du den Spieß umdrehen kannst. Der arme, arme Matteo ist nämlich hier das Opfer. Wie immer, oder? Gott, dieses verdammte Kind«, fügte sie hinzu, als der Junge, der für eine kurze Zeit stiller und scheinbar nur für sich geweint hatte, nun wieder aufdrehte.

»Genau wie du«, sagte sie. »Der ist genau wie du. Wehe, es geht mal um was anderes als euch. Ihr seid euch auch für gar nichts zu schade, um die Aufmerksamkeit wieder auf euch zu lenken.«

Matteo presste die Augen zusammen.

So war das gar nicht. So war er nicht. Oder?

»Glaubst du, anderen geht's nie schlecht? Glaubst du, andere kämpfen nicht mit sich?«

Natürlich nicht. Natürlich wusste Matteo, dass er auch Rücksicht nehmen musste auf andere. Dass er nicht immer nur verlangen konnte, dass man auf seine Gefühle achtete. Aber manchmal fiel es ihm so schwer, nicht hierher zu kommen.

Warum war er so? Warum war er so egoistisch? Warum verhielt er sich wie dieses Kind und schrie und stritt und fing an zu heulen, wenn ihm nichts Besseres mehr einfiel?

Matteo gab ein hoffnungsloses Schnauben von sich.

Er hasste es, dass er so war. Und dass er das immer erst erkannte, wenn es zu spät war. Wenn er etwas Dämliches getan und andere damit verletzt hatte.

Er hasste dieses Kind.

Er hasste es, wenn es zu heulen anfing. Er hasste es, wenn es so lange schrie und bockte, bis Matteo seine eigenen Gedanken nicht mehr hören konnte.

»Halt die Klappe!«, schrie Matteo. Von einem Moment auf den anderen war das Beben in seinem Körper verschwunden. Er fühlte sich nicht schwach auf den Beinen, als er auf das Kind zustürmte. Nur ein paar Schritte, dann stand er über ihm.

Er spürte blinden Zorn, der seinen Körper taub machte. »Halt endlich die Klappe oder ich geb dir einen Grund zum Heulen!«, brüllte er den Jungen an, der sich als Reaktion auf Matteo nur enger zusammenkauerte. So als wüsste er genau, was nun folgen würde. Als hätte er das schon unzählige Male erlebt.

Und Matteo hielt inne. Er fror förmlich in der Bewegung ein, die Hand zu heben. Wozu er sie erhoben hatte, war Matteo in diesem Moment selbst nicht ganz klar.

Vielleicht, um sich die Haare zu raufen.

Vielleicht, um sich die Ohren zuzuhalten.

Vielleicht, um dieses Kind zu schlagen.

Doch er schlug nicht zu. Er schlug keine Kinder.

Er schlug gar nicht zu, wenn es nicht in Notwehr war. Er war nicht wie *sie*. Und trotzdem hörte er in seinen Worten das Echo *ihrer* Schreie.

»Halt die Klappe, Matteo!«

»Drück jetzt nicht die Tränen raus!«

»Ich hab mich entschuldigt, jetzt hör auf zu heulen!«

Matteo sank auf die Knie. Was tat er hier? Warum war er überhaupt hierhergekommen, an diesen Ort, der ihm nicht guttat? Und warum stand er nicht auf und verließ ihn wieder?

»Wenn du ein bisschen hierbleibst, wird schon jemand Mitleid bekommen und dich suchen kommen«, sagte sie hinter ihm. »Und dann ist die Sorge um den armen Matteo so groß, dass man dir einfach verzeihen wird. So manipulierst du die Menschen um dich herum, um Konflikten aus dem Weg zu gehen. Dasselbe macht dieses Scheißkind doch auch. Heulen, bis es bekommt, was es will.«

Matteo sah den Jungen an, der ihm nun gegenüberhockte und ihn aus großen Augen anstarrte. Matteos Ausraster hatte ihn so verschreckt, dass er letzten Endes tatsächlich verstummt war. Er hatte die Arme schützend vor die Brust gehoben und die Knie angezogen.

Der Junge hatte Angst.

Er hatte die ganze Zeit Angst gehabt. Matteo war nicht klar, was ihn verschreckt hatte – vor dessen Wutausbruch. Aber er war sicher, der Junge hatte nicht versucht, ihn zu irgendeinem Verhalten zu manipulieren. Er war ein Kind. Ein Kind, das Hilfe brauchte, weil es hier ganz allein war.

Und eigentlich konnte Matteo das. Er war erwachsen, auch wenn er sich manchmal nicht so fühlte. Er besaß zumindest ausgebildetere Fähigkeiten, sich zu regulieren, als dieses Kind.

»Tut mir leid, dass ich dich so behandelt habe,« wisperte Matteo schließlich. Seine Stimme klang heiser. Er räusperte sich und atmete einmal tief durch, um sich zu sammeln. »Das war nicht richtig von mir«, sagte Matteo und suchte den Blick des Jungen.

Der Kleine sah ihn an. Seine Schultern sanken fast unmerklich. Entspannten sich.

»Mir geht's gerade ziemlich schlecht und da hab ich nicht gesehen, dass es dir auch nicht gut geht. Dabei könnten wir uns doch bestimmt gegenseitig helfen.« Die Augen des Jungen zuckten suchend über Matteos Gesicht.

Natürlich. Matteo wusste doch, wie misstrauisch er war, wie misstrauisch er hatte lernen müssen zu sein.

»Wenn du magst, könntest du mir erzählen, was dich zum Weinen gebracht hat. Was dir Angst macht. Manchmal hilft das schon richtig viel«, versuchte Matteo seine Formulierung zu retten. »Wenn nicht, ist das auch nicht schlimm. Aber dann versteh ich dich ein bisschen besser und vielleicht fällt uns dann gemeinsam was ein, um das, was dir Angst gemacht hat, zu bekämpfen.«

Der Junge antwortete nicht, aber Matteo erkannte, dass er neugierig auf sein Angebot geworden war. Sein vorher abgewandter Körper hatte sich ein winziges Stück zu ihm gedreht. Der Junge hatte die Arme gesenkt. Seine Wangen waren noch tränennass, doch seine Augen schienen mit jeder verstreichenden Minute weniger feucht zu glänzen.

Matteo streckte eine Hand nach ihm aus. Ein Friedensangebot, das der Kleine nicht annehmen musste.

»Magst du mir ein bisschen was erzählen?«, fragte Matteo. »Dieses Mal höre ich besser zu, versprochen. Ich werd ganz sicher nicht laut oder sage gemeine Sachen zu dir.«

Der Kleine sah ihn an, als wollte er ihm vertrauen. Und auch wenn er Matteo vielleicht noch nicht jedes Wort glauben konnte, war der Wunsch nach Trost sichtbar größer als seine Zweifel. Nach einer gefühlten Ewigkeit, die Matteo eisern in seiner Position verharrt hatte, rappelte der Junge sich auf die Knie und näherte sich Matteos ausgestreckter Hand, bis er sie mit seinen kleinen Fingern abklatschen konnte.

Matteo lächelte. »Cool«, sagte er. »Danke, dass du mir noch eine Chance gibst. Wollen wir uns an den Tisch da drüben setzen?« Matteo deutete über seine Schulter.

Der Junge sagte gar nichts, doch als Matteo sich aufrichtete und ihm erneut die Hand reichte, stand er auf und ergriff sie. Er folgte Matteo wortlos, als dieser sich mit langsamen Schritten in Bewegung setzte.

Matteo spürte ihren abschätzigen Blick auf sich. Er sah, dass sie auch den Jungen immer wieder feindselig anstarrte, während die beiden sich dem Tisch näherten.

Sie setzte gerade zu einer spöttischen Bemerkung an, doch Matteo unterbrach sie in sanftem, aber bestimmtem Ton: »Ich bin dir dankbar dafür, dass du uns zu beschützen versuchst.«
Sie starrte ihn überrascht an.

»Ich weiß, dass du das wirklich versuchst. Uns Schwäche auszutreiben. Uns stark zu machen. Aber wir müssen darüber reden, wie wir das in Zukunft besser hinkriegen. Lass uns doch einfach damit anfangen, indem wir dem Kleinen zuhören. Nur mal zuhören.«
Matteo sah im Augenwinkel, wie der Junge zu ihm hinaufblickte. Er rieb mit dem Daumen beruhigend über den Handrücken des Kindes. Matteos Blick ruhte auf seiner größten Kritikerin.
Schließlich zuckte diese mit den Schultern. »Meinetwegen«, sagte sie und brach den Blickkontakt ab.
Matteo lächelte und schloss für einen Moment die Augen. Vor Freude über diesen kurzen Frieden. Aber auch, weil die Situation ihm alles abverlangte.

»Matteo. Matteo, hörst du mich?«
Als er die Augen wieder öffnete, war er so benommen, dass er mehrmals blinzelte. Es half nicht.
»Matteo«, hörte er eine vertraute Stimme seufzen. »Du hörst mich wieder, oder?«
Er drückte den Rücken durch und bemerkte dabei, dass er lange zusammengekauert dagesessen haben musste. Er streckte unendlich langsam die Beine aus. Jeder Muskel schien zu schmerzen, doch langsam kehrte seine Orientierung zurück.
Er saß im winzigen Flur seiner Wohnung auf dem Boden, die Badezimmertür in seinem Rücken.
»Ich berühre jetzt deine Schultern, okay?«, fragte die Stimme neben ihm.
Er blickte auf. Mia kniete neben ihm. Ihre Hand näherte sich unendlich langsam seinem Arm. Als sie bemerkte, dass Matteos Augen sie fixierten, führte sie die Bewegung ein wenig schneller aus.
Trotzdem war die Berührung an seiner Schulter sanft und ihr Blick prüfend, als sie in seinem Gesicht nach einem Anzeichen dafür suchte, dass sie ihm unangenehm war.
Matteo nickte. Es war okay. Er war wieder bei ihr. Es ging ihm gut, zumindest den Umständen entsprechend.

Er fühlte sich, als sei er aus einem tiefen Schlaf aufgeschreckt, der ihm noch eine Weile nachhängen würde. Aber er spürte, er war sicher.

Es war in Ordnung.

»Es tut mir leid«, sagte seine beste Freundin da. »Ich wollte nicht, dass das passiert. Aber es hat mich wirklich sauer gemacht, dass –«

Matteo schüttelte den Kopf, um Mia zu signalisieren, dass sie sich nicht zu entschuldigen brauchte. Es war nicht ihre Schuld, dass ihm Streitgespräche so schwerfielen. Aber er brauchte noch etwas Zeit, um sich zu sortieren. Um den Gefühlen in sich zuzuhören. Zu akzeptieren, dass sie da waren, und ihnen Raum zu geben. Der Wut, der Angst. Den Zweifeln.

Matteo rieb sich die Tränen von der Wange und bemühte sich, sich in der Gegenwart zu orientieren.

Er war in Sicherheit. Er war erwachsen und die Augen, in die er starrte, waren Mias, und es würde alles in Ordnung kommen. Auch wenn er sich selbst gerade nicht ertragen konnte.

Rot
von Lucia Barreto Cabrera (@lucy.loves.letters)

Mein Name ist Luna. Ich habe Angst, einzuschlafen, und ich weiß nicht, wie lange ich das noch aushalte.

Man sagt, nach drei Tagen ohne Wasser stirbt der Mensch, aber was passiert eigentlich, wenn wir nicht mehr schlafen?

Ich würde euch ja an der Stelle gern von einem spannenden Experiment erzählen, aber das wäre nicht ganz richtig, denn es war keins.

Wollt ihr wissen, wie ich es nenne? Meine persönliche Hölle.

»Sie schrieben in Ihrer Mail etwas von nächtlichen *Erscheinungen*. Erzählen Sie mir davon.« Dr. Dee verschränkte die Arme und lehnte sich in seinem Stuhl zurück.

Mein Herz raste und ich wusste nicht, wo ich beginnen sollte. Während mich mein Arzt aufmerksam musterte, spürte ich diese Blicke in meinem Rücken.

»Ich … es ist …«, stammelte ich und spürte, wie mir die Tränen in die Augen schossen.

»Ganz ruhig«, ermutigte mich der Doktor. »Versuchen Sie es noch mal.«

Beschämt wischte ich mir mit dem Handrücken über meine Augenpartie. »Da ist eine Gestalt«, begann ich und kniff die Lippen zusammen.

(Gestalt? Das war jetzt gemein.)

»Wie sieht diese Gestalt aus? Versuchen Sie, sie mir zu beschreiben«, forderte Dr. Dee und sah mich seltsam an. »So genau, wie Sie können.«

Ich schluckte und fuhr fort. Dieses Atmen war direkt neben meinem Ohr und ich bekam eine Gänsehaut. »Menschlich.«

»Menschlich?«, wiederholte der Doc mit hochgezogenen Augenbrauen.

»Ja«, antwortete ich so selbstsicher, wie ich konnte. »Er ist groß, hat Arme, Beine, ein Gesicht und *Augen*.«

»Warum betonen Sie das?« Mein Arzt konnte mir scheinbar noch folgen.

»Weil sie mir Angst machen. Sie starren mich an.« Ich sah sie direkt vor mir. Groß und blutunterlaufen, die schwarzen Pupillen direkt auf mich geheftet.

»Sie starren Sie an?«, fragte Dr. Dee, nachdem er mich erneut einige Sekunden lang gemustert hatte. Ich konnte nicht ausmachen, ob er mir glaubte oder ob er mich für verrückt hielt.

»Ja, jede Nacht. Ich werde wach und sehe, wie er an meinem Fußende steht und mich einfach bloß anstarrt.« Meine Wangen glühten.

Der Doc setzte seine Brille ab und rieb sich die Augen, bevor er weiter bohrte. »Wie fühlen Sie sich dann?«

Ich überlegte kurz, bevor es aus mir herausprudelte. »Wie gelähmt. Ich kann mich nicht bewegen. Als würde mich etwas auf mein Bett drücken. Erst stand er bloß da und hat mich nächtelang beobachtet, aber seit einigen Nächten ist es schlimmer geworden.«

»Was genau ist schlimmer geworden?«, hakte mein Arzt nach.

Ich war mir auch hier zunächst nicht sicher, wie er meine Antwort bewerten würde. »Er kommt auf mich zu, blitzschnell. Dann setzt er sich auf mich, bis ich keine Luft mehr bekomme, und irgendwann lässt er von mir ab.« Ich zitterte. »Er ist mittlerweile Tag und Nacht da.«

Dr. Dees Augen weiteten sich, dann fragte er weiter. »Sie sprechen von einer männlichen Gestalt. Wie sieht er aus nächster Nähe aus? Erinnern Sie sich an Details?«

Ich spürte einen festen Griff. Die Klauen bohrten sich schmerzhaft in meine Schulter.

Ich schüttelte den Kopf.

Der Doc atmete hörbar laut aus, dann beugte er sich vor. »Die gute Nachricht ist, dass Sie nicht verrückt sind, und dass ich Ihnen sagen kann, was Ihnen fehlt.«

Erleichterung breitete sich in mir aus und ich hatte wieder einen Funken Hoffnung.

(Freu dich nicht zu früh.)

»Gibt es auch eine schlechte?«, wollte ich wissen und sah meinen Arzt erwartungsvoll an.

Seine Miene verhärtete sich wieder und er zögerte kurz, bevor er antwortete. »Leider ja.«

Das wischte die Hoffnung, die eben noch in mir aufgekeimt war, erst einmal beiseite.

»Und die wäre?« Mir wurde heiß, ich wollte seine Antwort eigentlich gar nicht hören.

Wieder atmete er schwer und laut aus. »Haben Sie schon einmal von der Schlafparalyse gehört?«, wollte er wissen.

Das war definitiv keine Antwort, die ich erwartet hatte. Erneut schüttelte ich den Kopf und blickte ihn mit aufgerissenen Augen an.

»Die Schlafparalyse«, begann Dr. Dee, »ist eine seltene Form der Schlafstörung. Sie tritt sogar relativ häufig auf, aber nur wenige Betroffene kennen den Begriff für ihr Leiden.« Er holte tief Luft, bevor er fortfuhr. »Auslöser ist enormer Stress, beispielsweise eine Trennung oder Belastungen im Job. Während einer Schlafparalyse ist der Geist der Betroffenen bereits wach, ihr Körper befindet sich jedoch noch in einem für den REM-Schlaf typischen Zustand, also genau das, was Sie beschreiben. Dieses Phänomen geht meist mit schrecklichen Halluzinationen einher.« Er wedelte aufgeregt mit den Händen. »Betroffene sehen Geister, Schattenwesen oder andere schemenhafte Gestalten. Fast immer wird beschrieben, dass sich diese Gestalten zunächst in der Nähe des Bettes bewegen und dann auf Betroffene zurasen, ihnen Angst einjagen.« Wieder machte er eine Pause. Wahrscheinlich hatte er meinen Gesichtsausdruck bemerkt. »Es ist wichtig, dass Sie sich eines klar machen: Dieses Wesen, es kann Ihnen nichts tun, es ist nicht real und existiert nur in Ihrer Vorstellung, weil Sie Angst haben.«

(Ein düsteres, leises Lachen.)

Der Doc zog erneut die Augenbrauen hoch und sah mich an. Erwartete er etwa einen Freudentanz?

Ich fühlte mich hundeelend. »Wie werde ich ihn los?«

(Das hättest du wohl gern.)

Mein Arzt legte den Kopf schief und sah mir in die Augen. Er schien jedes seiner folgenden Worte mit Bedacht zu wählen. »Nicht so leicht, wie Sie wahrscheinlich denken.« Dann beugte er sich wieder zu mir vor. »Ich kann Ihnen Medikamente verschreiben, aber wenn ich Ihnen sage, dass das keine dauerhafte Lösung ist und Sie Stress und alles, was Sie seelisch belastet, reduzieren müssen, dann ist Ihnen vermutlich in diesem Moment nicht geholfen.«

Der Schultergriff wurde fester.

»Nicht wirklich«, entgegnete ich. »Ist leichter gesagt als getan.«

Meine Trennung von S. lag nun schon anderthalb Monate zurück und ich fühlte mich noch immer leer und krank. Wie sollte ich das von einer Sekunde auf die andere abstellen, auch wenn das offenbar der Auslöser für meine tägliche Geisterbahnfahrt war?

»Ich weiß«, sagte Dr. Dee mit all der Empathie, die er wohl als Arzt aufbringen konnte, und schob mir ein Rezept über den Tisch. »Ich habe Betroffene behandelt, die deswegen gar nicht mehr geschlafen haben. Sie hatten schlicht Angst davor und haben es dadurch nur noch schlimmer gemacht. Ich möchte Sie nicht auch noch dazu zählen müssen.«

Ich schwieg.

Als ich wieder in meinem Auto saß, konnte ich die Wut und die Tränen nicht mehr zurückhalten. Mit zitternden Händen kurbelte ich das Fenster herunter, startete den Motor und fuhr zurück in meinen nie enden wollenden Albtraum.

(Ach Gottchen, wer wird denn da schon wieder weinen?)

»Halt's Maul!«, schrie ich. Ich richtete meine Augen in den Rückspiegel, dann wieder auf die Straße.

(Haben wir den Onkel Doktor angelogen? Ja, das haben wir!)

»Ich sagte, du sollst dein verficktes Maul halten!« Ich kam an einer roten Ampel zum Stehen. Neben mir wartete ein großer SUV, hinter dem Steuer eine ältere Frau, die mich fassungslos anstarrte. Ich nickte ihr zu und hob fragend meine Hände. Hatte die keine eigenen Probleme?

In meiner Wohnung angekommen, folgte ich meiner üblichen Routine: alle Lichter an, Fernseher laut und alle Fenster auf.

Mir war abwechselnd übel oder schwindelig. Oder beides. Die kühle Luft machte es ein wenig besser.

Die ersten Tage hatte ich mich noch mit literweise schwarzem Kaffee und billigen Energydrinks über Wasser gehalten. Nachdem mein Magen rebelliert und mein Herz sich fast überschlagen hatte, war ich auf Wasser und lautstarke True-Crime-Dokus umgestiegen. Die Stimme des Erzählers war einschläfernd, aber immerhin wusste ich nun, dass man anhand der Jahresringe und der DNA eines Baumes herausfinden konnte, dass unter demselben Baum schon mal eine Leiche verbrannt worden ist.

(Was gibt es heute zum Abendessen?)

»Ich hab es nicht zum Supermarkt geschafft, es ist nichts außer Leitungswasser und tiefgekühltes Gemüse im Haus«, murmelte ich, nachdem ich einen Blick in den Kühlschrank geworfen hatte. Mein Magen knurrte, aber ich ignorierte es, wie die Tatsache, dass ich seit vielen Tagen kein Auge zugemacht hatte und langsam den Verstand verlor. Das Rezept von Dr. Dee hatte ich noch auf der Fahrt zerknüllt und aus dem Fenster geworfen.

(Braves Mädchen.)

Ich durfte nicht schlafen. Tabletten, um mich zum Einschlafen zu bringen. Was dachte sich dieser senile, alte Trottel? Hatte er mir überhaupt zugehört?

Würde ich die Augen auch nur für eine Sekunde schließen, er würde bereits auf mich warten, sein ganzes Gewicht auf meine Brust drücken, seine kalten Hände um meinen Hals legen.

Er würde mich umbringen.

(Na, na, jetzt übertreibst du es aber.)

»Raus aus meinem Kopf, verdammt noch mal!« Ich schlug mit der flachen Hand gegen meine Schläfe, bis mir erneut schwindelig wurde. Dann sackte ich erschöpft zusammen und verfolgte einen von tausend Kriminalfällen, die seit Tagen aus meinem Fernseher dröhnten.

(Überall Blut. Schau mal, wie hübsch das aussieht, so schön rot.)

Im nächsten Augenblick fiel mein Blick auf den Couchtisch. Eine Nagelschere.
(Wie hübsch das aussieht.)
Die folgenden Minuten nahm ich wie durch eine gläserne Wand wahr. Ich sah, was passierte, aber ich war unfähig, es zu steuern. Meine Hand griff zur Schere, befühlte sie, drehte sie.
(So schön rot.)
Ich müsste nur tief genug schneiden. Ein Gedanke, der wie ein Lauffeuer durch mein benebeltes Hirn raste und mir ein Fünkchen Hoffnung brachte. Immer und immer wieder.
Ich müsste nur tief genug schneiden.
Müsste nur tief genug schneiden.
Nur tief genug schneiden.
Tief genug schneiden.
Genug schneiden.
Schneiden.
(So schön rot.)
Alles, was ich fühlte, war ein Brennen, und im nächsten Augenblick war alles nass. Es lief an meinem Arm hinab und ich brauchte einige Momente, bis ich begriff.
(Überall Blut.)
Ich sah meiner Hand dabei zu, wie sie die Schere umklammerte und in langsamen Bewegungen über meinen Arm strich. Irgendwann war ich so betäubt, dass ich nichts mehr spürte.
(Überall Blut. Schau mal, wie hübsch das aussieht, so schön rot.)
Meine Knie wurden weich und vor meinen Augen vollführten kleine, bunte Lichtpunkte ihren seltsamen Tanz. Erst langsam, dann immer schneller. Dann fiel der Vorhang.

Als ich kurze Zeit später erwachte, stand er vor dem Fernseher und sah mit seinen ekelhaft triefenden Augen auf mich herab. Dann raste er um den Tisch herum und sprang mit einem gekonnten Satz auf meinen Brustkorb. Noch bevor ich realisierte, was passiert war, drückte er meine Unterarme auf die Couch und erneut stieg Panik in mir auf. Ich war unfähig, mich zu bewegen, und hätte ich meine Augen schließen können, ich schwöre bei Gott, ich hätte es getan.
Alles, was mir in diesem kurzen Moment durch den Kopf ging, waren Dr. Dees Worte.
War das so? Existierte all das hier nur in meiner Vorstellung? In meiner Angst?
(Warum bin ich dann da, obwohl du wach bist, du dummes Mädchen?)

War ich wach?

Es dauerte eine gefühlte Ewigkeit, bis er von mir abließ.

Ich lag noch für einige Momente auf der Couch und starrte an die Zimmerdecke. Was passierte mit mir? War es das, was Dr. Dee meinte, als er davon gesprochen hatte, dass es bei einigen seiner Patient*innen schlimmer geworden war?

Ich lachte so laut, dass es durch mein komplettes Wohnzimmer hallte. Die Fenster waren noch immer geöffnet.

Konnte es überhaupt noch schlimmer werden?

(Das mag ich an dir. Du verlierst nie den Spaß an der Sache.)

»Ich weiß, ich weiß«, gluckste ich leise vor mich hin. Dann setzte ich mich langsam auf und sah mir das Chaos an, welches ich fabriziert hatte. Das Sofa war schon mal ruiniert.

(Schau mal, wie hübsch das aussieht, so schön rot.)

»Ich bin ja nicht blind«, murmelte ich und wankte in die Küche, um mich notdürftig zu verarzten, was in meinem Fall bedeutete, ein schmutziges Geschirrtuch um meinen Arm zu wickeln.

(Du hättest nur tief genug schneiden müssen.)

Über die eine Ecke des Sofas schmiss ich einfach eine Decke. Selbst das tat weh. Jede Bewegung tat weh und war unglaublich anstrengend. Ich stand vor meiner Couch und sah mich um. Es war bereits weit nach Mitternacht, aber meine Augen waren aufgerissen, tränten und brannten. Das Licht war plötzlich so grell und es war kalt, selbst das schmerzte.

(Lust auf einen letzten kleinen Tanz?)

Ich schüttelte langsam den Kopf. »Ich will nicht mehr tanzen.«

Aber die farbenfrohen Punkte vor meinen Augen waren noch nicht fertig. Sie wollten unbedingt noch eine Zugabe tanzen, noch mal so richtig auf den Putz hauen. Sie tanzten und tanzten und mir wurde schwindelig. Und dann fiel der Vorhang, zum letzten Mal.

Als ich aufwachte, war es hell. Das hier war jedoch nicht meine Wohnung, denn alles war weiß und sauber und ich fühlte keinerlei Schmerzen. Ich lag in einem Bett und das Kissen war so unglaublich weich. Um meinen Unterarm hatte man einen Verband gelegt und in meinem Handrücken steckte eine Nadel.

»Damit Sie ein wenig schlafen konnten.« Eine junge Krankenpflegerin hatte soeben mein Zimmer betreten und wahrscheinlich bemerkt, wie mein verdutzter Blick durch den sterilen Raum wanderte und die Apparaturen neben meinem Bett musterte.

Ich konnte ihren Worten kaum folgen. »Ich hab geschlafen?«, fragte ich benommen. »Wie lange?«

Die junge Frau lächelte, während sie meinen Verband wechselte. »Wir haben Sie fast zwei Tage schlummern lassen.«

»Was ist passiert?«, wollte ich wissen, aber sie schüttelte den Kopf.

»Das wird Ihnen später die Ärztin erklären.« Dann verließ sie den Raum wieder.

Eine halbe Ewigkeit später kam dann besagte Ärztin.

»Ich bin Frau Doktor Heilmann«, stellte sie sich vor. »Was ist das Letzte, an das Sie sich erinnern?«

Trotz der Medikamente fühlte sich mein Kopf an, als wäre er durch einen Fleischwolf gedreht worden. Ich schluckte und bemerkte, dass mein Hals staubtrocken war.

»Sie haben getanzt.«

Frau Doktor sah mich ungläubig an. »Wie bitte?«

»Ich weiß, wie das klingt, aber ich kann mich nur noch an tanzende Punkte vor meinen Augen erinnern«, log ich, »und dann wurde alles schwarz.«

»Verstehe«, entgegnete die Ärztin und sah kurz aus dem Fenster, bevor sie mich erneut mit ihrem ernsten Blick fixierte. Ihre Stirn lag in Falten. »Man hat Sie bewusstlos in Ihrer Wohnung gefunden. Ihre Nachbarn haben die Rettungskräfte alarmiert, nachdem sie mehrfach wegen dem lauten Fernseher geklingelt haben und niemand aufgemacht hat. Man sagte den Rettungskräften auch, dass Sie seit fast zwei Wochen deutlich hörbare Selbstgespräche führen. Und die Wunden«, sie deutete auf meinen Unterarm, »haben Sie sich die selbst zugefügt?«

Ich starrte sie ungläubig an. »Ich hab keine Selbstgespräche geführt!«

»So?« Sie zog die Augenbrauen hoch. »Wer war denn noch in Ihrer Wohnung?«

Offenbar hielt sie das alles für einen schlechten Scherz.

Ich wurde wütend. »Ich hab mit *ihm* geredet, er war doch die ganze Zeit bei mir!«

Sie ignorierte das. »Ist es richtig, dass Sie bei einem Herrn Doktor Deetz in Behandlung sind?«

Ich nickte. »Dr. Dee, er ist mein Psychiater.«

Frau Doktor sah mich für einen Moment schweigend an, dann fuhr sie mit ihrer Analyse fort. »Sie haben ihm von Wahnvorstellungen und Schlafstörungen berichtet.«

»Schlafparalyse«, fuhr ich ihr dazwischen. »Er nannte es Schlafparalyse.«

»Das weiß ich«, antwortete sie ruhig. »Ich habe Kontakt zu ihm aufgenommen. Er hat Ihnen auch Medikamente verschrieben, damit Sie besser schlafen können, aber Sie haben diese offenbar nicht eingenommen.« Dann sah sie mich eindringlicher an. »Als man Sie fand, war da niemand außer Ihnen in Ihrer Wohnung und Ihre Nachbarn haben nichts von einer zweiten Person gesagt.«

Okay, jetzt ging sie zu weit. »Ist mir scheißegal, was die sagen«, schrie ich. »Ich bin doch nicht verrückt, er war da, die ganze Zeit!«

»Beruhigen Sie sich!«, forderte die Ärztin und sah zu meinem Tropf. »Ich werde Ihnen noch etwas für die Nacht geben lassen, aber Sie müssen damit aufhören. Da war niemand außer Ihnen.« Dann trat sie etwas näher an mein Bett heran. »Frau Schwarz, wenn das, was Ihre Nachbarn sagen, stimmt, dann waren Sie fast zwei Wochen wach!«

Ich öffnete meinen Mund, wusste jedoch nicht, was ich darauf erwidern sollte. Wie sollte das möglich gewesen sein? Zwei Wochen waren eine verdammt lange Zeit. Die mussten sich irren.

»Sie haben Glück, dass Sie so wachsame Nachbarn haben«, sagte sie. »Der Blutverlust und der Schlafmangel, noch etwas länger und Sie hätten es vermutlich nicht geschafft.«

Ich hörte ihre Worte, aber in meinen Gedanken war ich weit weg. Wäre es nicht so ernst, wäre es verdammt komisch. Gestorben, weil sie nicht genug geschlafen hat. Ich musste ein Grinsen unterdrücken, denn ich wollte Frau Doktor ja nicht weiter verärgern.

Bevor sie das Zimmer verließ, drehte sie sich noch einmal herum. »Wir werden Sie morgen, spätestens übermorgen entlassen können, aber Sie werden direkt in eine Klinik gehen.« Sie lächelte milde. »Ich weiß, was Sie durchgemacht haben. Jeder von uns war schon mal einsam und hatte schon mal so großen Herzschmerz, dass er dachte, er würde daran kaputtgehen. Sehen Sie das als einen Neuanfang.«

Dann rauschte sie zur Tür hinaus und ich war wieder allein.

Tausend Gedanken waberten durch meinen Kopf. Ich hatte keine Ahnung, was am Tag zuvor passiert war und noch weniger davon, was in den letzten zwei Wochen vor sich gegangen war. Es gab nur zwei Optionen: Entweder sie hatten recht oder ich. Entweder waren sie verrückt oder ich. Eine andere Erklärung fiel mir nicht ein. Fakt war, sie würden mich spätestens übermorgen in eine Klapse stecken und ich würde mich nicht einmal dagegen wehren können. Zwei Ärzte, die mich für irre hielten, und Wunden an meinem Unterarm, die sich niemand erklären konnte. Besonders gut sah es für mich nicht aus.

Später am Abend brachte mir die Krankenpflegerin noch etwas zu essen und kontrollierte noch einmal Medikamente und Verband. Dann war ich wieder allein und das Mondlicht schien durch das Fenster direkt auf mein Bett.

Ich versuchte, mich dagegen zu stemmen wie eine Löwin, aber was immer sie mir da über die Nadel in meine Hand tröpfeln ließen, war verdammt stark. Immer wieder fiel ich in einen Sekundenschlaf, bis ich schließlich ganz wegdämmerte.

(Wir werden dort viel Spaß miteinander haben.)

Was zur Hölle …

Ich wurde schlagartig wach und wollte hochschrecken, konnte mich jedoch nicht bewegen. Meine Augen waren so weit aufgerissen, dass es schmerzte, und meine Wunden pochten unter dem Verband. Ich versuchte zu schreien, wusste jedoch bereits in der Sekunde, in der ich es probierte, dass kein Ton über meine Lippen kommen würde.

Er hing über mir und ich spürte sein ganzes Gewicht auf meinem Körper.

(Hallo Prinzessin, Zeit für einen Tanz?)

Mamas Wolke
von Petra Baar (@piet_zeichnet_wortwelten)

Ich sitze auf der Schaukel und stoße mich mit aller Kraft vom Boden ab. Mein gelbes Sommerkleid flattert im Wind und ich schwinge mich immer weiter in die Lüfte. Wenn ich es schaffe, mit den Fußspitzen die Zweige des Apfelbaums anzutippen, dann wird alles gut. Nur noch ein wenig … gleich ist es so weit! Tatsächlich schaukle ich noch ein Stückchen höher und berühre mit dem blauen Schmetterling, der auf meiner Riemchensandale abgebildet ist, die zarten Blüten eines Zweiges. Geschafft! Glücklich springe ich von der Schaukel und lande mit beiden Knien im Staub. Ein kleiner, spitzer Stein bohrt sich in mein linkes Knie, das augenblicklich zu bluten beginnt. Den Schmerz spüre ich erst einen Moment später und Tränen schießen mir in die Augen.

Nichts wird gut werden! Überhaupt gar nichts wird gut werden! Seit Papa ausgezogen ist und bei dieser blöden Renate wohnt, ist alles einfach nur noch schrecklich. Mama weint den ganzen Tag und ich schaffe es nicht, sie aus ihrer Traurigkeit herauszuholen.

Verzweifelt versuche ich, den Staub von meinem Kleid zu klopfen, doch das Gelb hat einen schmuddeligen Farbton angenommen. Ein Blutstropfen löst sich von meinem Knie und kleckst auf den Schmetterling der Sandale. Jetzt kann ich die Tränen nicht mehr zurückhalten. Schluchzend rubble ich mit dem Daumen über den Blutfleck, doch ich mache es damit nur noch schlimmer. Der kleine Schmetterling verfärbt sich rotbraun und verliert sein wunderschönes Himmelblau.

Plötzlich legt sich eine Hand auf meine Schulter. Als ich mich umschaue, sehe ich meine Lieblingstante Ella, die sich mit besorgtem Blick zu mir herunterbeugt.

»Hey, meine Süße. Was ist denn passiert? Du blutest ja.« Tröstend putzt sie mir mit ihrem weißen Stofftaschentuch die Tränen vom Gesicht und schaut sich danach mein Bein an.
»Ich wollte nach der Schule noch etwas schaukeln und bin beim Runterspringen auf einen Stein gefallen«, erkläre ich ihr und wische mir mit dem Ärmel die letzten Tränen aus den Augen.

»Es ist nur eine Schramme, aber ich kann mir gut vorstellen, dass das ganz schön wehtut. Weißt du was? Ich war ohnehin gerade auf dem Weg zu euch. Da nehme ich dich doch gleich huckepack und trage dich heim.«

Erschrocken schaue ich Tante Ella an. Ich weiß, dass Mama niemanden sehen will, außerdem sieht es daheim ziemlich unordentlich aus. »Das geht nicht. Mama ist krank, und meinem Knie geht es schon besser«, sage ich und versuche ein Lächeln.

Meine Tante schaut mich mit einem seltsamen Blick an und meint schließlich: »Irgendwie erwische ich deine Mama nie am Telefon und geklingelt habe ich die letzten Tage auch mehrmals bei euch. Sagtest du nicht schon vor zwei Wochen, dass sie sich erkältet hat? Ist das denn noch immer nicht besser?«

»Doch! Viel besser, aber sie will niemanden anstecken«, sage ich rasch und schultere meinen Schultornister, den ich an das Schaukelgerüst gelehnt hatte. »Jetzt muss ich aber schnell nach Hause. Mama wartet bestimmt schon mit dem Mittagessen auf mich.« Mit diesen Worten drehe ich mich um und renne vom Spielplatz zu dem Reihenhaus hinüber, in dem ich wohne. Mein Knie brennt, aber ich will nicht, dass Tante Ella mir folgt. Darum beiße ich die Zähne zusammen und halte nicht an, bis ich unser Haus erreicht habe. Schnell schließe ich auf, husche hinein und ziehe die Haustür hinter mir zu.

»Mama?«

Keine Antwort.

Hoffnungsvoll schnuppere ich in die Küche, aber auch heute duftet es nicht nach Mittagessen. Dabei ist Mama die weltbeste Köchin. Niemand macht so leckere Pfannkuchen wie sie.

Ich stöbere in unserem Vorratsschrank und finde noch eine Tüte Nudeln. Nachdem ich einen Topf mit Wasser auf den Herd gesetzt habe, schleiche ich mich in Mamas Schlafzimmer. Durch die heruntergelassenen Jalousien fallen feine Sonnenstrahlen in das Zimmer und tauchen es in ein besonderes Licht. Glitzernd legen sie sich auf das Bett und versuchen, meine schlafende Mutter wach zu kitzeln. Doch sie schaffen es nicht.

Behutsam setze ich mich auf die Bettkante und streichle Mama über ihr langes Haar. Es ist vom vielen Liegen völlig verknotet und zerstrubbelt. So gerne würde ich es ihr mal wieder kämmen, so wie wir es früher gegenseitig getan haben.

Aber Mama möchte das nicht. Sie sagt, dass sie immer Kopfschmerzen hat und das nicht ertragen kann.

»Mama«, flüstere ich. Langsam schlägt sie die Augen auf. »Ich koche Nudeln für uns.« Irgendwie habe ich das Gefühl, dass sie durch mich hindurchschaut, auch mein aufgeschlagenes Knie scheint sie nicht zu bemerken. Als sie ihre Augen wieder schließt, weiß ich, dass sie nicht zum Mittagessen aufstehen wird. Das hat sie gestern schon nicht gemacht. Es scheint ihr schlechter zu gehen, denn sie redet auch kaum noch mit mir.

Besorgt gehe ich zurück in die Küche und schütte die Nudeln in das bereits kochende Wasser. Ich werde Mama gleich ein Schälchen davon bringen, denn sie muss auf jeden Fall etwas essen. In der Zwischenzeit werde ich mit den Hausaufgaben anfangen, beschließe ich. Wir haben heute so viel aufbekommen, dass ich bestimmt den ganzen Nachmittag beschäftigt sein werde. Ich hole das Hausaufgabenheft aus dem Schulrucksack und sehe dabei den orangen Schnellhefter. Er leuchtet wie ein Feuerdrache, der mir gleich entgegenspucken wird. MANGELHAFT! Meine Lehrerin hat sogar drei Ausrufezeichen hinter die Note gemacht, alles mit einem dicken roten Stift. Außerdem will sie mit Mama telefonieren, das hat Frau Müller sogar in mein Heft geschrieben. Nervös knabbere ich an der Unterlippe. Ich bin mir zwar sicher, dass Mama nicht an das klingelnde Telefon gehen wird, aber meine Lehrerin wird sicherlich nicht lockerlassen. Bestimmt macht es Mama noch trauriger, wenn sie von den schlechten Noten erfährt. Es ist nicht meine erste Fünf, die ich in Mathe geschrieben habe, und leider sieht es auch in einigen anderen Fächern nicht so rosig aus. Frau Müller hat schon oft nachgefragt, ob mich irgendetwas bedrückt oder was mit mir los ist, denn eigentlich bin ich eine ganz gute Schülerin.

Aber was soll ich ihr sagen? Dass ich traurig bin, weil Papa nicht mehr bei uns wohnt? Dass es Mama nicht gut geht und sie darum keine Zeit für mich hat? Ganz bestimmt trage ich auch Schuld daran, dass Papa ausgezogen ist. Früher habe ich Fußball gespielt und er war sehr stolz auf mich. Zu jedem Spiel ist er mitgekommen und hat mich vom Spielfeldrand aus angefeuert. Alle Freundinnen von mir finden Fußballspielen doof, aber das war mir total egal. Doch als meine beste Freundin Emmi mich mal zu einer Schnupperstunde zum Ballett mitgenommen hat, war ich sofort Feuer und Flamme und habe dafür mit dem Fußball aufgehört. Ob das auch was mit Papas Auszug zu tun hat? Ich traue mich nicht, danach zu fragen. Früher haben Mama und ich alles miteinander besprochen. Wir haben zusammen Kuchen gebacken, Bilder gemalt und Spiele gespielt. Doch alles hat sich mit ihrer Traurigkeit geändert. Hat sie mich vielleicht nicht mehr lieb?

Ich bin so in meinen Gedanken versunken, dass ich nicht bemerke, wie das Nudelwasser verkocht. Erst als sich ein beißender Rauch in der Küche ausbreitet, schrecke ich auf und ziehe schnell den Topf vom Herd. Doch es ist zu spät. Die Nudeln sind bereits ungenießbar, eine dunkle Schicht klebt am Boden des Topfes fest.

Da klingelt es an der Wohnungstür. Durch den Spion sehe ich Tante Ella, die einen großen Topf in den Händen hält. Mist! Sie weiß, dass ich daheim bin. Also habe ich keine Wahl und öffne die Tür ein Stück.
»Hallo Süße, ich habe noch Hühnersuppe von gestern übrig. Das ist doch bestimmt genau das Richtige, wenn deine Mama so einen starken Schnupfen hat.« Mit diesen Worten drängelt sich Tante Ella an mir vorbei und geht in die Küche. Schnell folge ich ihr, um ihr den Suppentopf abzunehmen und sie rasch wieder nach draußen zu begleiten. Ich darf doch niemanden hereinlassen, das kann Mama nicht ertragen und außerdem …
Doch Tante Ella steht schon wie vom Donner gerührt in der Küche und lässt den Blick durch den Raum schweifen. Sie sieht den angebrannten Topf und das Geschirr der letzten Tage, dass ich noch nicht in die Spülmaschine geräumt habe. Sie schaut auf den fleckigen Boden, den Wäscheberg vor der Waschmaschine und den Stapel ungelesener Zeitungen auf dem Tisch.

Ich breche in Tränen aus und nehme die Hände vor das Gesicht, so sehr schäme ich mich. »Es tut mir leid«, stammle ich und kann nicht mehr aufhören zu weinen. Es ist, als hätte jemand ein Ventil aufgedreht und ein ganzer Fluss würde sich seinen Weg aus mir herausbahnen.

Ella stellt ihren Topf zur Seite, setzt sich auf einen Küchenstuhl und zieht mich auf ihren Schoß. Dann nimmt sie mich fest in ihre Arme und ich kann meine ganze Traurigkeit an ihrer Schulter ausweinen. Langsam spüre ich, wie der Druck, den ich schon seit Langem auf meiner Brust und in meinem Bauch gespürt habe, nachlässt.

Heute ist ein großartiger Tag. Endlich darf ich Mama in der Klinik besuchen. Ich habe sie schon eine ganze Weile nicht mehr gesehen, weil sie sich erst mal erholen musste. Zum Glück kann ich so lange bei Tante Ella wohnen. Ihr Haus ist nur eine Straße von unserem entfernt, so kann ich weiterhin zur Schule gehen und mich mit meinen Freundinnen treffen.

Mit Papa habe ich mich auch ausgesprochen. Es hat überhaupt nichts mit mir zu tun, dass er ausgezogen ist. Ich besuche ihn jedes Wochenende und Renate ist doch nicht so doof, wie ich gedacht habe.

Eine liebe Ärztin hat mir ganz genau erklärt, was mit Mama los ist. Mama ist nämlich krank und konnte sich darum nicht um mich kümmern. Sie konnte sich nicht einmal um sich selbst kümmern.

Am besten versteht man das, wenn man sich eine Wolke vorstellt. Jeder Mensch bekommt eine kleine, weiße Wolke, wenn er auf die Welt kommt. Manchmal färbt sie sich rosarot oder himmelblau. Dann geht es uns richtig gut und wir können unser Leben genießen. Leider gibt es auch Situationen, in denen wir traurig, bedrückt oder auch böse sind. Unsere Wolke wird dann viel größer und kann sich dunkel färben. Blitze und Donner schießen aus ihr heraus und unsere Stimmung ist richtig mies. Irgendwann setzt aber der Regen ein und spült die Wolke sauber. Dann ist alles wieder in Ordnung.

Bei Mama war das nicht so. Ihre Wolke wurde immer größer und dunkler. Jede Nacht legte sie sich schwer und kalt auf Mama und machte ihr so das Aufstehen kaum möglich. Zum Schluss war sie so groß, dass Mama kaum noch aus ihr herausschauen konnte. Sie bemerkte nicht mehr, dass die Vögel zwitscherten und die Sonne für uns schien. Auch mich konnte sie dadurch kaum noch sehen, obwohl ich für sie der wichtigste Mensch auf der Welt bin. Darum konnte Mama auch kaum noch Zuneigung und Liebe zulassen oder spüren. Alles war schwer und traurig. Doch mich trifft daran überhaupt keine Schuld, das weiß ich jetzt genau!

Ella begleitet mich. Wir gehen durch den Klinikpark und ich halte ihre Hand ganz fest, ich bin etwas aufgeregt. Da sehen wir Mama auch schon. Sie sitzt auf einer Bank und lässt sich von der Sonne wärmen. Fast sieht es so aus, als hätten die Sonnenstrahlen es endlich geschafft, sie zu wecken. Als sie uns sieht, steht sie auf und breitet ihre Arme für mich aus.

Mein Herz hüpft vor Freude, und dann renne ich ihr entgegen.

Amber
von Daniela Kilb (@danielamela75.2)

Amber lief schon seit Stunden durch den Regen, ohne zu merken, wie nass sie geworden war. Überall tropfte es an ihr herab, ihre Kleidung war durchnässt, doch sie registrierte es nicht. Auch konnte sie den Unterschied zwischen dem Regen und den Tränen nicht mehr erkennen, die ihre Wangen herabflossen. Das heute war zu viel gewesen. Sie konnte einfach nicht mehr.

Jeden Tag dasselbe »Spiel«. Zumindest sahen es die anderen so. Für sie war es die Hölle. Ja, sie hatte rote Haare, Sommersprossen und grüne Augen. Na und? War sie deswegen eine »Hexe«? War sie wirklich so anders? So schlecht?

Sie musste es sein, denn wieso nannten ihre Mitschüler sie sonst so? Jeden Tag riefen sie ihr diese Titel nach: »Hexe«, »mieses Stück Dreck« und so viele andere, gemeine Dinge …

Natürlich auch heute, die Worte hallten immer noch in ihren Ohren nach. Das Ganze hatte seinen Höhepunkt gefunden, indem das einzige Mädchen, von dem sie zumindest gedacht hatte, dass es anders sei, bei der »Hexenjagd« mitgemacht hatte. Viola; ausgerechnet sie! Ihr hatte sie vertraut, wie konnte sie ihr das nur antun?
Und es war tatsächlich eine Hexenjagd gewesen. Sie hatten sie verfolgt und ihr an den Haaren gezogen. Sie geschubst und gestoßen – wie sie ihnen entkommen war, wusste Amber selbst nicht mehr. Und jetzt irrte sie hier herum …
Wo war sie überhaupt? Langsam kam Amber wieder zu sich. Sie war beinahe wie ferngesteuert auf die kleine Fußgängerbrücke zugelaufen, die ein Stück von ihrem Dorf entfernt lag. Der Fluss, der durch den starken Regen ziemlich angestiegen war, toste reißend unter ihr. In Amber stiegen Gefühle hoch – keine guten …

Diese Art von Gefühlen hatte sie häufig. Besonders, wenn niemand bei ihr war, und das war ziemlich oft der Fall. Dunkle Gefühle, die ihr die Luft zum Atmen nahmen und sie beinahe ersticken ließen. Und gerade waren sie extrem. In ihr war alles schwarz und sie spürte gar nichts. Sie war allein, ganz allein auf der Welt, und niemand würde sie vermissen, wenn sie nicht mehr da wäre. Würde sie sich selbst vermissen? Amber glaubte es nicht. Sie blickte über die Brüstung hinunter, in den Fluss, der unter ihr tobte. Er würde ihren Körper mit sich nehmen, davon war sie überzeugt. Und er war aktuell so stark, dass es Ewigkeiten dauern würde, bis jemand sie finden würde. Amber sah ihren Körper schon vor sich, wie er auf den felsigen Kanten, die das Flussbett säumten, aufschlug und dann fortgerissen würde. Bevor sie etwas tun konnte, wurde ihr schwarz vor Augen.

Ambers Knie wurden weich, sie sackte vor der Brüstung zusammen und zitterte wie Espenlaub. Ihr war kalt. Aber die Kälte war nicht dem Wetter geschuldet – vielleicht ein wenig; aber hauptsächlich war es eine innere Kälte. Sie konnte nicht mehr.

Früher, als es angefangen hatte, hatte sie noch Wut gefühlt. Die Hänseleien, die Beleidigungen, die Demütigungen ... Doch als es immer schlimmer wurde und sie merkte, dass ihre Versuche, sich zu wehren, nichts brachten, da hatte sie sich immer mehr in sich zurückgezogen. Die Wut war immer kleiner geworden und einer Art Gleichgültigkeit gewichen. Wobei – natürlich war es ihr nicht gleichgültig. Aber sie wollte den Schmerz nicht mehr spüren. Die Wut und den Hass auf die anderen hatte sie dann sogar auf sich selbst gelenkt. Bestimmt war sie an allem Schuld. Die anderen hatten doch recht: Sie war wirklich nicht normal.
Sie hatte sogar überlegt, sich die Haare zu färben und sich Kontaktlinsen zuzulegen, die ihre Augenfarbe änderten. Wäre sie »normaler« mit einer anderen Haarfarbe und Augen, die eher der »Norm« entsprechen würden? Würde sie sich dann besser fühlen? Und vor allem: Wäre sie dann nicht mehr allein? Hätte sie dann vielleicht sogar Freunde?

Amber saß da und blickte in eine Pfütze, die sich vor ihr gebildet hatte. Der Regen prasselte hinein, dennoch konnte sie sich selbst darin erkennen. Sie sah furchtbar aus. Die Haare lagen ihr lang und strähnig im Gesicht – sie spürte es nicht einmal mehr. Amber wischte sie fort und sah sich ihre Augen an. Das Grün funkelte ihr entgegen. »Wie eine Hexe«, flüsterte sie und war der Meinung, es wäre niemand bei ihr.

Doch plötzlich hörte sie eine Stimme neben sich: »Wie meinst du das?« Entsetzt fuhr Amber hoch und drehte sich um. Neben ihr stand ein junges Mädchen, das sie nicht kannte. Sie hatte gar nicht registriert, dass es sich ihr genähert hatte. Erschrocken wollte sie fortlaufen, beinahe fiel sie über ihre Füße, als sie versuchte, aufzustehen, doch das Mädchen sagte mit sanfter

Stimme: »Warte, bitte, lauf nicht weg! Du brauchst jemanden zum Reden, oder?«

Normalerweise vertraute Amber keinem Fremden, sie hatte ja nicht einmal Freunde. Alle, die sie kannte, verspotteten sie nur, wie konnte sie da jemand Fremdem vertrauen? Selbst Viola hatte sie zum Schluss aufs Übelste verraten. Aber irgendetwas war an diesem Mädchen, das sie innehalten ließ. Sie setzte sich wieder hin. Die Fremde tat es ihr gleich und hockte sich neben Amber, sie hielt den Regenschirm über sie. Jetzt erst bemerkte Amber die Massen des Wassers, die auf sie prasselten.

Zuerst herrschte Schweigen, dann brach das Mädchen dieses, indem sie fragte: »Magst du es mir erzählen? Ich höre zu.«

Mehr brauchte es nicht zu sagen, Amber begann zu reden. Sie wusste selbst nicht, wieso, aber sie erzählte alles. Es kam alles aus ihr heraus, wie der Regen vom Himmel. Das Mobbing, die Einsamkeit und das Gefühl, kein »Mensch« zu sein. »Sie haben recht, ich bin eine Hexe. So wie ich aussehe, kann ich doch nichts anderes sein. Es ist so dunkel in mir.« Dann sprach sie aus, was sie noch nie zuvor jemandem erzählt hatte, nicht einmal ihren Eltern: »Ich will nicht mehr leben. Ich will diese Schwärze in mir nicht mehr ertragen, die mich schon so lange umgibt ...«

Das Mädchen hatte stillschweigend zugehört und schwieg auch weiterhin. Amber konnte die Stille beinahe spüren. Sie bereute es bereits, sich der Fremden geöffnet zu haben, was hatte sie sich nur dabei gedacht? Jetzt würde diese bestimmt gleich anfangen zu lachen und sie ebenfalls verspotten. Sie war so dumm gewesen, so verdammt dumm. Sie hatte ihr Innerstes nach außen gekehrt, und das bei einer völlig Fremden, die sie noch nie zuvor gesehen hatte. War sie völlig verrückt geworden?

Doch Amber hörte kein Lachen. Stattdessen räusperte sich das Mädchen. Amber spürte ihren Blick auf sich. Schließlich sagte es: »Das denkst du von dir? Amber, sieh in das Wasser vor dir – was genau siehst du darin?«

Amber war irritiert von der Frage, doch schließlich antwortete sie: »Das habe ich doch eben schon gesagt ...«

»Nein«, unterbrach sie das Mädchen, »du hast gesagt, was andere dir vorgesagt haben. Was sie dir glauben machen wollten, was du von dir halten sollst. Ich möchte wissen, was du wirklich siehst. Sieh genau hin!«

Etwas lag in ihrer Stimme, das Amber dazu verleitete, ihr Spiegelbild im Wasser noch einmal genauer zu betrachten.

Ihr Haar war immer noch nass, sie strich es erneut zurück. Das Rot kam ihr plötzlich gar nicht mehr so scheußlich vor; oder lag es nur am Regen? Nein, Amber fand es tatsächlich etwas angenehmer.

Sie konnte auch ihr Gesicht besser sehen. Ihre gefühlten tausend Sommersprossen, die sie so hasste ... Wobei – so furchtbar sahen sie jetzt auch nicht aus, oder? Und ihre Augen ... Das Grün leuchtete ihr entgegen und es war das erste Mal, dass Amber auffiel, dass es eigentlich ein ganz schöner Farbton war. Auf jeden Fall nichts Alltägliches. Sie sah zu der Fremden hinüber.

Diese lächelte. »Ich glaube, du hast gerade erkannt, dass du etwas ganz Besonderes bist. Anders, ja. Aber das muss nichts Schlechtes sein. Amber, du bist einmalig und einzigartig. Das bist DU! Rote Haare, grüne Augen, Sommersprossen – das alles ist ein Teil von dir. Die anderen sehen das nicht. Sie sind noch nicht reif dafür. Manche werden das vielleicht auch nie sein. Doch das ist nicht wichtig. Wichtig ist, dass DU es verstehst. Tief in dir. Bis jetzt war es verborgen, aber nun ist es Zeit, es herauszulassen.«
Dann schwieg sie und auch Amber konnte einige Minuten lang nichts sagen.

Eine Wärme floss durch ihren Körper, die sie zuvor noch nie gefühlt hatte. Tränen traten in ihre Augen und alles verschwamm vor ihr. Als sie sich langsam wieder beruhigt und sich die Tränen aus den Augen gewischt hatte, stand sie auf. Sie spürte, dass es ihr besser ging. Und sie bemerkte auch, dass der Regen nachgelassen hatte.

Sie lächelte und drehte sich zu dem Mädchen um, das eben noch neben ihr gehockt hatte – und erschrak erneut, als sie bemerkte, dass es fort war. Es war genauso unscheinbar gegangen, wie es gekommen war: ohne dass sie es bemerkt hatte. Und was ihr jetzt erst auffiel: Sie wusste den Namen der Fremden nicht.

Was allerdings noch kurioser war: Woher hatte sie den ihren gewusst? Sie hatte zwar ihre Gedanken und Gefühle mitgeteilt, aber mit keinem Wort ihren Namen genannt ...

Amber war verwirrt, dennoch hörte sie schließlich auf, sich darüber Gedanken zu machen und drehte sich um. Sie machte sich auf den Weg nach Hause. Ihre

Eltern würden sich sicher Sorgen machen. Bis jetzt hatte sie auch daran gar nicht gedacht. Sie liebten sie, das wusste sie plötzlich. Genauso, dass sie etwas Besonderes war. Etwas wert – trotz ihrer Makel. Nein, berichtigte sie sich selbst, nicht »trotz«, sondern genau deswegen! Zudem waren es keine »Makel« – es war ihre Persönlichkeit. Das hatte sie jetzt verstanden. »Und wer dies anders sieht, der kann mir gestohlen bleiben. Wichtig bin nur ich allein!«

Mit diesem Gedanken lief sie, so schnell sie konnte, nach Hause. »Danke, wer auch immer du bist«, flüsterte sie in die Weite der Gegend hinein.

Während sie immer schneller lief, hörte schließlich der Regen auf. Kurz bevor sie nach Hause kam, erblickte sie die Sonne am Himmel und ein Sonnenstrahl erfasste sie, er wärmte sie von innen …

Eine Kanne voller Trost
von Emilia Laforge (@emilia.laforge)

Ein einzelner Lichtstrahl durchbrach die Dunkelheit, als sich knarzend die Schranktür öffnete.

Aufregung durchströmte mich. *Bitte, nimm mich. Bitte, nimm mich.* Viel zu lange war es her, dass ich aus dem Schrank herausgedurft hatte.

Ein rundliches Gesicht mit Sommersprossen und blonden Haaren linste herein. Elisabeth. Diese Frau kannte ich seit vielen Jahren. Ich mochte sie, unglücklicherweise hatte sie das mehr als fragwürdige Talent, Entscheidungen zu treffen, die ihr nicht guttaten.

Früher hatte Elisabeth immer ein Strahlen für ihre Mitmenschen übrig. Heute war ihr Blick leer, ihre Haut fahl und tiefe Augenringe zierten ihr Gesicht. Schicksalsschläge hatten ihr die Leichtigkeit genommen. Das Lächeln ist seit vielen Jahren verschwunden.

Wie gerne ich ihr helfen würde, doch was sollte ich schon tun? Ich war lediglich ein Gegenstand.

Ihre Hand packte mich und ich wurde durch die Luft geschleudert. Vorfreude prickelte über meine Oberfläche, wie Brause, die sich in Wasser auflöst. Was durfte ich diesmal tun? Die Zimmerpflanzen gießen? Oder ... konnte es sein ... würden wir ... vielleicht sogar nach draußen gehen? *Oh, bitte lass uns rausgehen.*

Ich liebte es, wenn die Sonnenstrahlen meine grüne Plastikoberfläche wärmten. Zudem war die Luft, im Gegensatz zu der abgestandenen im Schrank, frisch und wohltuend.

Leider kam ich in den letzten Monaten immer seltener in diesen Genuss. Früher hatte Elisabeth sich mehr Zeit für mich und ihre große Leidenschaft genommen. Sie liebte Blumen, dementsprechend viel hatte ich zu tun gehabt. Jedes Mal, wenn ich aus dem Schrank hinausdurfte, gab es eine neue Pflanze, um die wir uns gemeinsam mit meinen Kumpels kümmerten.

Elisabeth trug mich durch die Mini-Wohnung, wenn man ihr Zuhause überhaupt als solche bezeichnen konnte. Die Menschen nannten das, worin Elisabeth mit ihrer Tochter hauste, Trailer. Wohnzimmer, Küche und Schlafzimmer waren hier in einem Raum. Sie benötigte nur wenige Schritte, um ihn zu durchqueren.

Mein Herz machte einen Sprung, als ich sah, dass auf dem winzigen und einzigen Tisch der Behausung meine Kumpels bereitlagen. Die kleine Harke und die Schippe waren meine besten Freunde. Der Unkrautstecher war meist schlecht gelaunt, doch selbst über den freute ich mich. Die Gartenschere zickte öfter rum, dennoch kam ich gut mit ihr zurecht. Der Eimer weigerte sich, mit uns zu reden – typisch Einzelgänger halt. Sie alle waren genauso aufgeregt wie ich – es versprach eine große Aktion zu werden, wenn das ganze Team versammelt war.

Am Tisch saß Alina, die fünfjährige Tochter unserer Besitzerin. Zunächst schenkte ich ihr keine große Beachtung, doch als Elisabeth mich vor ihr auf dem Tisch abstellte, bemerkte ich das tränenverschmierte und gerötete Gesicht des Nachwuchsmenschen. Das kleine Mädchen so zu sehen, versetzte mir einen Stich. Ich wusste nicht, warum sie geweint hatte, doch das war egal. Kein Kind sollte weinen müssen.

Elisabeth setzte sich auf den Stuhl neben ihrer Tochter und strich ihr über den Kopf. »Das ist jetzt deine Gießkanne.« Sie deutete auf mich und senkte ihre Stimme. »Aber es ist nicht irgendeine, sondern eine ganz besondere. Sie hat magische Kräfte und würde gerne dein bester Freund und Beschützer sein.«

Ich hatte was? Soweit ich wusste, war ich vollkommen durchschnittlich.

Alina schniefte. »Bester Freund? Dann muss ich nicht mehr alleine spielen?«

Elisabeth wischte ihrer Tochter die Tränen von den Wangen. »Genau, du hast jetzt jemanden, der immer für dich da ist.«

»Beschützt sie dich auch?«, fragte Alina mit zittriger Stimme. Sorge um ihre Mutter und eine Last, die kein Kind in ihrem Alter tragen sollte, zeichneten sich in ihren Augen ab.

Elisabeth drückte ihrer Tochter einen Kuss auf den Haaransatz. »Ja. Wenn sie bei dir ist, geschieht auch Mama nichts.«

Alina strahlte übers ganze Gesicht, beugte sich zu mir und schloss mich in ihre kleinen Arme. »Sie ist wunderschön.«

Wärme durchströmte mich. Sie mochte mich! Mich, eine einfache Gießkanne. Wäre ich ein Mensch, dann hätte ich gelächelt und ihre Umarmung erwidert.

Alinas Hände umklammerten mich, während Elisabeth mit uns nach draußen ging. Mir fiel es schwer, stillzuhalten. Am liebsten wäre ich vor Freude hin- und hergeschwungen. Hoffentlich gab es auch hier eine lila Gerbera. Ihre Farbe strahlte so herrlich intensiv. Ich kannte sie aus unserem früheren Zuhause. Ob es hier eine gab, wusste ich nicht. Die beiden waren erst vor Kurzem hergezogen und bisher hatte ich den Garten noch nicht aus der Nähe betrachten können.

Der Trailer befand sich auf etwas, das die Menschen als Campingplatz bezeichneten. Allerdings stand der von Elisabeth so weit abgeschottet, dass ich die anderen Wohnwagen nur schemenhaft erkennen konnte. Keine Autos waren zu hören, stattdessen zwitscherten die Vögel in den Baumkronen. Zudem konnte ich eine Wasseroberfläche ausmachen, die in der Sonne glitzerte. Es war herrlich ruhig und friedlich ... ich mochte es hier. Dennoch war es ... einsam. Unwillkürlich schaute ich zu dem Mädchen hoch, das mich mit ihren kleinen Händen trug. Meine Kenntnisse über die Zweibeiner waren beschränkt. Allerdings meinte ich zu wissen, dass so eine Umgebung für ein Kind ungewöhnlich war. Ich musste an eine Blume denken, die einsam und allein in einem Keller aufwachsen sollte. Sie hatte dort keine Chance und würde eingehen. Blumen benötigten Licht, Wasser und Erde, um sich zu entfalten. Genau wie Liebe und Zuneigung.

Wir erreichten den Garten, der direkt an den Wohntrailer grenzte und sich bis zum Waldrand erstreckte. Ich war nicht gut im Schätzen, doch auf mich wirkte er riesig.

Der Anblick jedoch zerriss mir das Herz. Hier fehlte so einiges. Früher hatte Elisabeth gemeinsam mit uns, ihrem Team, jede Grünfläche in eine wahre Oase voll blühenden Lebens verwandelt. In diesem blühte nichts. Er war heruntergekommen, förmlich verwahrlost. Von farbenfrohen Blumen keine Spur, stattdessen verwelkte Blüten und Unkraut, so weit das Auge reichte. Ein verrosteter Stuhl ohne Beine lag mitten auf dem trockenen, braunen Gras. Am anderen Ende konnte ich ein Schlammloch ausmachen, dessen Gestank selbst mir nicht verborgen blieb. Vielleicht war es einmal ein Teich gewesen. Der Unkrautstecher neben mir stöhnte entnervt auf – zweifellos würde dies ein arbeitsreicher Einsatz für ihn werden.

Ich dagegen freute mich. Endlich wieder etwas tun! Und ich behielt recht, die nächsten Stunden waren so herrlich wie seit einer Ewigkeit nicht mehr. Gemeinsam brachten wir den Garten auf Vordermann. Elisabeth zeigte ihrer Tochter alles, was sie über das Gärtnern wusste. Wie in alten Zeiten erklärten wir dem Unkraut den Krieg und arbeiteten auf Hochtouren.

Ein Lächeln lag auf Elisabeths Lippen, ihre Augen glänzten vor Freude und genau dieser Ausdruck spiegelte sich auf dem Kindergesicht wider. Mir ging das Herz auf – vielleicht würde ja doch alles gut werden.

Es war ein kurzer Augenblick des Glücks und der Hoffnung. Doch der Schatten der Wirklichkeit, der Fehlentscheidungen, die Elisabeth in ihrem Leben getroffen hatte, holte uns unaufhaltsam ein.

Der Kies knirschte, als ein Auto sich dem Trailer näherte. Der schwarze Mercedes fuhr viel zu schnell und schlitterte, als er mit quietschenden Reifen bremste. Ein großgewachsener Mann mit Sonnenbrille, Bierbauch, ungepflegtem Bart und fettigen Haaren stieg aus und steuerte auf uns zu. Sein Gestank wehte zu uns herüber und würde mir zweifelsohne den Magen umdrehen, wenn ich einen hätte.

Elisabeth richtete ihren Blick auf den Neuankömmling. Ihre Miene versteinerte, das Lächeln erstarb und ihr Gesicht verwandelte sich in eine leere Maske zurück. Sie beugte sich zu ihrer Tochter hinunter und strich ihr über den Kopf. »Es ist jetzt deine Aufgabe, dich um die Blumen zu kümmern. Also sei ein braves Mädchen und gieß sie mit all deiner Liebe. Mama muss arbeiten.«

Ein Schauer fuhr über meine Oberfläche, hatte ich doch eine ziemlich genaue Vorstellung, was *arbeiten* in Elisabeths Welt bedeutete. Es waren ihre Fehlentscheidungen, die sie an diesen Punkt gebracht hatten und nichts, wovon das kleine Mädchen etwas mitbekommen sollte. In diesem Moment schwor ich, dass ich für Alina da sein würde, koste es, was es wolle.

Die kleinen Arme umklammerten mich, als wäre ich ein Rettungsseil und keine Gießkanne. Alina hatte sich in den hintersten Teil des Gartens zurückgezogen. Schluchzer schüttelten ihren zarten Körper, ihre Tränen flossen unablässig und fielen in mich hinein. Ich würde alles tun, um das Leid von dem kleinen Mädchen zu nehmen. Doch ich hatte keine magischen Kräfte und dementsprechend nicht die Macht, die Geräusche, die aus dem Trailer kamen, von Alina fernzuhalten.

Ich spürte ihre Verwirrung, als das Stöhnen des Mannes zu uns drang. Es war überdimensional laut und glich eher dem eines Tieres als dem eines zivilisierten Zweibeiners. Natürlich wusste das Kind nichts von den Paarungspraktiken der Erwachsenen ihrer Spezis. Wobei das Geschehen wohl kaum der Fortpflanzung diente.

Doch das war nicht das Schlimmste. Immer wieder zuckte der kleine Körper zusammen, wenn das klatschende Geräusch von Haut auf Haut, begleitet von Schreien ihrer Mutter, zu uns getragen wurden. Offensichtlich hatte der schmierige Typ ganz spezielle Vorlieben, die er an Elisabeth auslebte.

»*Lass uns Hilfe holen, damit du das nicht ertragen musst!*« Ich wollte die Worte dem Mädchen entgegenschleudern. Sie dazu bringen, weg von den Geräuschen und zum nächsten Menschen zu laufen, der ihr helfen würde. Doch sie blieb an Ort und Stelle. »Bitte, liebe Kanne, hilf meiner Mama, damit ihr nichts Schlimmes passiert.« Ihr kleines Herz pochte rasend, während sie diese Worte zu mir sagte, immer wieder.

Und ich begriff, warum sie nicht weglief. Die Angst um Elisabeth hatte sie so fest im Griff, dass sie unfähig war, sich zu bewegen. Alina liebte ihre Mutter über alles. Sie schreien zu hören war schlimm, doch gar nichts zu hören wäre noch schlimmer gewesen.

Ich versuchte, ihr so gut es ging beizustehen und ließ es zu, dass sie mich fast zerdrückte, als sie sich an mich klammerte. Jede ihrer Tränen fing ich auf. Alles hätte ich dafür getan, sie ihr zu nehmen. Ihr das Leid zu nehmen.

Wut auf Elisabeth überspülte mich. Sie wusste so viel über das Leben. Sie wusste, was Blumen benötigten, um zu wachsen und zu gedeihen. Wieso sah sie das bei ihrer eigenen Tochter nicht? Wieso setzte sie so ein zartes Pflänzchen solch einem Leid aus? Doch Elisabeth war blind. Toxische Beziehungen, Vertrauen in die falschen Personen, kurzum ihr eigenes Schicksal hatten sie resignieren lassen. Sie würde ihrem Kind keine Hilfe sein. Aber ich. Zusammen würden wir uns um die Blumen kümmern und sie zum Wachsen bringen. Es war das Einzige, was ich unternehmen konnte, um dieses Mädchen von der Realität abzulenken und ihr dadurch vielleicht etwas Hoffnung zu geben.

Ich hoffte, dass Alina stark genug war und nicht daran zerbrechen würde. Hoffentlich war sie die eine Blume, die es trotz allem schaffte, im Keller zu erblühen.

Ungesichert
von Anne Polifka (@annepolifka)

»Konstantin, wie sieht es bei dir aus? Alles okay?« Die Stimme von Gill drang über die Lautsprecher im Helm zu mir durch.

»Ja, alles in Ordnung«, meldete ich zurück. Es war eine Lüge. Tatsächlich spürte ich schon seit fast zehn Minuten ein Kribbeln auf meinem linken Arm, als wäre ein ganzer Ameisenstaat im Raumanzug. Leichter Schwindel machte sich breit. Glücklicherweise konnte ich hier im Weltraum nicht hinfallen, wenn ich das Gleichgewicht verlor.

Einen Augenblick lang schloss ich die Augen, sperrte die Erde aus, die zu einem blauen Stecknadelkopf geschrumpft war, und die Sonne, deren Wärme ich selbst durch den mehrschichtigen Stoff des Anzugs spürte. Ich atmete tief durch.

Als ich die Augen wieder öffnete, blieb der gewünschte Effekt aus. Noch immer wankten die Sterne mehr, als sie dürften und statt nachzulassen, verstärkte sich das Kribbeln. Mein Herz schlug schneller.

Der Einsatz war fast abgeschlossen. Die Außenhülle des Schiffes war repariert und wir waren dabei, zur Außenluke zurückzukehren. Ich sicherte den Werkzeugkoffer mit einem Karabinerhaken am Anzug, dann begab ich mich auf den Rückweg.

Die Sicht dehnte sich, als hätten meine Augen den Weitwinkelmodus angeschaltet. Ich blinzelte, doch die verzerrte Wahrnehmung blieb.

Die Stimme in meinem Helm klang dumpf, wie im Halbschlaf, aber ich verstand sie. Es war der übliche »Alles in Ordnung?«-Funkspruch von Gill. Das Protokoll sah vor, dass die Kommandantin die Frage einmal alle fünf Minuten stellte.

»Ja, alles okay. Ich bin jetzt auf dem Weg zur Schleuse.« Meine Stimme klang nicht wie meine. Sie schien nicht weniger entfernt als der Rest der Umgebung. Ich verlor wieder den Bezug zur Realität. Mein Hirn lehnte sich zurück und genoss die Show. Ein miserables Timing. Doch ich musste nur noch die wenigen Meter zur Schleuse zurücklegen und nicht arbeiten. Das schaffte ich. Ich wäre nie in die Crew aufgenommen worden, wenn ich das nicht könnte.

Noch blieben mir ein paar Meter, um es aufhören zu lassen. Ich dachte an die Übung zurück, die mir vor vier Jahren in der Klinik gezeigt worden war. Fünf Dinge gedanklich durchgehen, die ich sah, das war nicht schwer. Die Erde, die Sterne, die Sonne, die Raumstation, mein Spiegelbild im Helm. Fünf Dinge, die ich hörte, das wurde schon kniffliger. Aktuell gab es nicht viel, nur der Funkspruch kam bereits wieder. Die fünf Minuten waren doch noch nicht rum, oder? Er war zu unerwartet gekommen, um meine Konzentration darauf zu lenken. Deshalb verstand ich nicht, was gesagt wurde.

Ich rutschte ab. Die Bemühung, die Episode zu vertreiben, hatte mich unachtsam gemacht. Bevor ich den Anzug beim Abfangen beschädigte, ließ ich mich in der Schwerelosigkeit treiben. Die Sicherungsleine würde meinen Flug stoppen und sobald sie sich spannte, konnte ich mich an ihr zurückziehen. Doch in das Gefühl des Unwirklichen mischte sich Frust. Es war ein Anfängerfehler gewesen, den alle mitbekommen hatten. Hier draußen tötete mangelnde Konzentration. Das würde Ärger geben.

Ich atmete tief durch. Mein Herz schlug langsamer und mir fehlte die Aufmerksamkeit, um mich jetzt Übungen als Gegenmaßnahmen zu widmen. Der fremde Blickwinkel auf die Station verstärkte das Gefühl des Unwirklichen. Lass es bitte bald vorbei sein …

Müsste nicht langsam die Rettungsleine spannen? Ich konnte nicht an mir herabsehen, das verhinderte der starre Anzug, aber ich ertastete die Leine und zog daran. Im Slow-Motion-Effekt flog diese an mir vorbei. Die Zeit dehnte sich auf unnatürliche Art und Weise.

Einige Augenblicke vergingen. Übelkeit stieg in mir auf, mein Herz schlug schneller. Mir wurde bewusst, dass dies kein Film, sondern die Realität war. Ich trieb immer weiter vom Schiff ab. Meine Atmung überschlug sich fast, während mein Kopf wie leergefegt war. Ich lauschte angestrengt. Jemand musste etwas sagen. Sie mussten doch bemerkt haben, dass ich mich vom Schiff entfernte.

»Konstantin. Atme ruhig durch und nutze den Jetpack, um zurückzukehren.«

Der Jetpack, natürlich! Wo war gleich noch mal die Steuerung? Immer hektischer tastete ich den Anzug ab. Die Entfernung zum Schiff wurde größer. Mein Atem ging stoßweise. Ich musste mich beruhigen. Jahrelang hatte ich das trainiert.

Plötzlich durchzog ein Ruck meinen Körper. Ich sah auf und mir gegenüber war Oana, die mich gesichert hatte. »Ich hab ihn«, hörte ich ihre Stimme aus den Lautsprechern. Leicht nickte ich ihr zu. Sie befand sich in Reichweite, obwohl uns scheinbar Meter trennten, wenn ich meinen Sinnen Glauben schenken würde.

Zusammen kehrten wir mithilfe ihrer Sicherungsleine zur Raumstation zurück. Ich war einfach froh, als die Außenluke geschlossen wurde und wir nach dem Druckausgleich die Schleuse verließen. Sofort setzte ich den Helm ab und atmete tief durch, da kam schon die Kommandantin.

»Seid ihr beide in Ordnung?« Es klang noch immer seltsam fern, so als hätte sich Wasser in meinen Ohren festgesetzt. Der Zustand hatte nicht aufgehört.

»Ja. Tut mir leid, Gill«, sagte ich.

Sie sah mich kurz an. »Sobald du aus dem Anzug raus bist, müssen wir reden.« Ich seufzte, nickte aber. Es war zu erwarten gewesen. Nun wandte ich mich an Oana. »Danke für deine Hilfe.«

»Nichts zu danken. Wäre ich abgedriftet, hätte ich auch Panik bekommen.« Ich nickte leicht, auch wenn sie die Situation wohl missdeutete. Woher sollte sie aber wissen, was wirklich los gewesen war?

Sandro und Xaver schwebten ins Modul. Sie halfen uns aus unseren Anzügen. Xaver klopfte mir mit einer Hand auf die Schulter. Die Berührungen drangen kaum durch den Schleier, der sich über meine Wahrnehmung legte. »Ich bin echt froh, dass du okay bist, Kon. Du hast uns einen ganz schönen Schrecken eingejagt. Würde mich nicht wundern, wenn du die restliche Reise den Toilettendienst bekommst.«

Ich wäre froh, wenn das die einzige Konsequenz sein würde. Dennoch gab ich ein kurzes »Vermutlich« von mir und hoffte, dass er aufhörte zu reden. Ich verstand, was er sagte, aber es strengte mich an. Immer wieder schweiften meine Gedanken ab und ich fürchtete, eine unpassende Antwort zu geben. »Danke für die Hilfe. Ich lasse Gill besser nicht zu lange warten.«

Ohne eine Antwort abzuwarten, verließ ich das Modul. Die Episode brach nicht ab. Gill würde merken, dass etwas nicht stimmte. Die Episoden dauerten meist ein paar Sekunden bis Minuten, aber das jetzt war deutlich länger.

Ich kenne diese Zustände, schon seit fast zwölf Jahren begleiten sie mich. Ich habe gelernt, damit zu leben, Jahre bevor mir ein Name für das Problem gesagt wurde.

Eines Tages war ich vor ein Auto gelaufen. Ich habe es nicht mitbekommen, denn alles war fern gewesen. In der Klinik sagten sie, dissoziative Zustände können während und kurz nach dem Schock auftreten. Ich verriet nicht, dass es nicht vom Unfall kam. Schon immer war mein Traum, zum Mars zu fliegen, aber jemand, der psychische Probleme hat, kommt nicht ins All. Verschlechterung wegen der Isolationssituation und verstärkter Stress machten Kranke zu einer Gefahr für sich selbst und andere, deshalb durften nur gesunde Menschen hier hoch.

Ich erreichte die Tür der Missionsleiterin und klopfte an, bevor Gill mich hereinbat. Sie sah zu mir. »Konstantin, was war da draußen los? Du hast dich nicht gesichert und nicht reagiert, als wir dich darauf hingewiesen haben. Und du warst nicht in der Lage, deinen Jetpack zu bedienen, weshalb Oana unnötig ein riskantes Rettungsmanöver durchführen musste. Du hast mehr Glück als Verstand, dass nichts passiert ist.«

»Tut mir leid, Gill.«

»Das sagtest du schon, aber nicht, was los war. Wir haben dich gefragt, ob es dir gut geht, und du hast mit ja geantwortet.« Gill seufzte und strich sich über das Gesicht, bevor sie fortfuhr. »Hör zu, Konstantin. Ich bin Kommandantin dieser Mission und das heißt nicht nur, dass ich für das Gelingen verantwortlich bin, sondern auch für die Gesundheit und Sicherheit aller Besatzungsmitglieder. Das schließt dich und Oana ein. Wenn du sagst, dass es dir gut geht, dann muss ich mich darauf verlassen können und deine Partnerin auch. Jetzt sag mir bitte, was los war, damit es nicht wieder vorkommt.«

Nun war ich es, der seufzte. Ich drückte kurz mit den Handballen gegen meine Augen, die von dem verzerrten Sehen langsam schmerzten. Je länger Gill sprach, desto mehr verlor ich das Gefühl für die Realität. »Ich habe gelogen. Mir ging es nicht gut, aber ich war bereits auf dem Rückweg. Ich dachte, ich hätte mehr Zeit.«

»Zeit? Wie meinst du das?«

Ich biss mir auf die Unterlippe. Der metallische Geschmack von Blut breitete sich in meinem Mund aus, doch selbst das wirkte unecht. Ich hatte mich verraten.

Ich hatte mich nie als Risiko wahrgenommen. Wenn es nicht ganz rund im Kopf läuft und ich das Gefühl habe, im Kino zu sitzen und mein Leben anzuschauen, dann schadete ich doch niemanden. Ein ekliges Gefühl, mehr nicht. Heute begriff ich, dass es nicht so einfach war. Auch wenn niemand zu Schaden gekommen war, hätte Oana etwas geschehen können. Und die Schwierigkeiten wurden nicht besser. Kamen die Episoden früher alle paar Wochen, traten sie zunehmend häufiger auf und konnten jeden an Bord gefährden. Diesmal hatte ich offenbar das Sicherungsseil vergessen und war unachtsam gewesen. Ich war mit einem Schrecken davongekommen. Würde ich das Glück auch das nächste Mal haben? Oder Oana?

»Konstantin?«, fragte Gill, denn ich schwieg noch immer.

»Ich bin krank. Nicht körperlich, eher im Kopf.« Nun war es raus. Es gab kein Zurück. Ich atmete tief durch und sah nach unten, um Gills Blick nicht ertragen zu müssen. »Ich weiß, es war falsch, das zu verschweigen, aber ich wollte in den Weltraum. Ich wollte zum Mars fliegen. Die ganze Zeit während des Missionstrainings bin ich zurechtgekommen. Ich wurde ausgewählt, weil ich einer der Besten war. Ich habe nicht geglaubt, dass es solche Konsequenzen haben würde.«

Gill schwieg und mit jeder Sekunde, die verging, fürchtete ich ihre Reaktion mehr. Würde, nein, könnte sie mich wegschicken? Uns trennten nur noch zwei Monate vom Mars. Ich liebte diese Mission. Bald würde sich mein Traum erfüllen: den Mars betreten. Das konnte mir niemand nehmen, jetzt nicht mehr. Oder doch?

»Konstantin, ich verstehe deine Beweggründe, aber was du getan hast, war grob fahrlässig. Du hättest vor dem Außeneinsatz zu mir kommen und das erklären können. Oder wenigstens sagen können, dass du dich nicht fit genug fühlst. Stattdessen hast du nicht nur das Komitee der Mars-Missionen angelogen, um auf das Schiff zu kommen, sondern auch uns. Und das mit dem Wissen, dass du vielleicht nicht die Anforderungen erfüllst. Was wäre geschehen, wenn Oana Hilfe gebraucht hätte? Du konntest dir nicht einmal selbst helfen.«

Die Worte, obwohl sie dumpf klangen, stachen wie ein Messer auf mich ein. Meine Sicht verschwamm, während sich immer mehr Tränen als größer werdende Wasserblasen in meinen Augen ansammelten. Ich wischte sie weg. Nun weinte ich auch noch vor ihr wie ein Kind!

»Hör zu, Konstantin. Ich muss wissen, was genau mit dir los ist, um mich darauf einzustellen. Uns steht noch eine fast einjährige Mission bevor, nicht nur hier im All, wo dich jede Unachtsamkeit umbringen könnte, sondern auch auf dem Mars. Dafür muss ich deine Grenzen kennen.«

Ich sah zu ihr auf. Gill würde mich nicht zurückschicken. Sie reichte mir ein Taschentuch, das ich dankend annahm. »Ich habe eine dissoziative Störung, vor allem in der Wahrnehmung. Ich verliere den Bezug zur Realität. Ich bekomme alles mit, aber es ist mehr wie ein Film, den ich schaue. Meist hält das nicht länger als ein oder zwei Minuten an.«

»Aber manchmal auch länger.« Das war keine Frage von Gill.

Mein Blick wanderte nach unten und ich nickte leicht. »Ich kann nicht sagen, wann oder wie lang so eine Episode auftritt, aber ich merke es kurz vorher.« Ich zögerte. »Was geschieht nun?«

»Ich bin verpflichtet, das zu melden, und es wird Konsequenzen haben, wenn wir auf die Erde zurückkehren. Welche, das liegt nicht in meiner Hand. Aber ich weiß deine Leistungen, die du bisher gezeigt hast, sowie deine Ehrlichkeit jetzt zu schätzen. Das werde ich auch erwähnen. Stell dich aber darauf ein, dass dies deine letzte Mission sein wird.«

»Und was passiert jetzt?« Ich wusste, welche Konsequenzen mich auf der Erde erwarteten. Ich würde meinen Job verlieren, das war mir bereits klar, als ich vehement meine Erkrankung verheimlicht hatte. Doch was war nun während der Mission?

»Du wirst weiter deine Aufgaben ausführen, aber ich werde dich keine Außeneinsätze mehr durchführen lassen. Ich sehe keine Notwendigkeit für weitere Disziplinarmaßnahmen.«

»Danke, Gill.«

Sie nickte nur leicht und bedeutete mir, ihr Büro zu verlassen.

Ich schwebte hinaus. Aus dem Gemeinschaftsmodul drangen Stimmen. Die anderen mussten es erfahren, denn nie wieder sollte jemand meinetwegen in Gefahr geraten. Ich holte tief Luft, dann stieß ich zu dem Rest der Crew.

»Leute, ich muss euch was sagen.«

Die filigrane Fee
von Enna Bée (@enna.bee_worte.fotos)

Da saß sie wieder, in der kleinen Pause, auf ihrem Tisch in der Mitte des Klassenzimmers. Ihr schmales Gesicht lachend in die Luft gestreckt schaute sie zu ihren Freundinnen, als hätte sie keinerlei Sorgen auf dieser Welt; weil sie sich zu einhundert Prozent darauf verlassen konnte, dass sie unterstützt wurde. Saß da in ihren Markenklamotten, wie immer dezent, aber voll im Trend. Mit dem zierlichen Körper, der aussah, als könne ihn ein Windhauch umpusten. Schutzbedürftig irgendwie.

Unter mangelndem Selbstvertrauen litt sie wohl nicht: Die Eltern gut situiert und in ihrem Dorf geachtet, sie selbst Teil *der* Mädchengruppe in der Klasse: die Alteingesessenen, die Coolen. Die, die das Sagen hatten. Von klein auf Teil der Gruppe. Nie herausgerissen aus ihrer gewohnten Umgebung und Hierarchie, nie gezwungen, woanders neu anzufangen und sich zu beweisen, nie ein Grund, unsicher zu sein. Nie *die Neue*.

Und hinter ihr, fest und unumstößlich wie eine Mauer, stand *er*: ihr Freund. Der Große, Breitschultrige aus der Parallelklasse, mit dem gleichen gesellschaftlichen Hintergrund, aus dem gleichen Kaff. Fest in seine Clique integriert, die schon zu Grundschulzeiten bestand und nun in der zehnten Klasse immer noch die Basis des Selbstbewusstseins bildete. Blond, mit strahlend blauen Augen und mit dieser lässigen, echten Coolness, die nur absolute Selbstsicherheit mit sich bringt. Wäre dies ein amerikanischer Film, er wäre der Baseballstar des Colleges. Und sie die Cheerleading-Queen.

Sie war ein elementarer Teil ihrer Clique, ein bisschen auch so etwas wie ein Vorbild für diese Mädchen. Hübsch *und* nett – immer freundlich, dabei still und unaufdringlich in ihrer selbstsicheren Art. Wäre *sie* die Neue, wären mit Sicherheit einige ihrer Kameradinnen auch ihr gegenüber zu eifersüchtigen und intriganten Zicken mutiert, so wie dem »niederen Volk« gegenüber. Besonders diese eine Brünette, die immer so nah bei ihr stand, als ob sie sich ein paar Strahlen von ihrem Glanz erhoffte, weil sie selbst keinen ausstrahlte.

Und alle himmelten ihren Freund an, platonisch natürlich. Denn er war, na ja, eben so einer, wie ihn jede gerne als Freund gehabt hätte: der Surfertyp, der Attraktive, das optische Aushängeschild seiner Clique, so wie sie das der ihren war. Und das, ohne dabei überheblich zu wirken, sondern richtig nett. So nett, dass er die kleinen Pausen nicht mit seinen Kumpels verbrachte, sondern mit seiner Freundin in deren Klassenraum, umgeben von giggelnden Mädchen und zumindest dem Anschein nach mit ganzem Herzen bei ihren Gesprächen dabei.

Das Traumpaar. Schon *ewig* zusammen, in dem Alter ist ein Jahr ja so was wie eine kleine Ewigkeit. Und bestimmt würden die beiden mal heiraten und Kinder kriegen und für immer zusammenbleiben; hach, sie waren ja beide so cool und so attraktiv und so bodenständig geblieben dabei. Die gehörten einfach zusammen, der Auffassung waren sie alle. Die mochte einfach jeder.
Aus deren Cliquen zumindest, aus deren Gesellschaftsschicht, aus deren Dorf.

Er stand also hinter ihr, da mitten im Raum, die Arme um sie gelegt. Ihr Rückhalt, ihre Stütze, ihr Fels in der Brandung. So zart sie körperlich wirkte, so sehr strahlte sie ein Gefühl von Sicherheit aus. Von Sich-sicher-fühlen. Seht her, der Beste, der Stärkste gehört zu mir, hält mich, mir kann nichts passieren.

In der Reihe ganz links saß ich auf meinem Stuhl und mümmelte an meinem Pausenbrot. Neu in der Klasse und aus einem Dorf weiter weg als alle anderen, denn es hatte dieses Gymnasium sein müssen, wollte ich mein geliebtes Latein nicht aufgeben. Ich, mit einem anderen Dialekt, anderen Klamotten, anderer Frisur, mit anderen Wertvorstellungen. Die Neue eben.

Wie es in mir drin aussah, wusste niemand von denen, mit denen ich den Klassenraum teilte. Nach außen wirkte ich wohl selbstsicher und als ob ich nichts auf die Meinung anderer gäbe. Was die einen faszinierte, stieß bei *ihrer* Clique auf Ablehnung: blau und orange gefärbte Haare, Second-Hand-Schlaghosen, Dr. Martens. Dazu Blümchenringe und bunte Sonnenbrillen, eine große Klappe und als Gruß das Peace-Zeichen. Ab und zu trug ich auch mal Minirock und Overknee-Strümpfe. Oder ein bodenlanges, schwarzes Kleid, schwarzen Lippenstift und schwarz lackierte Fingernägel. Die Kombi brachte das Orange meiner Haare so richtig zur Geltung.
Hauptsache, optisch auffällig. Je auffälliger mein Äußeres war, umso weniger kamen die Leute auf die Idee, hinter die Fassade zu blicken.

Mit der Zeit wurde meine Fassade hart wie Beton. Alle glaubten, was sie sahen; bis zum Abi gab es an der ganzen Schule genau zwei Personen, die mein wirkliches Ich kannten. Niemand aus *ihrer* Clique natürlich. Nicht, dass ich zu der Clique gehören wollte. Ich wollte nur gerne so sein wie *sie*.

Meine Fassade war nicht nur bunt, sie war auch schlank – dünn, sagte man mir später rückblickend; dürr, verbesserten manche.
Aber das sah ich nicht. Fühlte ich nicht.

Sie war zierlich. Schmal, zart, strahlend hell mit ihren naturblonden, leicht gewellten Haaren, und dabei so *freundlich* und so *unaufdringlich* – ein bisschen wie eine Fee. So eine leuchtende, mit durchsichtigen Flügeln, durch die das Sonnenlicht scheint und mit denen sie schwerelos über Blumen rumschwirrt. Filigran. Beschützenswert.

Gegen sie kam ich mir plump vor. Von oben bis unten. Und egal, wie bunt ich mich kleidete, gegen sie fühlte ich mich dunkel. Als stünde ich im Schatten.

Wenn ich so zierlich wäre wie *sie*, käme bestimmt auch jemand, der *mich* festhält. Der mich unterstützt, was auch immer ich tue. Der immer da ist, selbst in der kleinen Pause, obwohl er mit seinen Kumpels rumhängen könnte.
Wenn ich zierlicher wäre, würde jemand kommen und mich beschützen.

So, wie ich war, sicherlich nicht. Plump. Unelegant. Dunkel. Nix sonnenlicht-durchflutet-filigran.
Stattdessen fehl am Platz, ohne Wurzeln, weil schon zig Mal umgezogen und von vorne angefangen. *Hier* hatte ich definitiv nie hingewollt. An dieser Schule fühlte ich mich wie ein Alien.

Der einzige Sitzplatz, der frei gewesen war, als ich nach den Sommerferien in diese Klasse eingeteilt wurde, befand sich in der Reihe der Loser. Dort saßen die, die weder cool waren noch durch schulische Leistungen glänzten. Die sich nie hervortaten. Versteht mich nicht falsch, die waren nicht verkehrt. Nur eben keine Leuchten, egal in welcher Hinsicht. Die *wollten* nicht mal leuchten. Die lebten in ihrer eigenen kleinen Loserwelt.
Ich gehörte nicht zu ihnen. Wollte ich ja auch gar nicht.
Ich gehörte nicht zu *ihrer* Clique. Wollte ich ja auch gar nicht.
Ich gehörte nirgendwohin. Und dabei wollte ich doch so gern.
Wenn ich nur auch so zierlich wäre wie *sie*, dann käme bestimmt jemand, der auf mich aufpasste.
Jemand, der mich in den Arm nehmen würde und mich akzeptierte, wie ich war.
Jemand, der mich hielt. Mich beschützte.

Zierlich wurde mein Ziel, die Waage mein Freund. Zeigte sie sowieso schon wenig, so wurde es mit der Zeit immer weniger.

Hätte ich nicht solch eine Abneigung gegen das Sich-Übergeben gehabt, hätte ich mir nach den Mahlzeiten den Finger in den Mund gesteckt. Mir war schon klar, dass das idiotisch gewesen wäre; aber so einfach: normal essen, dann wieder auskotzen, zack, wieder ein Stück dünner.

War aber nicht meins, also war weniger essen das Mittel der Wahl. Mein Stoffwechsel half mir, es zu vertuschen, denn ich bin von Natur aus ein schlechter Futterverwerter, wie man so sagt. Zu der Zeit war ich außerdem Vegetarierin, aß daher sowieso nicht alles mit, was meine Mutter kochte. Stattdessen bekam ich etwas anderes oder machte mir selbst etwas. Mein Essverhalten blieb also unauffällig. Dachte ich.

Im Nachhinein rechne ich meinem Vater hoch an, dass es ihm nicht nur auffiel, sondern er mich auch darauf ansprach. Nur das Wie hatte er falsch gewählt. Vielleicht auch das Wann.

»Du willst doch nur so dünn werden, damit du ins Krankenhaus kommst und nicht mehr in die Schule musst«, warf er mir eines Tages aus dem Nichts entgegen. Ich weiß nicht mehr, was ich geantwortet habe, aber es entsprach etwa »Boah, du verstehst echt gar nix!« So ein Blödsinn, dachte ich, du hast den Grund für mein Abnehmen überhaupt nicht kapiert.

Wie so viele Teenager fühlte ich mich von allem und jedem missverstanden; von den Eltern sowieso. Die hatten ja keine Ahnung. Die wussten nichts von mir, über mich, darüber, wie es in mir drin aussah.

Nicht, dass ich mit ihnen darüber gesprochen hätte. Welcher Teenie tut das schon?

Ich stellte die Stacheln auf, wurde abweisend, ließ niemanden mehr an mich ran, auch nicht meinen Vater. Obwohl er immer meine Vertrauensperson Nummer eins gewesen war – schließlich war sein Jobwechsel dafür verantwortlich, dass wir überhaupt hierhergezogen waren.

Ich vermisste meine alte Clique.

Sie hatte sich erst im Jahr vor dem Umzug neu gebildet, bestand aus Jungs und Mädchen aus meinem Jahrgang und ein paar Jungs aus zwei Jahrgängen darüber. Wir gingen gemeinsam zur Tanzschule, ins Café, ins Bistro, auf Partys. Wir etablierten unsere eigene Sprache, unsere eigenen Werte, unseren eigenen Lebensrhythmus. Da sich die Gruppe neu gebildet hatte, waren alle von Anfang an dabei, alle gleichwertig. Es gab keine Anführer, keine Alteingesessenen; wir hatten uns gemeinsam erfunden, wir waren unsere eigene Definition. Zum ersten Mal hatte ich das Gefühl gehabt, dazuzugehören, voll und ganz und ohne hinterfragt zu werden.

Nach dem Umzug war alles neu – wieder mal. Alles auf null. Neu kalibrieren in fremder Umgebung. Ein neues Wertesystem musste her. Ich definierte eines, diesmal allein: Dünn war gut, dünner war besser.

Dass meine Mutter ein halbes Jahr später den Freitod wählte, machte die Situation nicht einfacher. Zunächst fester zusammengeschweißt, driftete der Familienrest schließlich immer weiter auseinander. Mein Vater hatte genug damit zu tun, sich um sich selbst und die Erziehung meiner kleinen Schwester zu kümmern. Ich wurde unsichtbar und machte, was ich wollte: abends erst spät heimkommen, Hausaufgaben machen oder auch nicht, essen ohne Zeugen.

Im Sommer darauf lernte ich einen Jungen kennen und lieben, der mich annahm, wie ich war. Der mich weder aufgrund noch trotz meiner Figur liebte, sondern einfach um meiner selbst willen. Bis dahin hatte ich nur kürzere Beziehungen gehabt, nichts Ernsthaftes. Bei ihm war mir klar, den würde ich mal heiraten.
Zwei Jahre später zogen wir zusammen, noch vor meinem Abi.

Mit der Zeit wurde mein inneres Wertesystem schwächer, doch los wurde ich es nicht mehr. Auch wenn mir gefühlt andauernd gesagt wurde, dass ich dünn, dass ich *zu* dünn sei. Es gab Phasen, in denen aß ich normal, doch häufiger waren die Phasen, in denen ich mir plump, fett und hässlich vorkam. Phasen, in denen ich außer einer Scheibe Knäckebrot mit Frischkäse und Radieschen nichts zu Abend aß. Phasen, in denen ich mir vorkam wie ein unförmiger Sack Mehl, weil ein halber Zentimeter Hüftspeck über den Bund meiner 26"-Levi's quoll.

Bis wir mit dem Studium anfingen, hatte sich meine Wahrnehmung so weit verschoben, dass ich noch nicht einmal mehr sagen konnte, wie meine Figur im Vergleich zu anderen war. Es kam vor, dass ich mit meiner – rein männlichen – Lerngruppe in der Mensa saß, zu ihnen etwas sagte wie: »Boah, schaut euch die mal an, ist die schlank!«, und nur hochgezogene Augenbrauen erntete. Weil ich nicht mehr unterscheiden konnte, ob jemand »dicker« oder dünner war als ich.

De facto gab es niemand Dünneren an der Hochschule.

Schwindelgefühl beim Aufstehen gehörte zum Alltag und fühlte sich normal an. Ich nahm es kaum wahr. Meine Diät-Disziplin ging so weit, dass ich an meiner geliebten Schokolade nur roch, sie aber nicht aß.

Dass ich nicht komplett in die Magersucht abrutschte, lag an irgendeinem klitzekleinen, normal denkenden Teil in der hintersten Ecke meines Gehirns. Dem Teil, der mir sagte, dass irgendetwas nicht stimmte, als ich mich nach einer halben Scheibe Brot als Abendessen richtiggehend überfressen fühlte. Dem Teil, der sagte, dass ein Schokobrötchen zum Frühstück in Ordnung sei und *nicht* mit dem Entzug des Mittagessens bestraft werden müsste.

Dem Teil, der mich daran hinderte, eine Waage zu kaufen, weil ihm klar war, dass ich sonst mein unter keinen Umständen zu überschreitendes Maximalgewicht viel zu niedrig ansetzen würde.

Mein Freund überzeugte mich davon, eine Therapie zu machen. Mit der Vergangenheit und mit mir selbst aufzuräumen. Der Weg war schmerzhaft und dauerte Jahre, aber er war notwendig.

Und erfolgreich.

Neulich habe ich auf dem Dachboden meine alte Levi's in Größe 26 gefunden und festgestellt: Da *will* ich überhaupt nicht mehr reinpassen.

Immer noch hat Essen eine große Bedeutung für mich. Immer noch verzichte ich lieber auf manche Schlemmermahlzeit als auf meine schlanke Figur. Aber heute bin ich *schlank*, nicht mehr *dünn*. Und ich esse mit Genuss.

Mein Freund von damals ist heute mein Mann und wir haben zwei wundervolle Kinder. Kinder, mit denen ich offen über Ernährung, Figur und psychisches Befinden rede. Kinder, deren Spaß an Bewegung wir fördern, für die ich gesund und ausgewogen koche, die aber durchaus auch Süßigkeiten essen dürfen. Kinder, bei denen wir es hoffentlich schaffen, sie zu gesundem Körpergefühl und Essverhalten zu erziehen.

Wahrscheinlich werden mir andere Fehler unterlaufen als meinen Eltern; alle Eltern machen Fehler. Sicherlich werden auch unsere Kinder sich phasenweise nicht verstanden fühlen und uns Eltern doof finden – das gehört zum Teenager-Dasein wohl einfach dazu.

Aber hoffentlich werden sie in uns immer ihr Zuhause, ihre Zuflucht sehen, wenn das Leben verrückt spielt, und sich niemals so einsam fühlen, dass sie sich in falsche Wertesysteme flüchten. Sich niemals so unsicher und verzweifelt fühlen, dass sie falschen Idealen hinterherrennen.

Sondern wissen, dass sie genau richtig sind.

Scheiß auf falsche Feen.

Kalter Krieger
von Inken B. Weiss (@inkenbettinaweiss)

Er konnte nicht genau sagen, wann es begonnen hatte. Es war ihm auch egal.

Mit einem Lächeln verließ er seine Wohnung. Blau-schwarzer Duft wehte in seinen Nacken, während sich die Häuser stumm verneigten. Die Rüstung saß wie angegossen. Ein heißer Wind fuhr durch die dunklen Straßen, wirbelte Staub auf und steigerte seine Vorfreude. Er nahm die U-Bahn bis in einen Außenbezirk. Die Straßenlaternen leuchteten vor Ehrfurcht. Nur die Menschen hatten keine Ahnung, wer er war. Aber das machte nichts.
Die Jagd konnte beginnen.
Er überquerte einen riesigen Parkplatz. Seine Rüstung reflektierte die Stroboskopblitze, die die Szene erhellten. So viele Menschen! Junge Leute, überall. *Haltet Abstand! Kommt mir nicht zu nahe! Tretet zur Seite und bleibt mir fern!* Er betrat den Club, stellte sich an den Rand der Tanzfläche und checkte das Material. Er suchte sein Opfer. Kein Mädchen, das von Freundinnen umgeben war. Keine der lauten, fröhlichen Frauen. Nein. Eine Ernste. Einsame. Verlorene. Eine, die sich von seiner Aura von Unnahbarkeit und Stärke angezogen fühlen könnte. Die bei ihm suchen würde, was sie nicht finden konnte.
Der Krieger hatte das »Tagebuch des Verführers« von Sören Kierkegaard gelesen und setzte die beschriebenen Techniken gerne ein. Der Erfolg war verblüffend. Er jagte Frauen wie ein Stück Wild, verführte, genoss und verließ sie. Vorbei die Zeiten, in denen er geliebt und gelitten hatte. Vorbei die Jahre voller Zweifel und Selbsthass. Vorbei das Verlassenwerden. Vorbei!
Die Laserstrahlen des Clubs brachen sich an den Wänden, doch seine Rüstung bekam nicht den geringsten Kratzer. Sie schimmerte in der Nacht. Niemand sollte hinter die Fassade gucken können. Niemand hatte das Recht, ihn zu kennen. Er war der hungrige Wolf, der jagte. Der ein kleines Schaf suchte, das den Kontakt zur Herde längst verloren hatte.
Das Mädchen, das auf der anderen Seite der Tanzfläche allein an der Wand gelehnt hatte, setzte sich wie ferngesteuert in Bewegung. Der Augenkontakt, den er instinktiv mit ihr gesucht hatte, war erfolgreich gewesen. Ernste Blicke hatte er gesandt. Ohne Lächeln. Jetzt kam sie durch den Strom der Tanzenden auf ihn zu. Sie trug Schwarz. Er mochte das. War doch ein Statement. Er ging ihr entgegen und tauchte mit seiner Aura tief in ihre Seele. Er las Einsamkeit darin. Trauer und Verzweiflung. Gut.

Stolz und hoch aufgerichtet stand er vor ihr und sah auf sie herab. Die Lautsprecherboxen spien Funken. Dann schloss er sie in die Arme. Sie tanzten umschlungen. Die Bässe fuhren ihm direkt in den Bauch und die Wände krümmten sich, wie jedes Mal, wenn er eine Frau zum ersten Mal berührte. Sie roch nach Zimt und lauen Sommernächten. Ihre Rundungen schmiegten sich sehnsüchtig an seine Haut. Er hörte ihr Herz schlagen. Laut und aufgeschreckt. Das war der Anfang. Und genau so sollte es sein.

Nach ein paar Tänzen zog er sie zur Bar. Sie tauschten die Namen. Lara, sagte sie. Seine Hände auf ihren geschwungenen Hüften. Schwarz umrandete Augen, die ihn neugierig musterten. Nach zwei Drinks griff er ihr in den Nacken. Zog sacht an ihren langen Haaren, küsste sie. Forschend. Langsam. Selbstbewusst. Und sie begann, zu brennen. Ihre Augen leuchteten. Dunkel und ernst.

Später, auf dem Weg zu ihr, drückte er sie gegen eine alte Eiche, die die Straße säumte. Die Rinde malte zarte Muster auf ihren Rücken. Diesmal küsste er sie wie ein Herrscher eine Untergebene. Schweigsam. Lustvoll. Wissend. Und die Sterne sahen auf ihn herab und weinten lautlos.

In ihrer Wohnung fielen die Kleider. Sie öffnete eine Flasche Champagner, und ihre Hände zitterten. Das erotische Spiel ähnelte fast einem Kampf. Es hatte etwas Verzweifeltes. Ihre Verlorenheit hätte ihn vor ein paar Jahren noch gerührt. Jetzt verschloss er die Augen. Er gab den erfahrenen Liebhaber, die Rüstung ließ keinen Funken hindurch. Ich bin ein Krieger, dachte er. Ich bin gekommen, um zu nehmen, was mir gebührt. Nicht mehr, nicht weniger.

Sie liebten sich wortlos. Rangen miteinander, versanken ineinander, als suchten sie einen Halt, den sie anders nicht finden konnten. Er fühlte sich betäubt. Sie schlief in seinen Armen ein. Als gehöre sie dorthin. Er lauschte auf ihre Atemzüge neben sich, die tief und regelmäßig wurden. Er betrachtete sie in der Dunkelheit. Unschuldig und waffenlos lag sie da. Wie so viele vor ihr. Und doch war irgendetwas anders. Einen Moment zögerte er. Einen winzigen Moment. Dann riss er sich los.

Leise zog er sich an, nahm seine Sachen und ging zur Tür. Er zog sie sacht ins Schloss und verschwand, so ungesehen wie ein Dieb, im Treppenhaus.

Er lief durch die Nacht, seine Schritte brannten sich in den Asphalt. Die Straßenbäume ließen die Äste hängen, doch es kümmerte ihn nicht. Er fühlte sich berauscht von seiner Macht und gleichzeitig auf unbestimmte Weise leer. Das Mädchen hatte sich ihm hingegeben und er das Liebesspiel genossen wie einen guten Wein. Eine Kerbe mehr. Die Kleine hatte vermutlich von einem Wiedersehen geträumt. *So what?*

Die Rüstung war unbeschädigt. Sein Herz, so kalt und unbewohnt wie der verdammte Mond.

Wochen später.

Er liegt auf seinem Bett und hört Death Metal. Lässt sich von der Musik überfahren. Eiskristalle fallen von den Wänden. Wie Scherben. Er bemüht sich immer, nicht auf sie zu treten. Manchmal denkt er an das Mädchen. Sie war wie alle anderen, sagt er sich und möchte es glauben. Die Rüstung bekommt Risse. Löst sich auf.

Er vernachlässigt seine Freunde und geht nicht mehr zur Uni. Nicht mehr einkaufen. Er isst die Reste, die noch im Kühlschrank sind. Er fühlt seinen Körper nicht mehr. Er fühlt gar nichts mehr. *Man könnte mich totschlagen,* denkt er, *es wäre mir egal.*

Wenn Nachbarn klingeln, zieht er sich die Decke über den Kopf wie ein Kind. Es flüstert in seinem Kopf. Stimmen, die ihm drohen. Ihn beschimpfen. Namenlose Mädchen, Frauen, Freunde. Er schließt dann die Augen und dreht die Musik lauter.

Einmal kommt seine Mutter vorbei und hämmert an die Wohnungstür. Er liegt im Bett. Am helllichten Tag. Sein Haar ist zerzaust, sein Zimmer in Unordnung. Ehe sie die Tür eintritt oder die Polizei ruft, macht er lieber auf.

Sie stürmt an ihm vorbei.« Man hört nichts mehr von dir», beschwert sie sich. «Wie läuft dein Studium? Wie sieht's denn hier aus? Hast du dein Leben noch im Griff?»

Er sieht an ihr vorbei und schweigt.

Als sie ins Bad geht, sucht er in ihrer Tasche. Das Döschen mit den Pillen. Beruhigungstabletten, ohne die sie nicht aus dem Haus geht. Er wirft die Pillen in den Müll.

«Schlimm, was du uns antust», sagt seine Mutter später, und er hat plötzlich unbändige Lust, sie zu schlagen. Es wirft ihn lautlos zurück in seine Jugend.

Er ist wieder sechzehn und hat mit ihr gestritten. Wie so oft. Er möchte reden. Sieh mich doch an! Sieh mich, verdammt nochmal, an! Sie sitzt im Sessel, raucht einen Zigarillo und liest demonstrativ die Zeitung. Ihre Beine sind elegant übereinandergeschlagen.

Er starrt auf ihre Füße, die nervös wippen. Sie schweigen. Und sprich nur ein Wort, denkt er. Und sprich nur ein Wort.

»Verschwinde!« Sie macht eine herablassende Handbewegung, als wolle sie eine lästige Fliege verscheuchen. »Nein«, flüstert er und bleibt in der Tür stehen. Sie lässt die Zeitung sinken. Mustert ihn. Mit Wut. Distanz. Verachtung. Und plötzlich züngeln Worte schlangengleich aus ihrem schmalen Mund. »Ich kann dich einfach nicht lieben«, sagt sie, »finde dich endlich damit ab!«

Sie sieht ihn seltsam zufrieden an, wissend, dass sie einen gewaltigen Streich geführt hat, von dem er sich nicht so schnell erholen wird. Touché.
Er läuft in sein Zimmer und schließt sich ein. Fällt auf sein Bett. Und stürzt ins Bodenlose. Weint kalte Tränen und wünscht sich zum ersten Mal, nicht geboren zu sein. Nicht zu sein.
Vielleicht hat es damals begonnen. Mit sechzehn. Er weiß es nicht. Vielleicht.

»Du könntest mir wenigstens einen Kaffee anbieten«, sagt seine Mutter und blickt missbilligend auf die Unordnung in der Küche. Er stellt sich ans Fenster und schaut hinaus. Dunkle Wolken türmen sich am Horizont, der Wind treibt sie in Richtung Stadt. Ein alter Mann steht im Haus nebenan auf dem Balkon und raucht. Er bläst zarte Ringe in die Luft, die einen Moment schweben, bevor sie sich auflösen. Zurück bleibt nichts.

»Du bist unhöflich und siehst aus wie ein Penner!« Seine Mutter steht auf. »Und das nach allem, was wir für dich getan haben!«, zischt sie. »Du undankbares Stück Scheiße!«

Sie stöckelt grußlos hinaus und knallt die Tür zu.

Er hatte die Rüstung wieder an. Die letzten Sonnenstrahlen spiegelten sich in ihr. Er strich über das Metall und fühlte die kunstvollen Verzierungen. Dann setzten die Stimmen in seinem Kopf wieder ein. Die Wände begannen, sich zu krümmen. Kamen näher. Und näher.

Er setzte sich auf die Fensterbank und sah nach draußen. Unten auf der Straße waren die Autos klein wie Spielzeuge. Menschen hasteten wie emsige Ameisen hin und her. *Sinnlos*, dachte er. *Total sinnlos!* Wolken, die sich violett und dramatisch am Himmel auftürmten, verdeckten die Sonne.

Er war alles so leid. Sich selbst. Sein Leben. Alles.

Vielleicht solltest du dem ein Ende setzen, flüsterten die Stimmen. Ein Sprung. Ein kurzer Flug. Der Aufprall. Fertig.

Er blickte nach unten. Schätzte die Fallhöhe. Zehn, zwölf Meter vielleicht. *Das sollte reichen.* Er öffnete das Fenster. Es war plötzlich ganz leer in seinem Kopf. Mit einem Mal sah er ein Mädchen auf sein Haus zugehen. Es hatte schwingende Hüften. Und langes Haar. Es sah selbst von oben ernst aus. Und irgendwie einsam. Er beugte sich vor und hätte fast den Halt verloren. *Lara!*

Sie blieb stehen. Sah nach oben. Ihr schwarz geschminkter Blick war warm und weich. Zerschnitt die Zeit. Es roch plötzlich nach Zimt und lauen Sommernächten.

Er berührte seine Rüstung. Sie leuchtete wie Feuer. Er spürte das Herz unter dem Metall schlagen und Tränen sprangen aus seinen kühlen Augen. Die Stimmen waren verstummt.
Dann klingelte es zart an der Tür.

Druck
von Blaenk Jones (@blaenkjones)

Getuschel, überall. Das Geraschel von Papier, das Zischen von frisch geöffneten Wasserflaschen. Ein Stück Kreide kreischte die Tafel entlang, als der Dozent die Abgabezeit anschrieb.

Sabrina juckte das alles nicht. Sie legte sich ein Stück Traubenzucker auf die Zunge und band sich die langen Haare zu einem Zopf zusammen. Ihr Blick glitt beiläufig zu Viktor hinüber, der zwei Plätze neben ihr saß.

Sie stutzte.

Auf dem kleinen, ausklappbaren Tischchen vor ihm lag eine Packung mit Baldriantabletten, die voll gewesen war, als sie sich vor zehn Minuten hingesetzt hatte. Inzwischen fehlte die erste Reihe. Er konnte die sich unmöglich schon alle reingepfiffen haben, oder? Mit zitternden Händen schob er einen Bogen Papier von links nach rechts und wieder zurück. Und nochmal. Und nochmal.

Das war ja nicht mit anzusehen.

»Kann man dir helfen?«, flüsterte Sabrina ihm zu und er zuckte in sich zusammen.

»Niemand kann mir jetzt noch helfen, Sina. Es ist vorbei. Ich bin verloren.«

Seine Augenringe reichten ihm locker bis in die Kniekehlen, er war blass wie eine Kalkwand und überhaupt hätte sie ihn am liebsten geradewegs zum Sanitäter geschickt. Aber irgendwie fürchtete sie, dass das hier kein körperliches Problem war.

»Es ist erst der vorletzte Prüfungsversuch. Wir kriegen das schon hin.«

Sie konnte förmlich beobachten, wie seine Haare sich grau färbten, als er sich schwungvoll zu ihr drehte und zu gestikulieren begann. »Du hast leicht reden! Bestimmt kriegst du das hin, daran hab ich keine Zweifel, aber ich? Ich kann nichts. Nichts!«

»Viktor.«

»Ich kann diese Klausur gar nicht bestehen. Ich kann einfach nicht! Es ist nicht möglich. Glaubst du, sie lassen es als entschuldigtes Fehlen gelten, wenn ich mich spontan die Treppe runterwerfe und mir das Bein breche?«

»Viktor.«

»Was denn?«

»Du bist vollkommen übergeschnappt.«

Er rang mit den Händen. »Sag mir nur eine Sache: Kannst du alles?«

»Ich … Ich denke schon, ja. Hab die ganze letzte Woche gepaukt.«

Wirklich wahr. Nachdem sie die erste Prüfung mit vollem Karacho in den Sand gesetzt hatte, galt es, ein Ziel ins Visier zu nehmen: Den zweiten Versuch wollte sie unbedingt bestehen. Also hatte sie gelernt. Und nun hatte sie den Stoff drauf, der ihr beim ersten Mal gefehlt hatte. An sich ein ganz einfaches Konzept.

»Und das ist der Unterschied zwischen uns beiden«, zischte Viktor und deutete von ihr auf sich selbst und wieder zurück. »Du machst sowas und beherrschst das Zeug dann, während ich mir einen abbreche und trotzdem nichts kann.«
Sie lachte. »Als ob. Herr Perfektionismus in Person sitzt doch hier vor mir.«
Ein freudloses Lachen seinerseits. »Wir werden ja sehen. Ich freue mich auf meine zwei Punkte und blicke mit Tränen in den Augen dem letzten Prüfungsversuch entgegen.« Mit einem lauten Knallen ließ er seinen Kopf auf die Tischplatte sausen. Sabrina verzog nur mitleidig das Gesicht. Irgendwie hatte sie nicht das Gefühl, hier viel ausrichten zu können. Nun ja, wenn er nun wirklich nicht genug gelernt oder das Seminar einfach nicht verstanden hatte, gab es nichts, was sie jetzt noch für ihn tun konnte. Sie würden die Ergebnisse abwarten müssen.

»Bitte stellen Sie die Gespräche ein«, rief der Dozent unten im Hörsaal der Geräuschkulisse entgegen. »Ich werde jetzt die Klausuren verteilen.«

»Noch zwei Minuten.«
»Sina, bitte, ich kratz hier gleich ab.«
»Ach, komm, die laden den Kram doch eh nie pünktlich hoch.« Sie rutschte auf ihrem Schreibtischstuhl von links nach rechts, um bequemer sitzen zu können, und klickte auf das kleine Aktualisieren-Symbol in ihrem E-Mail-Postfach.
»Das ist nicht mein Problem. Ich will die Ergebnisse einfach *gar nicht* wissen.«
»Hast du echt so ein schlechtes Gefühl?«
Er sah ihr in die Augen und legte den Kopf schief. »Wonach hört es sich an?«
Sie zuckte mit den Schultern. So langsam war sie sich selbst nicht mehr sicher. Viktor war ihr immer wie die Art Mensch vorgekommen, die jede Prüfung mit links meisterte. Aber den ersten Versuch hatte er – genau wie sie – komplett verhauen. Und nun redete er seit zwei Wochen davon, wie viele Punkte er wohl kriegen würde: gar keinen oder doch einen aus Mitleid? Sie schüttelte den Kopf. Ihr Kumpel hatte ganze drei Wochen vor der Prüfung zu lernen begonnen. Wenn er nicht bestanden hatte, konnte es höchstens an einem Fehler in der Matrix liegen.
»Es ist vierzehn Uhr«, sagte Viktor in einem Ton, der auch das Ende der Welt hätte ankündigen können. Nur ihr knallpinkes Kopfkissen auf seinem Schoß ließ

sie daran zweifeln, dass die beiden sich gerade in einem schlechten Apokalypsenfilm befanden.

»Dann aktualisieren wir mal.«

Zwei Mausklicks. Selbst Sabrinas Herz schlug ihr bis zum Hals. Sie konnte sich nicht ausmalen, wie es Viktor gehen musste.

Mit weit aufgerissenen Augen starrte er auf seinen Laptop.

»Da ist die Mail.«

Und während sie das Ding schon lange geöffnet und die Maus über dem Link zu ihrem Ergebnis schweben hatte, saß er noch immer regungslos auf ihrem Bett. Sie rollte auf ihrem Stuhl nach vorne, um seinen Fuß mit ihrem anzustupsen, und er schaute sie an wie ein begossener Pudel.

»Ich kann nicht. Ich hab's doch sowieso verhauen.«

»Okay, weißt du was? Ich fange an.« Ein kurzer Klick auf den Link, ein Eingeben ihrer Daten und schon thronte das Ergebnis vor ihren Augen: vierzehn Punkte. Sie lächelte. So in etwa hatte die Klausur sich auch angefühlt.

»Und?«, fragte Viktor und drehte ihren Stuhl, um auf den Bildschirm ihres Laptops sehen zu können. Als er die vierzehn Punkte erblickte, lächelte er zum ersten Mal seit Wochen. »Das ist super, Sina! Herzlichen Glückwunsch. Ich wusste, du würdest es schaffen.«

»Danke, danke«, erwiderte sie und verbeugte sich lachend. »Jetzt du.«

Er machte ein Geräusch, das sie nur als ein Wimmern bezeichnen konnte. Eine Sekunde lang überprüfte sie, ob er vielleicht weinte, aber so schlimm war es wohl doch nicht. Mit der Geschwindigkeit eines Faultiers in der Dreißigerzone schob er die Maus ein winziges Stückchen zur Seite. Klickte. Verschob sie erneut. Klickte. Klickte. Tippte etwas. Klickte. Sabrina versuchte, ein Gähnen zu unterdrücken.

Er seufzte und ließ sich wie ein nasser Sack nach hinten aufs Bett fallen.

»Und?«, wollte sie wissen und krallte sich seinen Laptop. Sie brauchte einen Moment, um die magische Zahl zu finden.

Vier Punkte.

Nicht bestanden.

»O nee, Viktor, das tut mir leid.« Sie legte den Laptop ab und streichelte ihm kurz über die Haare. »Beim nächsten Versuch klappt's bestimmt.«

»Tut es doch sowieso nicht«, erwiderte er, den Blick immer noch an die Decke geheftet. Hinter seiner Frustration steckte nicht einmal mehr die Energie, die er vorher gehabt hatte. Er lag einfach nur da. Blinzelte zwischendurch mal. »Ich werde niemals bestehen. Ich sollte das Studium einfach direkt hinschmeißen.«

»Jetzt hör aber mal auf.« Sabrina hatte gar nicht so aggressiv klingen wollen. »Weißt du was? Wir beide lernen jetzt zusammen.«

Sie ließ den Stuhl in ihren Schreibtisch krachen, als sie aufstand, und kramte den passenden Ordner zum Seminar heraus. Die nächste Prüfung würde Viktor ja mal sowas von bestehen, und wenn sie ihm das Wissen eigenhändig ins Gehirn pumpen musste. Vielleicht war seine Lernmethode einfach nicht gut genug und er kannte den Stoff deswegen noch immer nicht? Da konnte sie Abhilfe schaffen. Kein Problem.

»Hier.« Sie warf ihm einen Collegeblock und einen Stift entgegen, die einfach auf seiner Brust landeten, weil er sich nicht mal die Mühe machte, sie aufzufangen.

Na, das konnte ja ein Spaß werden.

»Gib die Hoffnung auf. In meinem Kopf hab ich den Antrag auf Exmatrikulation schon abgeschickt.«

»Viktor!« Er zuckte zusammen. »Wir lernen jetzt zusammen. Keine verdammte Widerrede, sonst schleppe ich dich mit zum Joggen.«

Panik trat in sein Gesicht. »Alles, nur das nicht«, flehte er und bedeckte sein Gesicht mit einem Arm.

»Dann hör auf rumzuheulen und sag mir, was Luhmann als die oberste Bedingung für eine Stratifikation der Gesellschaft sieht.«

»Dass eine Ordnung ohne Rangdifferenzen unvorstellbar ist«, murmelte er in seinen Ärmel hinein.

Sie stutzte. Das kam ja wie aus der Pistole geschossen. Sie hatte das eigentlich für eine schwierige Frage gehalten. »Beispiel?«

»Wie meinst du das?«, wollte er wissen, nahm den Arm vom Gesicht und erhob sich. Mit gerunzelter Stirn sah er sie an. »Keine Heirat zwischen Unter- und Oberschicht? Von der Unterschicht hingenommene Reichtumsunterschiede? Eine relativ kleine Oberschicht, die sich trotzdem behaupten kann?«

Sabrina verzog irritiert das Gesicht. »Ähm … Ja, das ist alles richtig. Warte …« Sie blätterte ein paar Seiten weiter. »Kannst du mir die einzelnen kulturellen Einflüsse auf die europäische Renaissance nach Roeck nennen?«

»Die Griechen brachten den Denkstil und waren selbst vom Orient beeinflusst worden. Die Römer brachten das Recht, die Ingenieurskunst, den rationalen Zugriff auf die Welt und die Staatsklugheit. Die chinesische Kultur brachte das Papier und —«

»Viktor.«

»Hm?«

»Du weißt ja schon alles.«

»Nein, tu ich offensichtlich nicht! Sonst würde ich ja irgendwann mal was bestehen.«

Sabrina betrachtete ihn von oben bis unten. Was zur Hölle lief hier gerade falsch? Die beiden Fragen, die sie ihm gestellt hatte, waren welche gewesen, die sie für die letzte Klausur gebraucht hatten. Und er kannte die Antworten. Er hatte ja nicht einmal nachdenken müssen. Aber warum war er dann durchgefallen? Selbst fünf mickrige Punkte hatte er nicht geschafft.

Sie legte den Kopf schief. Erinnerte sich an seine zitternden Hände vor der Prüfung, an die Reihe Baldriantabletten, die er sich reingepfiffen hatte. An seine Worte. *Ich kann diese Klausur gar nicht bestehen.*

Sie musste hier anders rangehen.

Mit dem unbeholfensten Blick, den sie auf Lager hatte, hob sie den Ordner vor ihr Gesicht und seufzte möglichst frustriert.

»Was ist?«, fragte er.

»Ich verstehe gerade einfach nicht, was Roecks Problem mit den Epochengrenzen ist ...« Sie hob den Blick und betrachtete Viktors Gehirn beim Arbeiten.

»Ach so! Er meint nur, dass man für die europäische Renaissance keine klaren Grenzen festlegen kann oder sollte, weil es zu viele Kontinuitäten bis in spätere Zeiten gibt, man aber auch zwischendrin schon Grenzen setzen könnte. Sie sind halt fließend. Das meint er.«

»Oh, okay, danke schön.« Sie lächelte. »Merkst du was?«

»Was denn?«

»Dass du den Stoff draufhast.«

»Ich ...« Er ließ seine Hände durch die Luft wirbeln. »Aber wieso gleicht mein Hirn dann während der Klausur einem Fernseher mit Störsignal? Das wird beim nächsten Versuch doch wieder ganz genau so sein.«

»Extreme Prüfungsangst plus exorbitant geringes Selbstbewusstsein? Natürlich hast du da während der Klausur ein Brett vorm Kopf und kannst auf dein Wissen nicht zugreifen! Du musst das irgendwie bewältigen.«

»Und wie, wenn ich fragen darf?«

»Na ja.« Sie legte eine Hand ans Kinn. »Du solltest definitiv mit einem Therapeuten sprechen. Aber für den nächsten Versuch ist es erstmal das Wichtigste, dass du dich entspannst. Und deinen Baldriankonsum ein bisschen runterschraubst.«

Er schob die Unterlippe vor.

»Nein, ehrlich jetzt, das kann nicht gesund sein.« Entschuldigend klopfte sie ihm auf den Oberschenkel. »Du kannst das ganze Zeug. Und du hast in der Prüfung definitiv genug Zeit, wenn du dir nicht selbst im Weg stehst. Hör auf, dir einzureden, dass du's eh nicht schaffst.«

»Meinst du echt?«

»Meine ich.«

»Hm ...«

»Weißt du was? Wir beide lernen ab jetzt jeden Tag eine halbe Stunde lang zusammen und überzeugen auch die letzte Zelle in deinem hübschen Köpfchen davon, dass du den Kram kannst. Okay?«

Er schob seine Lippen nach rechts. Nach links. Nochmal nach rechts. »Na gut.«

»Super! Fangen wir gleich mal an. Sag mir, dass du den nächsten Versuch schaffen wirst.«

»Hä? Wieso das?«

»Wir prügeln dir jetzt Selbstbewusstsein ein! Komm, sag es.«

»Ich ... werde den nächsten Versuch schaffen?«

»Nochmal.«

»Ich werde den nächsten Versuch schaffen.«

»Mehr Inbrunst!«

»Ich werde den nächsten Versuch schaffen, ich werde den nächsten Versuch schaffen, ich werde den nächsten Versuch schaffen!«

»Sehr gut!«

Die unvollkommene Drei
von Nadine Opitz (@the_rising_writers_club)

Eine Welt für mich allein.
Eine Welt voll Menschen,
nur ich allein.
Kerstins Augen zuckten, als das Sonnenlicht des neuen Tages sie berührte und den Schlaf mit sanfter Wärme davonschob.

Ein, zwei, drei Mal öffneten und schlossen sich die Lider. Die Drei begrüßte den Tag.
Erst zog sie die Decke über den Kopf, um anschließend doch dem Tag entgegenzutreten. Ein neuer Tag. Ein neuer Kampf im schier unendlichen Krieg.
Langsam legte sie die Decke zurück und rutschte mit ihren Beinen über die Bettkante hinaus. Ein, zwei, drei Mal tippten ihre großen Zehen auf den kalten Holzfußboden.
Mist. Der rechte Zeh hat den Boden nicht richtig berührt.
Aber es waren ja trotzdem drei. Du bist so albern. Als ob uns dieses dämliche Ritual vor bösen Menschen beschützen könnte. Einfach losgehen. Einfach …
Nein. Noch mal. Nur zur Sicherheit … Eins, zwei, drei.
Sie rollte ihre Füße ab und stand fest mit beiden Fußsohlen auf dem Boden. Eine leichte Gänsehaut lief ihr über die Arme, während sie sich streckte. Langsam kehrte der Morgen in ihre Glieder ein.

Eins, zwei, drei. Sie drückte die Türklinke zum Badezimmer hinunter und betrat den kleinen Raum ohne Fenster. Ihr Blick in den Spiegel galt einzig der Prüfung, ob sie noch sie selbst war. Ein, zwei, drei Mal blinzelte sie und blickte in müde grüne Augen. Die Zahnbürste stand in dem perfekten Winkel von neunzig Grad vom Rand des Waschbeckens weg. Die Morgenroutine konnte beginnen.
Eins, zwei, drei – Gesicht gewaschen.
Eins, zwei, drei – Zähne geputzt.
Eins, zwei, drei – Haare gekämmt.
Eins, zwei, drei – T-Shirt von links auf rechts, von rechts auf links, von links auf rechts gedreht und hineingeschlüpft. Ihre Unterwäsche, Socken und die Jeans waren zum Glück keinem Ritual unterlegen.
Oma hatte schon recht, ein Oberteil zieht nicht nur Blicke an. Das Kontrollzentrum vermerkt keinerlei weitere Zwischenfälle.

Ein leises Kichern entfloh ihrer Kehle, als sie schlurfend und kraftlos in die Küche ging. Jeder Raum hatte so seine Tücken, und der Tag hatte gerade erst begonnen.

In der Küche lachte sie ein Plissee an, das an einer Kante ein Stück hinuntergerutscht war. Es schien sie zu verspotten.

Das bringt meinen ganzen Ablauf durcheinander. Warum können diese blöden Dinger nicht einfach dort hängen bleiben, wo sie hingehören. Wie konnte ich nur so nachlässig sein und so ins Bett gehen? Was wäre gewesen, wenn einer der bösen Männer vorbeigekommen wäre und das gesehen hätte? Das Kontrollsystem meldet einen Notfall. Drücken Sie den roten Knopf. Düdu, Düdu, Düdu.

Sie zog die Kante schnell hoch, bis zu der Markierung am Fensterrahmen, und ging sofort zurück zur Haustür, an der sie schon vorbeigeschlurft war. Sie drückte die Klinke hinunter.

Eins, zwei, drei. Nichts. Puh. Abgeschlossen. Wenigstens etwas.

Aber wieso sollten die auch hier reinkommen? Nur wegen eines Plissees? Langsam drehst du komplett durch. Du solltest dich beim Doc melden. Es ist mal wieder so weit.

Sie war auf dem Weg von der Haustür zurück in die Küche, als sich ihre Muskulatur anspannte und ihre Sehnen bei jedem Schritt knarzten.

Ich sollte doch noch mal nachgucken. Sicher ist sicher. Das Kontrollzentrum fordert eine Systemprüfung.

Eins, zwei, drei. Haustür ist abgeschlossen.

Eins, zwei, drei. Fenster in der Küche ist abgeschlossen.

Eins, zwei, drei. Balkontür ist abgeschlossen.

Eins, zwei, drei. Fenster im Wohnzimmer ist abgeschlossen.

»Eins, zwei, drei. Sicherung ist durchgebrannt«, flüsterte sie leise in das stille Wohnzimmer, schlug sich drei Mal gegen den Kopf und zog die Schultern hoch, als sie kicherte.

Die Systemprüfung verlief ohne weitere Zwischenfälle.

Endlich konnte sie sich in Ruhe dem Morgen widmen. Sie füllte die Kaffeemaschine mit Pulver und Wasser und stellte sie an. Verträumt starrte sie durch den Kühlschrank hindurch, als ihr auf einem der Bilder an dessen Tür etwas auffiel. Es war eins der wenigen, die kurz vor Kerstins Geburt von ihrer Mutter geschossen wurden. Kurz bevor sie starb. Dort saß sie an einem kleinen, quadratischen Holztisch und streichelte über den riesigen Schwangerschaftsbauch, der sich vor ihrem zierlichen Körper wölbte. Sie war eine wunderschöne Frau gewesen. Auf dem Tisch erkannte Kerstin winzige Schatten. Sie nahm das Bild ab und hielt es ins Licht der Dunstabzugshaube. Waren das Kratzer auf der Tischplatte? Sie schaute noch näher. Tatsächlich. Kratzer. Drei Kratzer.

Eins, zwei, drei. Einatmen.
Eins, zwei, drei. Ausatmen.
Im Takt schlug ihre linke Hand auf die Glasfläche der Herdplatte. Ihre Großmutter hatte nie erzählt, dass die Männer bereits hinter ihrer Mutter her gewesen waren.
Kann es sein, dass sie nicht bei meiner Geburt gestorben ist, sondern bei dem Versuch, mich vor den bösen Männern zu retten? Das Kontrollzentrum hat einen Fehler im Erinnerungssystem erkannt. Information wird separiert.
Als der Kaffee nur noch in großen Blasen geräuschvoll von der Maschine ausgespuckt wurde, nahm sie die Glaskanne und schüttete ihn zitternd in die dafür vorgesehene Tasse. Sie zog den kleinen hölzernen Stuhl vor dem schwarzen Tisch hoch und schlug ihn auf den Boden.
Eins, zwei, drei. Der Stuhl ist frei.
Eins, zwei, drei. Auf Holz geklopft. Die Männer bleiben fort.
Die Tasse stand mit dem Henkel im perfekten 90-Grad-Winkel zur Tischkante.
Das Kontrollzentrum meldet immer noch unstrukturierte Information. Schau auf die Tasse. Schau auf die Tasse. Schau auf die Tasse. Dort steht: einatmen, ausatmen, leben.
Ihr Blick fiel wieder auf die Fotografie. Das bunte Häkelkleid ihrer Mutter hing bis auf den Boden. Ihre rechte Hand lehnte auf dem Tischchen und ihre Finger sahen aus, als hätten sie gerade über den Tisch gekratzt. Etwas gewölbt. Fingerspitzen, die sich an etwas festhielten.
Sie machte es auch. Immer wenn sie an diesem Tisch saß, kratzte sie diese drei Rillen in die Oberfläche.
Kerstin fragte sich, ob es sein könnte, dass sie das Geräusch der Fingernägel auf dem Holztisch bereits vor ihrer Geburt gehört hatte. Noch im Bauch ihrer Mutter.
Düdu, Düdu, Düdu! Das Kontrollzentrum meldet den Verlust des Bezuges zur Realität. Jetzt drehst du komplett durch. Ich sollte meine Notfallkontakte rauskramen und Dr. Becker anrufen, damit er uns einweist.
Aber warum? Die Drei war bereits da gewesen, bevor ich auf der Welt war. Großmutter hat sie mich gelehrt. Alles fügte sich zusammen, nachdem dieser fremde Mann am Kindergartenzaun gestanden hatte, alles war seit dem Moment … richtig.

Kerstin saß nickend und unverständlich murmelnd an dem kleinen Tisch, als ihr Handywecker losging. Auf dem Display stand »Zeit für die Arbeit«. Aber sie wollte nicht los. Nicht jetzt, wo sie ein so wichtiges Puzzleteil gefunden hatte.

Dir bleibt nichts anderes übrig. Du musst.

Aber das Kontrollzentrum meldet immer noch einen Fehler. Ich kann nicht …

Doch, du musst. Es bleibt uns nichts anderes übrig. Du kannst heute Abend weitergrübeln.

Eins, zwei, drei. Einatmen.

Eins, zwei, drei. Ausatmen.

Eins, zwei, drei. Auf Holz geklopft, der Tag ist sicher.

Als sie ihren Kaffee getrunken hatte, stand sie auf, wusch die Tasse aus, stellte sie mit dem Henkel im 90-Grad-Winkel zum Rand der Spüle auf den Abtropfbereich und rückte alles Weitere zurück an seinen Ort. Die Stuhlbeine im perfekten 90-Grad-Winkel zur Tischkante. Die Plissees genau auf Höhe der Striche. Das Foto ihrer Mutter genau parallel zur Kante der Kühlschranktür. Sie zog es wieder ab. Heftete es wieder dran.

Das geht so nicht. Ich muss das jetzt klären.

Nein, musst du nicht. Du weißt, was der Doc gesagt hat. Du musst erst mal grundlegend gar nichts. Aber du weißt es besser. Du weißt, dass dieses Leben dir gehört und nur du kannst es kontrollieren. Es ist alles Teil deines Lebens. Und der Leben anderer vor dir. Du hast eine Verantwortung.

Sie drückte das Foto fest an ihre Brust und begann zu lächeln.

Ich nehme dich einfach mit. Dann kann ich noch genug darüber nachdenken.

Eins, zwei, drei. Das Spielchen ist vorbei. Gewonnen. Ka-tsching.

Die Gedanken an das Bild ihrer Mutter und ihr eigenes Handeln flippten wie Dixieland-Musik durch ihren Kopf. Sie feierte diese Erkenntnis, ihr eigentliches Problem mitnehmen zu können. Es gab ihr ein gutes Gefühl, doch noch Herrin über diese Situation geworden zu sein. War sie doch nah dran gewesen, dass sie ihr entglitt. Wie ein Schlitten, der einen vereisten Hang hinunterraste und die Fersen, die sie in den Schnee trieb, nur Wolken aus Kristallen erschufen, aber nicht die Geschwindigkeit drosselten.

Sie bückte sich, griff nach ihrer Handtasche, die auf dem Boden stand, und steckte das Foto ein. Sie holte es wieder heraus und steckte es wieder ein. Kurz bevor sie die Tasche wieder auf den Boden stellte, holte sie das Foto noch einmal heraus und steckte es wieder ein. Dann schloss sie den Reißverschluss der kleinen Seitentasche und stellte ihre Handtasche vor die Haustür in den Flur.

Ihre Schuhe hingen im Schuhregal. Es war äußerst praktisch, denn durch die abwärtsgeneigten Fächer standen die Kanten der Schuhe automatisch fein säuberlich nebeneinander auf derselben Höhe. Sie wählte die Adidas mit den Klettverschlüssen. Zeit hatte sie heute schon genug verplempert, da musste sie nicht auch noch wertvolle Minuten für das Messen der Schnürsenkel vergeuden. Nicht, dass sie nachlässig wurde und vielleicht wegen der nicht gleich langen Schnürsenkel noch die Treppe hinunterfiel und sich das Genick brach.

Nein, nein, nein, so einfach machen wir es den bösen Männern nicht. Auf keinen Fall. Heute nehmen wir die Klettverschlüsse.

Sie zog erst den einen an. Schloss die Klettverschlüsse, öffnete sie wieder. Schloss sie, öffnete sie. Schloss sie und öffnete sie wieder. Atmete kurz durch und schloss sie wieder. Sie hatte feine Striche auf die Schuhe gemalt, um nicht jedes Mal wieder kopfüber abschätzen zu müssen, ob die Klettverschlüsse parallel waren oder nicht. Anschließend schnappte sie sich ihre Jacke, schlüpfte hinein, griff nach ihrer Tasche und fummelte ihren Haustürschlüssel heraus.

Sie öffnete das Schloss, legte ihre Hand auf den Griff und zögerte.

Eine Krankschreibung ... Können wir uns nicht leisten. Aber das Bild mit auf die Arbeit nehmen? Ist es denn dort sicher? Ist es bei MIR sicher?

Sie öffnete erneut die Handtasche, öffnete das kleine Seitenfach, zog das Foto heraus, steckte es wieder ein, zog es heraus, steckte es wieder ein, zog es ein drittes Mal heraus und steckte es ein drittes Mal wieder ein.

Die Drei sichert das Bild. Das System hat keinen Fehler entdeckt. Die Sicherheit kann gewährleistet werden.

Sie schloss die Handtasche und legte abermals die Hand auf die Türklinke.

Ein, zwei, drei Mal drückte sie die Klinke hinunter ... und trat hinaus in das weiß strahlende Treppenhaus. Sie atmete tief durch und zog die Tür hinter sich zu. Mit dem Schlüssel schloss sie die Tür wieder auf und zog sie wieder zu. Ihre Finger umschlangen den Schlüssel, der sich in ihre Daumenkuppe bohrte. Ihr Herz begann, schneller zu schlagen. Sie schloss die Tür wieder auf und zog sie ein letztes Mal zu.

Bevor sie sich zum Gehen drehte, ließ sie den Schlüssel in ein separates Schlüsselfach gleiten und schloss einen Klettverschluss darüber. Mit dem rechten Ellenbogen drückte sie ihre Tasche an ihren Körper und fröstelte ein wenig, als sich ihr bereits feuchtes Shirt an ihre Haut schmiegte.

Wer weiß schon, was uns dieser Tag noch bringen wird. Mit Chaos begonnen, fast abgerutscht und jetzt schon schweißnass gebadet. Reiß dich bloß zusammen, sonst bist du nachher wieder das Gesprächsthema an der Kaffeemaschine.

Langsam schritt sie eine Stufe nach der anderen im Treppenhaus hinab, als sie hörte, wie sich zwei Stockwerke über ihr eine Tür öffnete.

O weh, o weh, jetzt aber schnell.

Schneller und schneller nahmen ihre schmalen Füße die letzten Stufen bis zur Haupteingangstür des riesigen Mehrfamilienhauses. Die Schritte hinter ihr wurden auch schneller. Angst kam in ihr auf. Die Schritte kamen immer näher.

Wie kann das sein? Ich habe den Tag mit der Drei besiegelt. Kann es sein, dass durch meine Nachlässigkeit die bösen Männer doch noch einen Weg in dieses Haus gefunden und nur auf ihre Gelegenheit gewartet haben? Was mache ich jetzt?

Du spinnst. Du lebst hier schließlich nicht allein und andere Menschen verlassen wesentlich häufiger als du ihre Wohnung.

Aber, er wird immer schneller, seine Schritte werden immer schneller. Ich muss mich beeilen. Das System vermeldet einen Annäherungsversuch von hinten.

Sie griff nach der erlösenden Türklinke, stockte, drückte sie einmal hinunter, ein zweites Mal, ein drittes Mal und …

»Vier!« rief eine Stimme direkt in ihr Ohr. Sie konnte den Hauch auf ihrer Ohrmuschel spüren. Eine fremde Hand schloss sich um ihre und drückte die Klinke ein viertes Mal hinunter.

Das kann nicht sein. Das ist grausam. Wie …

»Was soll das?«, protestierte sie empört, ohne genau zu wissen, wogegen eigentlich. Sie war zu schockiert, als dass sie die kleine Explosion in ihrem Kopf mit Worten hätte beschreiben können, die soeben ihr sicheres Muster zerstört hatte.

»Du machst hier im Haus alle verrückt. Du kannst froh sein, dass ich so eine standfeste Persönlichkeit bin. Denn deine Drei würde mich sonst nicht schlafen lassen. Warum die Drei? Das ist nichts Halbes und nichts Ganzes. Warum nicht die Vier?«

Sie schaute perplex in die grauen Augen, die sie aufforderten, mit der Sprache herauszurücken. Ihre Hände lagen noch immer auf dem Türgriff. Sie schnappte nach Luft, wollte etwas sagen, schloss den Mund wieder, öffnete ihn erneut und schloss ihn wieder. Ruckartig zog sie ihre Hand unter seiner hervor. Es ging ganz einfach, denn ihre Hand war glitschig wie ein Fisch. Sie öffnete erneut den Mund, schloss ihn wieder, zog durch die Nase Luft ein und wandte sich dann dem Fremden zu.

»Weil die Drei sicher ist. Die Drei gehört zu mir.«

»Aber die Vier ist die Vollkommenheit. Ganzheit. Sie ist alles, aus dem wir sind. Vier Wochen im Monat. Vier Mondphasen. Vier Elemente! Struktur, Ordnung, Stärke … Wieso sollte die Drei sicherer sein?«

»Drei Mal auf Holz geklopft, der Tag ist sicher. Heilige Dreifaltigkeit. Sie steht für den Schöpfergeist, Stabilität und es ist die Schicksalzahl.«

»Pah, hast du schon mal an die Dreizehn gedacht?«

Sie schluckte schwer. »Sie ist die Negativseite der Drei«, flüsterte sie.

»Ganz genau. Das heißt, du hast eine unsichere Zahl. Meine Vier hat keine Negativseite.«

»Aber … ich meine … wie kann das sein? Mein ganzes Leben schon beschützt mich die Drei. Und jetzt kommst du daher und erzählst mir, sie sei nicht sicher? Woher willst du wissen, dass sie nicht sicher ist? Und woher … warum … vier?«

Sie war völlig ratlos. Kopflos. Perspektivlos. Ihre Eingeweide fühlten sich an wie Zuckerwatte. Klebrig. Ihr Kopf war schwammig wie nach einer zu schnellen Achterbahnfahrt.

»Ich mache dir einen Vorschlag: Du meldest dich jetzt auf der Arbeit krank und ich lade dich auf einen Kaffee ein. Dabei erkläre ich dir alles. Ich bin übrigens Niklas.« Er streckte ihr eine Hand hin, die sie nicht entgegennahm, denn ihre Finger waren noch immer glitschig.

»Kerstin … Mein Name ist Kerstin.«

»Freut mich, Kerstin. Es ist selten, jemanden zu treffen, der auch so einen Knall hat. Und noch dazu im selben Haus wohnt. Jemanden, der ein so tolles Lächeln hat wie du. Also los, lass uns ein Café suchen.«

»Ähm … okay«, stotterte sie. Ihre Wangen wurden warm. »Das *Italien Art Café* hat wirklich ein tolles …«

»Nein. Das sind drei Worte. Wie wäre es mit dem kleinen französischen Restaurant an der Ecke bei der Kirche? Das *Café de l'Amitié*. Vier Worte. Viel harmonischer. Sicherer.«

Niklas lächelte ihr zu, hielt ihr die Tür auf und Kerstin folgte seiner Handbewegung hinaus auf die Straße. Und fühlte sich dabei zum ersten Mal seit langer Zeit sicher.

Eben wegen Regen leben
von Adam Staubbart (@Adam Staubbart)

Für »Kiwi« (15.01.2003–11.03.2014), durch dessen trauriges Schicksal mindestens ein Kind, das zu viel überlegt hat, irgendwie überlebt hat.

In Gedenken an D., (01.06.2002–07.01.2022), dessen plötzlicher Tod mich beim Schreiben dieser Geschichte auf unvergessliche Weise eingeholt hat.

Zuerst das Wichtigste

Das hier wissen die meisten: Alle elf Minuten verliebt sich ein Single über Parship.
Wieso weiß das fast niemand?: Alle elf Minuten begeht weltweit ein Teenager Suizid.

Laut einer UNICEF-Studie zählt Selbstmord zu den fünf häufigsten Todesursachen der 10- bis 19-Jährigen. Unsere Welt verliert pro Jahr etwa 46.000 Jungen und Mädchen dieser Altersspanne durch Selbsttötung. Jeder siebte Jugendliche führt ein Leben mit einer diagnostizierten psychischen Krankheit. Die Corona-Pandemie verschlimmert die Lage der jungen Menschen mit Depressionen immens, was hierzulande einen erschreckenden Anstieg von Suizidversuchen zur Folge hat. Es ist mehr denn je an der Zeit, das weitgefächerte Thema mentale Gesundheit in unserer Gesellschaft zu enttabuisieren sowie Betroffenen mehr Gehör zu verschaffen.

Ich hoffe, mit meiner nachfolgenden Geschichte einen Teil dazu beitragen zu können. Wenn es mir gelingt, auch nur einen einzigen Menschen wachzurütteln und zu ermutigen, sich mit den schwersten ersten Sätzen einer anderen Person zu öffnen, wird »Eben wegen Regen leben« ein voller Erfolg gewesen sein. Denn jede und jeder Einzelne hat es verdient, in hilflosen Zeiten Unterstützung und Liebe zu erfahren.

»Guten Morgen, Karo! Aufstehen!«, werde ich um 5:45 Uhr sanft von Baba geweckt.

Fünf Minuten später stehe ich auf und ziehe mich an.

Am Küchentresen steht, wie immer, schon meine Tupperware bereit, prall gefüllt mit frischem Obst und Gemüse sowie den Broten, die mein Vater mir geschmiert hat.

Sein Blick ist hundemüde und sein dunkles Haar steht ihm wüst zu Berge. Die Ringe unter seinen geröteten Augen stechen triefend schwarz hervor, als er mit einer Flasche Mineralwasser aus der Abstellkammer zurückkehrt.

Ich strecke die Hand danach aus. Statt sie mir allerdings zu überreichen, geht er an mir vorbei und stellt sie neben mein fertiges Schulfrühstück. Baba hat offenbar eine kurze Nacht hinter sich. Es kostet ihn unwiderlegbar Beherrschung, dass ihm nicht im nächsten Moment die Lider zufallen.

Auch heute bleibt im Bus der Sitzplatz neben mir verwaist. Das Tuscheln und Schnattern hinter meinem Rücken kann ich genauso gut über die Musik in meinen Ohren hinweg verstehen wie gestern und gewiss werde ich morgen dieselben gehässigen Augenmerke auf mir kleben haben.

Moment mal … Ist das etwa ein schlechtes Gewissen, das Alia unverkennbar ins Gesicht graviert ist? Alia, die mir konsequent mit Verabscheuung begegnet, schafft es, Reue zu empfinden?

Mit der Überlegung, ein Weltwunder verpasst zu haben, muss ich blinzeln und bin hinterher noch ungläubiger. Da ist ein Glitzern in ihren graublauen Augen zu erkennen, zwar nur flüchtig wie eine vom Blitz erhellte Pfütze, doch einen Sekundenbruchteil zu lang, um es als Nichtigkeit abzutun. Nanu – warum spricht ihr kummervoller Ausdruck plötzlich ganze Bände einer total schrägen Sorry-Story?

Alia ist nicht die Einzige, die sich während der Busfahrt verdächtig benimmt. Ein Siebtklässler zeichnet einen traurigen Smiley in die beschlagen gehauchte Scheibe. Dann streicht er über den Sitz vor sich, als würde er im rotweiß karierten Karomuster des Bezugs die Antworten auf alle Fragen finden.

Ständig wagen zwei Oberschülerinnen einen schmollmündigen Schulterblick. Es wirkt, als wären sie wie ich auf der Suche nach der Quelle, die ausschlaggebend für das befremdliche Klima ist, das sich schleppend im Schulbus breitmacht.

Das Gefühl, dass etwas nicht stimmt, vergrößert sich mit jedem Meter, den wir uns der Schule nähern. Das Gefühl, dass etwas Undefinierbares fehlt, das zur Busfahrt dazugehört wie Alias tägliche Lästereinheiten. Es ist etwas Bedeutungsloses, das erst in Situationen, in denen es nicht vorhanden ist, beunruhigendes Aufsehen erregt. Irgendetwas, von dem alle sonst nur mit kaltherzigem Interesse Notiz nehmen. Oder irgendjemand.

Kein Stück schlauer steige ich aus, als der Bus nach einer Viertelstunde an der Haltestelle vor dem Hibiskus-Gymnasium anhält. Wir trotten als eine hirtenlose Herde den rot gepflasterten Weg entlang. Ein kopfhängender Schüler linst dann und wann zurück, als halte er Ausschau nach einem vermissten Freund. Beinahe selbstverständlich halte ich mich etwas abseits, als wäre ich ein schwarzes Schaf, was ich gerne wäre, denn so würde ich aus der Menge herausstechen.

Die Brise, die meine goldblonden Locken miteinander tanzen lässt, prophezeit einen warmen Frühlingstag. Vögel, die verborgen im Gebüsch sitzen, trällern ein aufgeregtes Gezwitscher. Für einige Schritte wirkt dieser Morgen wieder lückenlos normal.

Zumindest bis ich vor mir schlagartig einen fassungslosen Ausruf aufschnappe: »Was?! Ein Mädchen aus unserer Schule ist tot?«

»Ja«, bestätigt der Angesprochene mit einem schwachen Kopfwippen und meint beschwichtigend: »Aber sei bitte nicht so laut. Die meisten wissen es noch nicht.«

Prompt gerate ich ins Grübeln. Wie bitte? Jemand aus meiner Schule ist gestorben? Wann und wer und warum weiß ich von nichts?

Ich versuche, auf Zehenspitzen weiterzugehen, damit ich besser erkennen kann, wer heute alles aus dem Bus gestiegen ist. Mit zusammengekniffenen Augen bemerke ich, dass eine Schülerin fehlt. Ein rothaariges Mädchen mit runder Brille. Sie besucht die sechste Klasse, wenn mich nichts täuscht, doch seit gut zwei Wochen habe ich sie nicht mehr im Bus gesehen. Ist sie die Tote, von der die Rede ist?

Die Zeit und das Leben scheinen plötzlich versteinert. Alles um uns herum steht still, als wir uns durch den schmaltürigen Haupteingang zwängen. Regelrecht gespenstisch kommt mir die Atmosphäre vor, die sich so überraschend am Hibiskus-Gymnasium ausgebreitet hat. Ich kann es spüren, regelrecht einatmen wie einen Geruch, der mich an sinnesbetäubende Narkose erinnert.

Meine Klasse wirkt wie von einem anderen Planeten hergebracht. Mir ist klar, dass sie alle Bescheid wissen. Offenbar hat ein Großteil der 5a eine sehr starke Bindung zu der Toten gehabt. Selbst die sonst hartgesottenen Typen müssen nach Taschentüchern greifen, um rasch ihre Tränenspuren wegzuwischen. Mitschülerinnen, die eigentlich aussichtslos verstritten sind, verschlingen sich in gierigen Umarmungen.

Kalte Panik überrollt mich. Ist die Verstorbene eine Klassenkameradin von mir? Hektisch durchsuche ich meine Klasse und stelle fest, dass wir Mädels vollzählig sind. Fast erstaunt es mich, wie erleichtert ich darüber bin. Ich hätte nicht gedacht, dass mir Menschen, die mich im besten Fall wie verpestete Luft behandeln, trotzdem genug bedeuten, dass es mich bekümmern würde, wäre jemand von ihnen plötzlich nicht mehr am Leben.

Sogar jetzt erfahre ich von ihnen keinerlei Aufmerksamkeit. Niemand wechselt einen Blick mit mir, als wäre es das Überflüssigste der Welt oder als wäre ich ein Freak oder noch schlimmer – ein Psycho. Heute kann ich es ihnen kaum übelnehmen, denn selbst einen Popstar hätten sie momentan nicht registriert. Trotzdem löst es etwas in mir aus, dass sich niemand zu mir gesellt. Dass niemand fragt, wie es mir mit alledem geht.

Erst als eine Träne mein Kinn erreicht, ertappe ich mich dabei, dass auch mich die Sentimentalität längst unter Kontrolle hat. Bloß bin ich mir unsicher, ob ich mit schlotterndem Leib meine Tränen wirklich für die Tote vergieße. Nur dass ich keine tröstende Umarmung zu erwarten habe, nur das weiß ich ganz genau.

Unser Klassenlehrer, den die meisten meiner Klasse seit Tag 1 als Lachnummer abgestempelt haben, wird von uns ab heute und auf ewig mit anderen Augen betrachtet werden. Grund dafür ist die ansteckende Trauer, die zusammen mit ihm durch die Tür geplatzt kommt. Ihm ist eine ganze frische Art von Schmerz ins Gesicht geschnitzt. Er wirkt, als habe er bloß Augenblicke zuvor geweint.

Herr Scherz verschränkt am Lehrerpult die Hände vor seiner leichenblassen Stirn und hat sichtbar Mühe, seinen Atem ruhig zu halten. Hibbelig steht er auf. Ziellos geht er vor der Tafel auf und ab.

»Ihr könnt euch vorstellen, wie entsetzt ich bin. Das ist heute jeder von uns«, erzählt er mit einem durch die Runde schweifenden Blick und einer Stimme, die in meinen Ohren ganz anders klingt, als ich sie in Erinnerung habe.

Sein kurzes Schweigen wird mit Totenstille erwidert.

»Es zerreißt mir das Herz. Wenn ich euch alle so traurig sehe, dann habt ihr es wahrscheinlich schon gehört.«

»Stimmt es, was die anderen sagen?«, kommt es leise zitternd aus der ersten Reihe. »Hat sie sich wirklich ... War ihr Tod wirklich kein Unfall?«

Herr Scherz versiegelt seine Lider, was Antwort genug für die Klasse ist.

»Es tut mir so leid,« spricht Herr Scherz mit einem herben Unterton, als würde er sich für das jüngst Geschehene verantwortlich fühlen. »Ja, Henriette, es ist leider wahr. Sie hat sich gestern das Leben genommen.«

Daraufhin stimmen gleich mehrere in Henriettes Wimmern ein. Mir schnürt es derart stramm die Kehle zu, dass ich keinen Ton über die Lippen bringe. Deswegen sind alle derart bestürzt. Der plötzliche Todesfall ist ein Selbstmord gewesen.

»Wie?«

Beinahe verstehe ich nicht, was Court zwischen Tränen und zusammengepressten Zähnen fragt.

Die Augen von Herrn Scherz sind zwei tropfendvoll gesogene Schwämme, als er sie endlich wieder aufklappt. »Sie ... muss wohl seit einiger Zeit sehr traurig gewesen sein. Es hat sie auf Dauer krank gemacht. Sie hat anscheinend lange mit ihren Problemen gekämpft, doch am Ende ... Niemand konnte ihr mehr helfen ...«

»Wie?«, wiederholt Court eindringlicher.

»Sie hat während der Zugfahrt zu ihrem Vater eine Überdosis Schlaftabletten geschluckt und sich per Sprachnachricht verabschiedet. Ihr Vater hat sofort Hilfe verständigt, aber bis die Rettungskräfte vor Ort waren … Es war schon zu spät. Sie konnten nichts mehr für Karo tun.«

Karo!?

Das ist unmöglich … Mein Hirn zerspringt in Abertausende Splitter. Karo ist mein Name. Mein Spitzname!

Ich möchte von meinem Stuhl aufspringen. Es misslingt mir. Meine Beine, meine Füße, mein Rücken, alles in mir ist jäh von heftigen Lähmungserscheinungen befallen. Mit tauben Gliedern und einer Zunge, die ich nicht mehr spüren kann, fühle ich die Augen umso intensiver, viel zu viele Augen, die ausnahmslos ein Ziel anvisieren.

Meinen Platz.

Der vieläugige Blick meiner ganzen Klasse ruht auf meinem Platz, unangenehm und langanhaltend, doch niemand sieht mich.

Ich will weinen, einfach losflennen. Nicht einmal das geht. Prickelnd vibrieren meine Lippen. Stets habe ich geglaubt, niemand würde es merken, ob ich da bin oder nicht. Ich habe mich für einen wandelnden Geist gehalten. Jetzt bin ich wirklich einer geworden. Künftig wird der Stuhl, auf dem ich gerade festklebe, frei bleiben. Wie eine Lücke.

Mein Herz explodiert. Wenn ich wirklich tot bin, dann hat Baba heute früh in einem leeren Zimmer das Licht angeknipst und mit der Wand gesprochen, nur um im Anschluss, wie in Trance, die Brotbüchse seines toten Kindes herzurichten. Seine rotverfärbten Augen, sein müdes Gesicht, ganz kraftlos von der Schlaflosigkeit, die ihn noch Wochen, wenn nicht sogar Monate, die meiste Zeit der Nacht wachhalten würde. Was, wenn mein Verlust ihn irgendwann umbringt?

Schreiend und schweißgebadet schrecke ich aus dem Schlaf hoch. Es war ein Traum – leider ein wahrer. Nach all den Jahren träume ich immer noch manchmal von dem ersten Schultag nach meinem Selbstmord, um am Ende stets mit der Gewissheit zu erwachen, dass ich den falschen Weg gegangen bin.

Stiche wie von tausend Nadeln im Bauch lassen mich keuchen, doch der Schmerz, den ich meinen geschiedenen Vätern, meinen herzensguten Eltern, zugefügt habe, ist bei Weitem schlimmer als das Aufheulen meines verkrampften Magens.

Baba und Papa haben es selbst in den dunkelsten Stunden geschafft, für mich Sternenlicht regnen zu lassen und mir dabei das Gefühl zu vermitteln, es leuchtete allein für mich. Zu jeder Jahreszeit waren sie bei Tag meine Sonne und bei Nacht mein Mond. Nur bei ihnen war mein Leben bunt und mein Lachen echt. Ging meine Welt mal wieder unter wie Atlantis, haben sie mich mit ihrer Leichtigkeit zurück an die Oberfläche gezogen, und versiegte meine Stimmung in lustloser Ebbe, durchfluteten sie mich mit vollkommener Freude. Wann immer ich durch aussichtslose Kälte hindurch musste, waren sie meine persönliche Fackel, die warm und hell für mich gebrannt hat. Drohte mein eigenes Feuer zu ersticken, konnte ich darauf vertrauen, dass sie mir ohne Zögern ihre Luft zum Atmen schenkten, auch wenn ihnen gerade selbst die Puste fehlte. Sie waren die Erde für mich, bis zuletzt das erste und beste Stück fester Boden unter meinen Sohlen.

Meine beiden Väter waren nicht wie normale Eltern – sondern wie die allerbesten, die man sich nur wünschen könnte. Ich wünschte, zumindest das hätte ich ihnen gesagt, als ich noch am Leben war.

Und ich wünschte, meine Liebe zu ihnen wäre stark genug gewesen, um mich von meinem Entschluss abzubringen.

Elefantentrampeln
von Salia Jean (*@salia_jean*)

Hi.

»Verpiss dich«, murre ich. Dieses Ding in mir nervt. Es ploppt auf, wenn ich es am wenigsten gebrauchen kann. Immer. Vor zwei Sekunden habe ich mich noch gefühlt, als könnte ich einen Mammutbaum ausreißen. Nein, das ist keine Übertreibung. Mein Tag läuft wirklich gut. Ich habe meine Motivation vom Morgen genutzt, habe mir gründlich die Zähne geputzt, sogar groß gefrühstückt, und auf der Arbeit läuft auch alles glatt. Der gewöhnliche Wahnsinn; nichts, das mich auch nur im Ansatz aus meiner positiven Laune werfen kann. Ich mache gute Arbeit, gebe mein Bestes und es macht Spaß. Die Verantwortung macht Spaß; Problemlösung macht Spaß.

Du brauchst schon wieder verdammt lange für die paar Schrauben.

»Halt die Klappe. Ich kann dich heute wirklich nicht brauchen.«

Dieses Ding stört meine logischen Gedankengänge. Ich kann es spüren. Wie ein Elefant, der durch mein Gehirn trampelt. Die Erschütterungen machen Buchstabensuppe aus meinen Gedanken. Ich kann keinen klaren Satz mehr formulieren. Weder in Gedanken, noch als mich mein Kollege anspricht: »Hey. Soll ich dir helfen?« Freundlich, nett. Noch nicht einmal so neckend oder provozierend wie sonst.

Der denkt, du schaffst das nicht alleine …

Elefantenerdbeben in meinem Kopf. Buchstabensuppe. Plötzlich wallt Frust auf.

Ich atme durch. Nach außen hin gebe ich mich ruhig, will mir nichts anmerken lassen. *Man sollte meinen, nach Jahren dieser Angstattacken sei ich fähig, mich zumindest für ein paar Minuten cool zu geben.*

Ich ziehe mich aus dem Innenraum der Maschine zurück, sehe meinem Kollegen in die Augen, verstehe, dass er nicht denkt, ich schaffe das nicht. Er ist freundlich. Ich sehe das. Er hat Zeit, will mich unterstützen, solange er Ruhe hat. Er meint es nicht abwertend. Er traut mir die Arbeit zu. Zumindest denke ich mit aller Inbrunst, dass er das definitiv so meint. Ich versuche, dieses Ding in mir mit diesen Worten zu verprügeln. Zurück in die Tiefen meines Unterbewusstseins, wo es hergekommen ist.

»Alles gut«, sage ich. Lächle sogar, das Ding in meinem Kopf ignorierend.

Doch es hat das Mantra aufgelegt: *Du schaffst das nicht. Er kontrolliert dich, weil du es nicht schaffst. Weil du einfach zu lange brauchst. Du hast ihn enttäuscht. Er vertraut dir nicht. Bald werden sie hinter deinem Rücken reden, dass du zu dumm für die Arbeit bist. Du bist einfach nicht gut genug dafür. Du schaffst das nicht.*

Und dann spielt es die Erinnerungen an die Anfänge ab. Die Diskussionen über meinen Verdienst, meine körperliche Eignung, die Skepsis, ob ich durchhalte. Die Diskussionen, die keine Bedeutung mehr haben, weil wir das Thema mehrfach durchgekaut haben und ich weiß, wie es gemeint war. Ich weiß, wo das Problem liegt – und es liegt nicht bei mir. Lag es nie.

Dieses Ding in mir zieht dieses Wissen allerdings aus mir heraus. Hat eine Art Pipette an meinen logisch denkenden Teil des Gehirn gesetzt und zusammengedrückt. All meine Sicherheit flutscht in diese Pipette, macht Platz für die ungefilterte Erinnerung. Macht Platz für das Ding, um seinen Scheiß in meinem Hirn auszubreiten. Die Zweifel.

Du hast es nicht verdient. Du verdienst nichts. Du leistest zu wenig.

Meinen Gedanken wird schwindelig. Sie fahren Achterbahn. In mir braut sich Wut zusammen. Ich spüre den Druck in meiner Magengrube, den Kloß in meinem Hals.

»Ich hab Zeit. Wenn du willst, mach ich die andere Seite. Dann kommen wir schneller zum Kaffee.«

Ich will »Ja« sagen. Ja, hilf mir. Weil ich weiß, dass ich das lernen muss: Hilfe annehmen. Wir sind ein Team. Und nur weil mir jemand hilft, bedeutet das nicht automatisch, dass ich meinen Job nicht machen kann. Zusammen sind wir schneller, effektiver – logisch. Zusammenarbeiten macht auch mehr Spaß. Man lacht, man teilt den Erfolg.

Für gewöhnlich.

Ich nicke, um nichts zu sagen. Will nicht, dass meine Stimme falsch klingt.

Meine Gedanken haben sich gerade in die Abwärtsspirale begeben – und ich weiß, dass dieser Tag gelaufen ist, sollte ich nicht schnellstmöglich irgendeinen Erfolg erzielen. Buchstabensuppe in meinem Kopf, Gedankenschluckauf, lähmender Perfektionismus, Selbstgeißelung.

Gute Aussichten, spottet das Ding.

Mein Kollege geht auf die Rückseite. Ich gehe erstmal auf die Toilette, wasche mein Gesicht, schaue in den Spiegel.

Es ist, als würde die Angst jetzt direkt hinter mir stehen. Sie starrt mich direkt durch den Spiegel an, löchert meinen Schutzpanzer damit nur noch weiter. Ein dicker Kloß zieht meinen Magen nach unten. Ich vergesse zu atmen.

Wo kommt dieses Gefühl des Nicht-genug-Seins her? Es war immer da und ich habe Angst, dass es immer irgendwo lauern wird. Dass ich, egal was auch immer ich mache, mir selbst nicht reichen werde. Und dass andere Menschen, die es gut meinen, es immer in mir auslösen werden. Menschen, die ich mag. Menschen, die ich liebe. Menschen, die ich nicht verlieren will.

Ich habe Angst, dass dieser Tag wirklich gelaufen ist. Dass ich mich nicht mehr einkriegen werde und ab jetzt nur noch Buchstabensuppe durch meine Gedanken fließt.

Nein, sage ich mir, *heute nicht.*

Ich umklammere das Waschbecken, konzentriere mich auf den Druck auf meine Fingerkuppen, statt in den Spiegel zu schauen. Was hat mir die psychische Beratungstante mit auf den Weg gegeben? Ach ja.

Ich zwinge mich zu atmen. Eins, zwei, drei – ein. Eins, zwei, drei – aus. *Ich bin gut. Ich bin wertvoll. Ich darf Hilfe annehmen.*

Einatmen, ausatmen. Und noch einmal: *Ich darf Hilfe annehmen. Ich bin gut. Ich bin wertvoll. Ich bin ein Teil dieses Teams.*

Langsam verebbt das Elefantentrampeln in meinem Kopf. Der Nebel aus Unsicherheit lichtet sich, nicht vollends, aber so weit, dass sich der Knoten in meinem Bauch löst. Die Buchstabensuppe wird zu einem See, weit und scheinbar endlos – trotzdem überschaubar.

Er hilft mir, weil wir ein Team sind. Ich bin Teil dieses Teams. Im Team unterstützen wir uns. Unterstützung bekommen bedeutet keine Schwäche.

Langsam beruhigt sich mein Herzschlag. Noch immer liegt meine Konzentration auf dem Druck auf meinen Fingerkuppen. Die Angst vor dem Rückschlag ist zu groß. Und das ist wohl das Schlimmste an der Angst: die immense Angst vor ebendieser.

Wir helfen uns alle gegenseitig. Wir unterstützen uns. Mir steht das auch zu.
Ich lasse los. Das Waschbecken, nicht die Angst. Sie blickt noch immer durch den Spiegel in meine Augen. Eiskaltes Wasser platscht in mein Gesicht.

»Reiß dich zusammen«, knurre ich mich an, kämpfe gegen diese irrationalen Gedanken an, die sich gerade wieder über meine neu gewonnene Sicherheit hermachen wollen. »Ich mache einen guten Job. Ich muss darauf vertrauen, dass sie ehrlich zu mir sind. Solange mir niemand sagt, ich sei nicht gut genug, bin ich gut genug.«

Mit Papiertüchern tupfe ich mein Gesicht ab, gehe in die Toilettenkabine, betätige die Spülung – *nur für den Fall der Fälle* – und wasche dann nochmal meine Hände.

Als ich meinen Arbeitsplatz erreiche, bin ich allein, mein Kollege ist nicht mehr da. Ich unterdrücke den Gedanken: *Jetzt hasst er mich, weil er denkt, ich habe ihn alleingelassen.*

Nicht heulen jetzt! Ich bin so eine Egozentrikerin. Immer geht es nur um mich in meinem Kopf. Immer habe ich nur im Kopf, was andere über mich denken. Vielleicht nehme ich mich dann doch zu wichtig? Verurteile ich solche Leute nicht für gewöhnlich? Menschen, die sich selbst als den Mittelpunkt des Universums sehen?

Nein, mahne ich mich. *Wir biegen nicht schon wieder in diese Gasse ab.*

Bestimmt greife ich nach meinem Werkzeug und konzentriere mich wieder auf die Arbeit. Mein Kollege kommt mit einem Spezialwerkzeug zurück, das er holen musste. Natürlich. Es kostet mich diesmal alles an Energie, die ich aufbringen kann, mich zu konzentrieren und nicht zu verlieren. Aber ich schaffe es. Irgendwie schaffe ich es, die Maschine sogar zum Laufen zu kriegen.

Ihr, korrigiert mich dieses Arschloch-Ding in meinem Kopf und erinnert mich wieder daran, dass ich *offensichtlich* allein unfähig bin.

Mein Kollege grinst mich an: »Wir haben's geschafft! Komm, geh'n wir Pause machen.« Er tätschelt meine Schulter: eine eindeutige Aufforderung, mitzukommen.

Ich blinzle, weil meine Gedanken schon wieder stolpern. Er ist fröhlich. Zu fröhlich? Warum freut er sich da so drüber? Er hat doch den Großteil gemacht – und er hat das schon hundertmal selbst geschafft. Allein, ohne mich; das Zusatzgewicht, das noch keinen Mehrwert leistet.

Und ich hab ihn gebraucht, damit wir jetzt fertig sind.

Scheiße, denke ich. *Jetzt biege ich doch wieder in die beschissene Gasse ab.*

Mein Kollege hat ein paar Schritte gemacht und wartet offensichtlich auf mich. »Kommst du?« Ich weiß nicht, ob ich gerade die richtige Gesellschaft für eine Pause bin, gehe aber trotzdem mit. Normalerweise bedeutet Pause Spaß. An den guten Tagen bedeutet Pause freundschaftliches Triezen und kollegialen Smalltalk – kurzum einen lustigen Schlagabtausch unter Menschen, die sich jeden Tag durch dasselbe Chaos kämpfen.

An einem Tag wie heute bedeutet sie Stress. Ich kann jetzt nicht unter Leuten sein, kann es mir nicht leisten, jetzt zusammenzubrechen. Vor den Augen des Kollegen, der mich einschulen soll; der sich auf mich verlassen soll; mit dem ich ein Team bilden soll, das funktioniert.

Wie zum Teufel sollte er sich je auf ein psychisches Wrack verlassen können? Denn das würde er ohne Zweifel denken, wenn er wüsste, was ich denke. Trotzdem folge ich ihm, weil ich nicht will, dass er nachfragt und ich womöglich entweder schnippisch oder mit Tränen reagiere. Beides wäre unfair, denn warum sollte er für meine Laune bezahlen oder warum sollte ihn meine Gefühlswelt interessieren? Wir sind Kollegen. Arbeitskollegen.

Du solltest lernen, dich endlich mal zusammenzureißen, murrt das Ding in meinem Kopf.

Ich bin wütend auf mich selbst, weil dieses Ding es ist, das mich immer wieder in dieses Loch stößt und noch hinterher tritt, wenn ich dann drinsitze. *Schönen Dank auch.*

Wir verbringen die Pause schweigend. Ich will nichts sagen, weil ich Angst vor meiner Stimme habe. Er scheint das zu bemerken, sieht mich nicht an. Starrt auf sein Handy. Und es ist okay. Ich muss nicht unbedingt reden, um mich wohlzufühlen, und jetzt gerade ist Schweigen vermutlich das Beste, was er für mich tun kann.

Ich sortiere meine Gedanken, während ich immer wieder vom Kaffee nippe. Mein Kollege wirkt entspannt, zufrieden mit sich und der Leistung, die wir erbracht haben. *Wir.*

Es ist ein kleines Wort, aber es macht mir immense Angst. Mehr, als es Sicherheit geben sollte.

Wir bedeutet immer eine Verantwortung. *Wir* bedeutet immer Kompromiss. *Wir* bedeutet Vertrauen, Beziehung, Aufeinander-Verlassen. *Wir* bedeutet Hilfe und Unterstützung. *Wir* sind ein Team. Dieses Team will ich nicht verlieren.

Ich beiße auf die Innenseite meiner Wange. »D-anke«, stolpert über meine Lippen. Es ist mehr ein Krächzen, weshalb ich mich räuspere und es noch einmal klarer ausspreche. Ein Teil des Kloßes in meinem Hals löst sich.

»Nichts zu danken«, murmelt er. Schaut mich nur eine Sekunde lang an, dann nickt er. »Dir ist schon klar, dass du das heute verdammt gut gemacht hast.«

Ich verschlucke mich am Kaffee. Huste. Der Kloß schwillt wieder an. Der Druck in meinen Augen steigt. »Bullshit«, sage ich, »die interessante Arbeit hast wieder du gemacht.« Bamm. Es klingt trotzig. Genau das, was ich nicht wollte.

Emotionale Kontrolle kann ich! Aber ich muss irgendwie Abstand gewinnen, ehe ich hier losheule.

»Wir sind ein Team. Wir haben das gemacht. Nicht ich alleine und nicht du alleine. Wir.«

Jetzt sieht er mir direkt in die Augen und mir bleibt der Atem weg, weil ich nicht weiß, ob er jetzt sauer oder enttäuscht oder – noch schlimmer – genervt ist.

»Ich weiß, dass du das nicht siehst. Du musst dir immer wieder beweisen, dass du besser bist als gestern. Das ist okay, das ist sogar gut. Aber wir sind hier ein Team. Und Teammitglieder helfen sich, wenn sie Zeit und Lust haben. Ich arbeite gerne mit dir zusammen, darum habe ich dir geholfen, damit wir jetzt diesen Kaffee trinken können.«

Ich blinzle noch immer. Geschieht das hier gerade wirklich? Hat dieser Typ mich gerade im Ansatz durchschaut? Ich schlucke.

Sein Zeigefinger klopft auf den Tassenrand. Ich weiche seinem Blick aus und konzentriere mich darauf. »Aber ich will euch zeigen, dass ich das alleine schaffen kann.«

»Mir ist bewusst, dass du das alleine schaffen kannst. Aber warum sollte die Stehzeit der Maschine steigen, obwohl ich Zeit habe?«

»Dann geht's hier ums Geld?«

»Musst du mir die Worte immer negativ im Mund verdrehen?« Er lächelt und ich sehe wieder zur Seite. »Nein, es geht nicht um die Stehzeit per se. Aber es ist logisch, dass man sich hilft, wenn nichts anderes zu tun ist. Und wie zuvor schon gesagt: Ich arbeite gern mit dir. Du interessierst dich. Du stellst die richtigen Fragen und du merkst dir Abläufe schnell. Mal davon abgesehen, dass Arbeiten mit dir Spaß macht.«

»Naja –«, setze ich an, doch er hebt den Zeigefinger von der Tasse, unterbricht damit meine Konzentration. »Relativier es nicht wieder. Bitte.«

Ich schlucke. »Ich kann nicht anders.«

»Dann nick beim nächsten Mal einfach.« Er lacht, steht auf, wäscht seine Tasse ab. Hinter mir läuft das Wasser, ich höre das Platschen im Becken. Eine Gänsehaut bildet sich in meinem Nacken. »Trink in aller Ruhe aus.« Und dann geht er einfach.

Ich bin beruhigt und aufgekratzt zugleich.

Die Angst und die Zweifel sind fürs Erste ruhiggestellt. Viel zu beschäftigt bin ich mit seinen Worten. Seltsamerweise vertraue ich darauf, dass sie der Wahrheit entsprechen. Es ist kein blindes Vertrauen – darüber bin ich hinweg. Es ist ein verdientes Vertrauen. Ganz klein. Eine kaum sichtbare Flamme in der nebligen Dunkelheit meiner Angst. Aber es ist da. Hat sich zu den paar kleinen Lichtern gesellt, die mir als Leuchttürme dienen.

Ich atme durch und zum ersten Mal in der letzten Stunde spüre ich die Luft wirklich durch meinen Hals fließen.

Der Kloß hat sich gelöst.
Vorerst.

Ausgebrannt

von Yana Svelush (@yana.svelush)

Ich öffne die Lider und starre auf meinen Wecker. Die Ziffern tanzen vor meinen Augen und suggerieren mir, dass ich sieben Stunden geschlafen habe. Eine kurze Bestandsaufnahme meines Körpers deutet eher auf sieben Minuten hin. In der Hoffnung, mein Blick würde sich dadurch scharf stellen, reibe ich über mein Gesicht und scheitere. Resigniert lasse ich den Kopf tiefer in das Kissen sinken.

Mein Rücken beschwert sich sofort und treibt mich mit Schmerz an, aufzustehen. Das Schwindelgefühl, das nach dem Aufsetzen einsetzt, kenne ich – ist es doch so etwas wie Morgenroutine geworden. Einen Moment lang halte ich inne, bis es sich gelegt hat.

Mit den Fingern massiere ich die Steifheit aus meinem Nacken und schaue aus dem Fenster. Die Dunkelheit draußen bestärkt mich darin, dass es viel zu früh ist. Der Winter war noch nie meine bevorzugte Jahreszeit.

Ein Wort erscheint vor meinem inneren Auge und leuchtet wie eine riesige Reklametafel in roten Buchstaben auf, als wolle es die Finsternis durchbrechen. Zu grell. Es blendet mich und verstärkt meine Kopfschmerzen.

Ich suche den Schalter, um dieses Licht abzustellen und das Wort verschwinden zu lassen, doch ich finde ihn nicht. Solange es im Raum steht, nimmt es mir das letzte bisschen Leistungsfähigkeit, das ich meinem Leben aktuell zugestehe. Um das Bild zu vertreiben, schüttele ich den Kopf, erreiche jedoch nur, dass sich das Bett unter mir dreht.

Die Hände in die Decke gekrallt atme ich so lange tief durch, bis das Gefühl verblasst und mit ihm glücklicherweise auch die Buchstaben.

Womöglich brauche ich nur eine Pause. Das wird es sein.

Die Stimme meiner Jüngsten reißt mich aus meinen Grübeleien und ich weiß wieder, wieso *Pause* eine glorreiche und gleichzeitig unerfüllbare Idee ist. Diesen 24/7-Job habe ich mir selbst ausgesucht. Wobei ausgesucht vielleicht etwas übertrieben ist. Ja, ich habe mich für Kinder entschieden, doch dass Flo arbeiten geht, während ich zu Hause bleibe, war eine rein wirtschaftliche Entscheidung.

Ein Schrei der Großen mischt sich unter das Gebrüll der Kleinen und ich schiebe all die Gedanken an Arbeit, Geld und Verschnaufpausen beiseite.

Zeit, aufzustehen, die Kinder anzuziehen, Frühstück und Pausenbrote zu machen, um hoffentlich nicht wieder erst auf den letzten Drücker das Haus zu verlassen.

Mich vom Bett zu erheben, kostet mehr Kraft, als diese Nacht mir gegeben hat. Angestrengt laufe ich in den Flur, wo meine Beine augenblicklich von zwei kleinen Ärmchen umklammert werden. Ich taumele, der Schwindel ist zurück und mit ihm das Gefühl, allem nicht mehr gewachsen zu sein.

Ein Fluch verlässt meine Lippen, bevor ich meinem Kind »Guten Morgen« gesagt habe. Die großen blauen Augen beginnen zu schwimmen und sehen mich voller Verzweiflung an, auf der Suche nach Liebe. Dieser Blick trifft mich mitten ins Herz. Mein tauber Körper wird von Schuldgefühlen und Schmerz geflutet. *Was für eine jämmerliche Elternfigur gebe ich bloß ab? Sollte mein Herz nicht vor Dankbarkeit und Liebe für diese kleinen Geschöpfe platzen?*

Beschämt knie ich mich hin und nehme Finja in die Arme. »Entschuldige, ich habe mich erschrocken. Guten Morgen, meine Kleine.«

Ich lege meinen Kopf auf ihre winzige Schulter und halte sie so fest, wie ich sie eigentlich wegstoßen möchte, weil mir alles nur noch zu viel ist.

Vierzig Minuten später sitzen wir zu dritt, mit Müsli vor uns, am Frühstückstisch. Flo ist schon längst arbeiten, wie jeden Morgen. Die Kindergarten-Taschen sind gepackt und das einzige Drama, das ich zu schlichten hatte, war ein Streit, weil die Kleine der Großen den Pullover weggenommen hatte. Keine Ahnung, wie ich das geschafft habe.

Erleichtert halte ich die warme Kaffeetasse in den Händen. Mit dem vollmundigen Aroma in der Nase erlaube ich mir einen Moment der Unaufmerksamkeit und lasse meine Gedanken treiben.

Das Kichern der Kinder holt mich zurück und ich beiße mir auf die Zunge, um sie nicht wieder anzukeifen. Finjas Sweatshirt ist komplett mit Joghurt beschmiert und Alinas Schüssel noch genauso voll wie vor zehn Minuten. Während die eine morgens fast verhungert und ihr Essen inhaliert, muss ich der anderen jeden Löffel in den Mund quatschen. Lautlos seufze ich in mich hinein. Ein Blick auf die Uhr zwingt mich, das Augenrollen zu unterdrücken und durchzuatmen. Zeitlich wird es nun eng. Meine Brust auch, die auf einmal in einem zu fest geschnürten Korsett zu stecken scheint, weshalb ich das Atmen noch ein, zwei Mal wiederhole, bevor ich die Kleine aus ihrem Stuhl hebe.

Natürlich entspricht das absolut nicht ihren Vorstellungen und endet in Gebrüll. Der Ton dringt durch meine Ohren und bohrt sich direkt in mein Gehirn, wo er sich zu einem unbeschreiblichen, wummernden Kopfschmerz ausbreitet. Zu gern würde ich wissen, an welcher Garderobe ich mein Nervenkostüm vergessen habe – ich hätte es furchtbar gerne zurück.

Die roten Buchstaben blinken wieder auf, doch ich sehe bewusst weg.

Stattdessen wende ich mich an meine Große: »Ich ziehe Finja jetzt um und bis dahin hast du entweder gegessen oder ich pack dir den Rest ein.« Nach einer kurzen Pause füge ich hinzu: »Statt der Butterbrote.«

Alina kreischt und wütet und ich ärgere mich über meine pädagogisch nicht wertvolle Drohung, die nicht einmal den gewünschten Effekt erzielt hat.

Wieder atme ich durch und erreiche nichts damit. Mein Kopf und meine Lunge schreien nach Sauerstoff, mein ganzer Körper steht unter Strom und die Wut in meinem Bauch nimmt eher zu statt ab.

»Wir schaffen das schon, okay?«, flüstere ich Alina ins Ohr, als würden wir beide ein Geheimnis teilen. »Hilfst du mir, indem du dein Frühstück isst? Bitte. Ich ziehe in der Zeit deiner Schwester ein neues Oberteil an, ja?«

Ihre grünen Augen sehen mich an, als versuchten sie, in meinen Kopf zu blicken und zu verstehen, was mit mir los ist. Doch wie soll sie etwas verstehen, das nicht einmal ich selbst verstehen kann?

Abermals flackert die Leuchtreklame in meinem Kopf auf und facht die Gereiztheit in mir weiter an.

Nein. Das ist gelogen. Ich bin zu Hause, mit den Kindern, und meine einzige Aufgabe ist es, sie zu versorgen und mich um den Haushalt zu kümmern – was kann daran schon so schwer sein?

Endlich am Kindergarten angekommen, habe ich Schwierigkeiten, meinen Blick zu fokussieren. Meine Lunge brennt, mein Körper prickelt und hinter meinen Lidern sammeln sich Tränen, die ich niederkämpfe.

Zum Abschied umarme ich meine beiden Mädchen, gebe jeder einen Kuss und sehe zu, wie sie beschwingt und froh zur Tür hineinrennen.

Als ich mich umdrehe, steht mir Irina gegenüber. Ihre zwei Kinder gehen in die gleichen Gruppen wie unsere.

»Hey, guten Morgen. Du siehst irgendwie fertig aus. Alles gut bei dir?« Besorgt sieht sie mir in die Augen und ergänzt etwas leiser: »Und bei euch?«

»Ja, klar. Schlechte Nacht. Kennst du bestimmt auch, oder? Mit zwei Kindern macht immer mal eins die Nacht zum Tag. Und das am besten stündlich und abwechselnd.« Das Lächeln, das ich aufsetze, ist ebenso falsch wie meine Worte – und gleichzeitig genauso erfolgreich.

Irinas Miene wird mitfühlend. »Dann nutz doch deine freie Zeit heute Morgen und ruh dich ein wenig aus.«

Ich nicke, murmele ein leises »Mach ich« vor mich hin und flüchte so unauffällig und schnell, wie ich kann. Die bösen Worte auf meiner Zunge schlucke ich hinunter und lasse sie im schwelenden Groll in meinem Bauch verbrennen.

Wenn ich etwas mehr hasse als Menschen, die mir ungefragt Ratschläge geben, sind es Menschen, die mir ungefragt Ratschläge geben, während sie ein völlig falsches Bild meiner Realität haben.

Zu Hause warten zwei Maschinen Wäsche auf mich, die dringend gewaschen werden müssen. Eine, die zusammengelegt werden möchte. Die Spülmaschine, die Einkaufsliste sowie diverse organisatorische Aufgaben. Ich schnaufe durch. Meine To-do-Liste ist länger als die Aufenthaltsdauer der Kinder in der Betreuungseinrichtung.

Gerade noch rechtzeitig stehe ich in ähnlichem Zustand wie heute Morgen wieder vor der Kindergartentür, um die Mädchen abzuholen. Glücklich springen mir beide entgegen und plappern auf dem Heimweg aufgeregt vor sich hin, was sie in den letzten Stunden alles erlebt und gemacht haben.

Ihre Sätze fliegen durch die Luft in meinen Kopf, dringen aber nicht durch den Nebel, der sich seit Tagen darin befindet. Ich höre ihnen zu und bekomme kein Wort zu fassen. Ich bin wie ein Textfeld mit beschränkter Buchstabenzahl – und am Limit. Jede neue Eingabe überschreibt etwas anderes. Und ich kann es mir nicht leisten, dass irgendeine der wenigen Informationen, die ich zu speichern versuche, überschrieben wird. Also laufe ich in diesem Stimmengewirr weiter und blocke es ab, um nicht durchzudrehen. Das Brüllen, das sich einen Weg aus meinem angespannten Körper bahnen will, halte ich mit geschlossenen Lippen zurück.

Zuhause endet das Kinder-Ausziehen und Rucksäcke-Ausräumen wie so häufig im Chaos. Gleichzeitig überschlagen sich die Aufgaben in meinem Kopf, die heute noch anstehen.

Als ich meinen Mund öffne, um Ordnung zu schaffen, dringt der zuvor unterdrückte Schrei hinaus, ohne dass ich ihn aufhalten kann. »Ruhe! Könnt ihr euch nicht einfach ausziehen? Ihr wisst doch, wie das abläuft.« Im gleichen Atemzug presse ich die Finger an meine Nasenwurzel und schließe die Augen. *Scheiße!* Früher hatte ich mal ein dickeres Fell. Oder generell ein Fell. Aktuell trifft jeder Ton auf gereizte, epilierte Haut, falls ich überhaupt noch eine Barriere zwischen dem Außen und meinen freiliegenden Nervenenden habe.

Was bin ich nur für ein Mensch!

Ich atme weiter, bis sich der Zorn ebenso beruhigt hat wie die Stimmen in meinem Kopf, die mich für mein Verhalten verurteilen.

Dann nehme ich bei den beiden auf dem Boden Platz und entschuldige mich, erneut.

Wie erbärmlich ist es bitte, sich den ganzen Tag bei seinen Kindern entschuldigen zu müssen, weil man absolut nichts auf die Reihe kriegt? Die Eltern-Ratgeber in den Regalen schauen auf mich herab und lachen mich aus.

Ich möchte die Situation unbedingt wiedergutmachen. »Wollen wir im Wohnzimmer die große Steinekiste ausleeren und zusammen bauen?«

Ihre Gesichter füllen sich schneller mit Freude, als ich mir ein Glas Wasser einschenken könnte. Niemand verzeiht so rasch und ehrlich wie Kinder – und doch bleibt mein Verhalten falsch.

Ihre Augen strahlen mich an, als hätte es nie ein Problem gegeben. In ihnen tanzt diese kindliche, glückselige Vorfreude darüber, dass ich mich mit ihnen hinsetze und spiele. Früher hätte allein dieser Blick es geschafft, mich anzustecken, mich mit einem Teil der nie enden wollenden Energie zu füllen, die nur Kinder zu besitzen scheinen. Früher wäre er wie ein Sonnenstrahl durch den Nebel gedrungen und hätte all meine trüben Gedanken verbannt.

Aber heute ist nichts wie früher und genau das fühle ich: nichts. Wer sieht seine Kinder an und fühlt nichts? Die vernichtenden Blicke anderer Eltern spüre ich wie Stiche ins Herz. *Ich habe versagt.*

Statt den Nachmittag mit meinen Kindern zu genießen, denke ich über den heutigen Abend nach. Denn ich habe frei und darauf freue ich mich wirklich. Weil ich es dringend brauche. Das Einzige, wonach ich mich noch mehr sehne, ist Ruhe oder eine Insel, ganz für mich allein. Bei diesem Gedanken durchzuckt mich auf Anhieb ein Blitz der Reue. *Wie kann ich nur daran denken, diese kleinen, wundervollen Seelen im Stich zu lassen, um faul im Sand zu liegen und Sonne zu tanken?* Das ist auf so vielen Ebenen falsch, dass ich mich gerade nicht einmal im Spiegel betrachten wollen würde.

Punkt zwanzig Uhr erreiche ich meine Stammkneipe. Einmal im Monat trifft sich hier mein Freundeskreis. Doch selbst das bringt meine Mundwinkel heute nicht dazu, sich zu heben. Ich bin müde, unendlich müde.

Als ich vor einer Stunde die Kleine ins Bett gebracht habe, wäre ich fast neben ihr eingeschlafen. Nur mit größter Mühe gelang es mir, meine Lider offen zu halten und wieder aus dem warmen, weichen Bett aufzustehen.

Wer Freundschaften haben will, muss sich Zeit dafür nehmen. Ungeschriebenes Gesetz.

Ich laufe direkt zur Bar, wo alle bereits auf mich warten, zusammen mit einem Glas Bier. Eigentlich wollte ich heute auf Alkohol verzichten, weil ich befürchte, dass er mir das letzte bisschen klare Sicht nimmt, das noch geblieben ist. Doch ich möchte auch keine Spaßbremse sein. Also setze ich das falsche Lachen auf, das mir mittlerweile zu leicht über die Lippen geht, und proste ihnen zu.

Die Stimmung ist ausgelassen und wir tauschen uns über die vergangenen Wochen aus. Da ich außer vollgekackten Windeln, gebauten Türmen und Kinderproblemen nichts zu berichten habe, bleibe ich still und höre nur zu. Wie schon heute Nachmittag lassen sich meine Gedanken genauso wenig fassen wie die Geschichten der anderen.

Eine Hand legt sich auf meine Schulter und ich zucke zusammen.

»Hey, alles in Ordnung?«

Drei besorgte Augenpaare blicken mich an und ich rutsche auf meinem Barhocker ein Stück von ihnen fort.

Die rote Leuchtreklame fleht mich an, es endlich anzunehmen, es laut auszusprechen, es ihnen zu sagen: Burn-out.

Doch ich kann nicht. Wovon sollte ich denn einen Burn-out haben? Und wie würden sie darauf schon reagieren? Mit Unverständnis. *Was? Burn-out? Du bist doch mit den Kindern daheim.* Ich höre die Worte, ohne dass sie sie aussprechen müssen.

Tief in mir weiß ich, dass mein Schweigen ihnen die Möglichkeit nimmt, anders zu antworten. Dass diese Krankheit dadurch eine unsichtbare, unverstandene Diagnose bleibt, die der arbeitenden Gesellschaft zugeschrieben wird. Der *bezahlt* arbeitenden Gesellschaft. Doch mir fehlt die Kraft. Diese Erkenntnis lässt mich weiter zusammensinken, unendlich klein und unbedeutend werden.

Immer noch schauen mich alle an und warten auf eine Antwort.

Ich kreise die Schultern, um mir Zeit zu verschaffen und dieses unangenehme Gefühl loszuwerden, das auf ihnen lastet. »Ja, sorry, harter Tag heute. Flo kam erst spät nach Hause. Die Kinder waren völlig überdreht und mir tut alles weh.«

Den letzten Teilsatz hatte ich gar nicht laut aussprechen wollen. Jetzt wappne ich mich dafür, in ihren Augen das Mitleid zu sehen, das mir den Stempel des Versagens aufdrückt.

Doch stattdessen überrollen mich gut gemeinte Ratschläge wie eine Flutwelle.

»Hast du dich mal durchchecken lassen? Vielleicht brauchst du einfach ein paar Vitamine?«

»Ich hab jetzt neues Proteinpulver gekauft. Ich schwöre darauf. Willst du das auch mal testen? Ich habe das Gefühl, viel mehr Energie zu besitzen, und dem Muskelaufbau schadet es auch nicht.«

Während ich Luft hole, um etwas zu erwidern, türmt sich der nächste Kommentar vor mir auf und reißt mich nieder: »Stell dir mal vor, du müsstest jetzt auch noch arbeiten.«

Ich müsste auch noch arbeiten? Dieser Satz fegt mir den Boden unter den Füßen weg. Ich will schreien »Ich arbeite, verdammt! Eine Arbeit ohne Lohn, die mehr kostet, als ihr euch vorstellen könnt«, bleibe jedoch stumm.

Ihre Worte werden immer leiser und vor meinen Augen alles schwarz. Mein

Körper gehorcht mir nicht mehr. Ich höre einen dumpfen Aufprall, dessen Laut durch die aufgeregten Stimmen um mich herum abgelöst wird.

»Joshua!«

»Komm, steh auf, Mann!«

»Scheiße, was hat er denn?«

Dann verschwindet alles in dem Nebel, den ich seit Tagen zu bekämpfen versuche.

Zähler im Kopf
von Karla Schulz (@karla.schreibt.drabbles)

Ich öffne den Schrank.

Eigentlich hat mein Magen gerade geknurrt und damit unmissverständlich angezeigt, ein Bedürfnis nach Nahrung zu haben. Nach fester Nahrung.

Viel ist nicht im Küchenschrank. Beinahe leer, so leer wie ich. Seit ich allein bin, kann ich mich kaum aufraffen, in den Supermarkt an der Ecke zu gehen. Nur für Kaffee und Milch zieht es mich regelmäßig dorthin. Natürlich landet dann auch das ein oder andere mit in der Tasche. Doch immer ziehen die Zahlen auf den Packungen meinen Blick magisch an, brennen sich in mein Gedächtnis. Automatisch läuft der Zähler bei jedem Bissen im Kopf mit. Auch wenn ich versuche, es zu unterbinden. Ich kann es zu selten. Sicher, es gibt diese Tage, da stopfe ich wahllos irgendetwas in meinen Mund, ignoriere den Zähler. Hinterher brüllt das schlechte Gewissen. Doch solche Tage werden immer seltener. Der Zähler im Kopf bestimmt mich längst vom Erwachen bis zum Einschlafen. Nur nicht zu viel, so wenig wie möglich. Es erstaunt und fasziniert mich, wie lange der menschliche Körper in der Lage ist, mit so wenigen Nährstoffen auszukommen. Und mit so wenig Schlaf. Kaffee von morgens bis abends und der Tag hat zwanzig Stunden.

Mein Magen zieht heftig, krampfartig. Unbestreitbar benötigt er eine Füllung. Heißer, ungesüßter Tee beruhigt zunächst und lässt mir Zeit, zu wählen: abwägen, was lange den Magen ruhig hält, ohne Blähungen, Verstopfung oder Durchfall. Mein Körper reagiert längst extrem empfindlich auf jedwede feste Nahrung. Ich horche in mich: Appetit nicht vorhanden. Keine Entscheidungshilfe, nur Angst vor den Schmerzen im Leib, die das Essen zur Folge hat. Ich ringe mit mir, Vernunft und Angst gegeneinander. Ich bin klarer Verlierer.

An manchen Tagen kann ich mich kaum auf den Beinen halten. Ständig wird mir schwindelig. Mein Herz rast. Doch der Zähler in meinem Kopf bleibt an, diktiert den Tag. Manchmal versuche ich, ihn auszutricksen, doch kurz vor dem Einschlafen kommt er mit erhobenem Zeigefinger und zeigt mir seinen Stand, begleitet von den Hänseleien der Mitschüler und den niederschmetternden Worten meiner Mutter.

Nicht selten flüstern jene Worte tief hinten in meinem Kopf: fettes Schwein, weißer Elefant, Fettsau. In Endlosschleife spielen sie sich immer wieder ab, begleitet von Erinnerungen an Kleidung, die zu eng wurde, an das widerliche Gefühl, so vollgestopft zu sein, als platze man gleich.

Die Erinnerung an die Süße von Nahrung löst ein Gefühl von Ekel aus. Nicht selten passierte es schon, dass Nahrung, kaum gekaut, wieder ausgespuckt außerhalb meines Körpers landete, nur der Abneigung gegenüber dem Geschmack oder des Mundgefühls wegen.

Meine Zunge fährt über meine spröden Lippen. Unwillkürlich entfährt mir ein Seufzer. Meine Fingerspitzen gleiten über den Herd. Zu lange ist er schon unbenutzt. Ohne jeglichen Besuch besteht kein Anreiz. Ich kann mich nicht einmal dazu überwinden, ein Stück Brot zu essen. Wie lange das noch gut geht? Wie lange wird mein verrottender Körper das noch durchhalten? Am Ende fällt die Entscheidung doch nur auf heißen Kaffee mit einem Schluck H-Milch.

Der Blick zur Uhr lässt mich die Gedanken fortwischen, gleich beginnt das Online-Meeting. Mein Rechner startet, das Adrenalin sorgt für die nötige Konzentration. Inständig hoffe ich, dass mein Magen seine Klappe hält. In ungefähr einer Stunde werde ich erneut gegen den Zähler antreten.

Im Meeting kann ich mich hinter meinen Grafiken und Zahlen verstecken, ich lasse das entscheidende Bild eingeblendet, so sehen mich die Kollegen nicht. Der Chef schlürft laut seinen Kaffee. Ist wohl zu heiß geraten. Zwei Kolleginnen schieben sich süße Teilchen vom Bäcker in den Mund. Sofort ploppt in meinen Gedanken die dazugehörige Kalorienzahl auf. Mir wird schwindelig.

Schnell hole ich aus der Küche noch eine Tasse Kaffee und laufe, dem Meeting am Headset folgend, ziellos durch die Wohnung. Trage etwas hierhin, nehme eine Fussel dorthin. Meine Gedanken schweben davon. Warum musste es nur so kommen?

Jahre-, nein, jahrzehntelang hatte ich es unter Kontrolle. Essen war normal, ohne Gedanken, ohne Schuldgefühle. Seit du in mein Leben getreten warst, heilte diese Wunde unter dem Verband deiner Liebe.

Doch dein Unfall hat den Verband entfernt, die Wunde tief aufreißen lassen. Eitrig schreit sie mir entgegen.

Zahlen bringen Konstanz, Sicherheit. Erst ging es um Minuten beim täglichen Training, doch das schaffe ich längst nicht mehr. Nahrungsaufnahme und Schlafzeit sind derart reduziert, dass mir dazu einfach die Kraft fehlt. Schlaf verkommt mehr und mehr zu einem Stand-by-Modus, der nur kurzfristig Erholung bringt. Dafür muss ich mich vor Sekundenschlaf hüten. Unerwartet überrumpelt er mich, wenn die Koffeindosis nicht stimmt. Nur in den Abendstunden, wenn ich ihn herbeisehne, lässt er sich nicht blicken.

Der Antrieb ist schlichtweg verloren gegangen. Die Struktur, die mit dir kam, war mit deinem Unfall verschwunden. Der kalte Entzug von dir zermürbte mich. Anfangs stellte ich mir vor, du kämst augenblicklich zur Tür herein, deine Wärme würde mich umfangen, tragen. Krampfhaft versuchte ich, die Struktur zu behalten, und scheiterte.

Eine der Kolleginnen lacht. Irgendwer raschelt mit Folie und isst geräuschvoll in sein Headset. Ekel durchflutet mich. Ich bin froh über das Homeoffice. Das erspart mir Gemunkel und Getuschel über schlecht sitzende Kleidung. Erst wird alles langsam zu eng, dann zu weit. Ein Spießrutenlauf. Als ich dem Meeting wieder gedanklich folge, ist es fast beendet. Der Chef erläutert kurz die Wochenplanung, den Rest gibt's per Mail. Endlich, nach zwei Stunden, zu Ende. Die Anspannung fällt von mir ab und mein Kopf und Körper sind unglaublich schwer, alles fordert eine Portion Schlaf.

Mit heißem Tee setze ich mich, in eine Decke gewickelt, aufs Sofa. Dein Geruch haftet noch daran. Eine Welle von Bildern durchflutet mein Gehirn, während ich in die Leere starre. Meine Augen verlieren Tränen. Aufgelöst putze ich mir die laufende Nase. Auch nach so vielen Wochen ist es nicht besser. Die Trauer füllt mir den Magen. Ich lehne meinen Kopf zurück und betrachte die Decke. Unzählige Male habe ich das bereits getan. Gemeinsam haben wir an der Raufasertapete nach Sternbildern gesucht und nach Fantasiewesen. Haben die Punkte in Gedanken verbunden, Bilder gemalt, Galaxien erschaffen. Über die Suche nach weiteren Bildern fallen meine Augen zu.

Als ich erwache, steht die Sonne bereits zwischen den Nachbarhäusern und strahlt mich an. Klappern im Treppenhaus. Es klopft an der Tür. Na toll. Die Uhr verrät mir, dass ich eine Stunde weg war. Wer immer draußen steht, ist nicht angemeldet und willkommen.

Mit einem »Moment« streiche ich meine Haare zurück und befestige sie mit einem Zopfgummi unordentlich am Hinterkopf. Ein kurzer Check im Spiegel: Ich sehe fertig aus. Egal.

Ein Blick durch den Spion bringt mich nicht weiter, ich kenne die dunkelhaarige Frau vor der Tür nicht. Ich zögere. Sie hat ein offizielles Auftreten, trägt eine dicke, lederne Aktentasche. Möglicherweise ist es ja wichtig. Ich hadere und öffne dann beherzt die Tür, merke, wie meine Haut sich spannt, während ich lächle.

»Hallo, mein Name ist Scherenschmitt. Ich komme, um im Auftrag des Amtsgerichts den Nachlass ihres verstorbenen Ehemannes für die Gläubiger zu dokumentieren. Ihnen ist bekannt, dass er Schulden hatte?« Dabei hält sie mir einen

Ausweis und einen Beschluss unter die Nase. Die hohe Summe, die fettgedruckt mittig auf dem Papier steht, ist wie ein Faustschlag in die Magengrube. Sofort wird mein Körper von Adrenalin durchflutet. Meine Hände zittern unkontrolliert, aber mit vor der Brust verschränkten Armen fällt es kaum auf. Innerlich verfluche ich mich, sacke zusammen, schreie. Doch nach außen nicke ich nur freundlich lächelnd, beiße mir auf die Zunge, während ich sie mit einer knappen Kopfdrehung hereinbitte.

»Ich müsste zunächst noch ein paar Daten ins Protokoll aufnehmen. Darf ich mich setzen?«

»Ja. Möchten Sie etwas zu trinken?« Meine Stimme klingt spröde, mein Mund ist trockener als die Sahara.

Sie nickt. »Danke. Ein Tee wäre nett, egal welche Sorte. Hätten Sie Ihren Ausweis da, dann übernehme ich schon mal die Daten.«

Ich befülle den Wasserkocher in der Küche und lasse ihn angeschaltet, während ich aus meiner Jacke meinen Perso hole.

Geräuschvoll lege ich ihn auf den Tisch und flüchte abermals in die Küche. Auf den Schrank gestützt atme ich mehrmals tief durch. Mist, Mist, Mist. Meine Hände ballen sich zu Fäusten. Einige Sekunden lang bin ich starr vor Anspannung. Mein hämmerndes Herz klopft in meinen Ohren. Die Achterbahnfahrt meines Blutdrucks macht den Nährstoffmangel unmissverständlich klar. Doch auch jetzt blockt die Angst vor der hohen Kalorienzahl jeden Gedanken an Essen, während ich die Tassen vorbereite. Ekel erfüllt mich: vor mir selbst, vor dem Gefühl in meinem Mund, vor meinen Gedanken, vor dem Leben, vor der Gerichtsfrau.

›Kontrolle behalten!‹, ermahne ich mich. Eine Tasse kalter Kaffee stürzt meine Kehle hinunter, ich schließe kurz die Augen und zwinge mich zur Ruhe. Der Wasserkocher schaltet mit einem lauten Klicken ab. Kekse, zu denen augenblicklich der Kalorienwert in Gedanken aufploppt, Zucker und die beiden Tassen landen auf einem Tablett. Klirrend stelle ich es auf den Tisch und verschränke erneut die Arme, um mein Zittern zu verstecken.

Dankend zieht sie eine Tasse zu sich und häuft drei Löffel Zucker hinein. Bedächtig rührt sie um. Schon bei der Vorstellung des Geschmacks wird mir schwindelig.

»Sie hatten Gütertrennung oder Gütergemeinschaft? Gibt's einen Ehevertrag?« Vorsichtig nippt sie an der Tasse.

Ich schüttle den Kopf: »Nein, Gütergemeinschaft.«

»Sie wohnen allein?«

»Ja, unser Sohn ist bereits ausgezogen, macht weiter weg eine Ausbildung.«
»Gut, dann gehen wir gleich einmal gemeinsam durch die Wohnung. Ich muss alles ins Protokoll nehmen, auch, wem es gehört. Sind noch Gegenstände Ihres Sohnes hier?«
»Ja, in einigen Kartons in seinem alten Zimmer.« Nebel drängt sich zwischen meine Gedanken und macht sie unklar.
»Die nehme ich auch mit auf und gebe Ihnen dann ein Formular, mit dem er sein Eigentum aus dem Vermögensregister streichen lassen kann. – Geht es Ihnen gut? Sie sind so blass.«
Ihre Stimme klingt dumpf in meinen Ohren, die Welt wird dunkler und schrumpft, bis sie nicht mehr da ist.

Als ich wieder erwache, bin ich in einem Zimmer mit gedämpftem Licht und pastellfarbenen Wänden. Augenblicklich kommt eine Krankenschwester an mein Bett: »Wie fühlen Sie sich?«
›Gar nicht‹, denke ich. In den letzten Wochen fühlte ich mich oft materielos. Doch jetzt ist es anders. Die Müdigkeit, diese tiefe, bleischwere Müdigkeit, sie erdrückt mich nicht mehr. Mein Blick schweift umher: Die Wolkenfetzen draußen bilden bizarre Bilder am blauen Himmel, den ich unvermittelt schön finde, ebenso wie den Vogelgesang, der durch das gekippte Fenster hereinkommt. Eine Träne läuft mir über die Wange, doch da ist noch mehr.

»Nicht erschrecken. Wir mussten Ihnen eine Magensonde legen. Es ging Ihnen wirklich schlecht. Draußen wartet Besuch. Nachher haben Sie Ihre erste Sitzung. Wenn irgendetwas ist, klingeln Sie, ich bin im Nebenzimmer.« Dabei ruht ihre angenehm warme Hand auf meinem verbundenen Arm und sie lächelt mich an. Die Sohlen ihrer Schuhe machen ein knarzendes Geräusch auf dem Boden, als sie geht.
Ich starre an die Decke. Zögerlich versuche ich, mich daran zu erinnern, was passiert ist. Die Frau vom Gericht, meine Erschöpfung, der Tee. Dann wurde alles schwarz.
Einerseits bin ich froh, dass der stumme Schrei seinen Weg nach draußen gefunden hat. Und doch macht mir diese neue Situation Angst. Verletzlich und schwach komme ich mir vor, doch gegen dieses Gefühl stellt sich Hoffnung.
Ein kurzes Klopfen, dann fliegt die Tür fast auf: »Mama!« Mit Tränen in den Augen nimmt mein Sohn mich in die Arme und dann liegen wir schluchzend da und spüren die Wärme des anderen.

Die surreale Symmetrie und das Kaleidoskop der Wahrnehmung
von Ronja Anna-Luzia Schmuck (@surreale_symmetrie)

Hey du, es ist wirklich schön, dass du meinen Brief an dich gefunden hast.
Ich weiß, es ist nicht leicht mit mir. Es ist nicht leicht, nachzuvollziehen, *was* mich manchmal bewegt und *wie* es mich bewegt.
Ich weiß, du denkst, ich sei einfach nur exzentrisch. Eine *Künstlerin,* die sich auf diesen doch eher fragwürdigen *Beruf* hin einbildet, sie könne tun und lassen, was sie will.
Aber hiermit möchte ich versuchen, dich endlich aufzuklären. Dir so nahe wie möglich zu bringen, was in mir vorgeht, wenn sich das *Kaleidoskop meiner eigenen Wahrnehmung* und die *surreale Symmetrie* wieder einmal seltsam äußern …

Zunächst stell dir vor, der Montag hat einen rostroten Anstrich auf Treibholz im Sand. Es ist ein trockener Farbton, der irgendwie nach Zimt duftet.
Der Dienstag, im Anschluss, hat etwas von einem Granny Smith – überzogen von einer glänzenden, knackigen Schale in frischer, hellgrüner Farbe, die so symmetrisch ist zu ihrem spritzig-sauren Geschmack.
Der Mittwoch ist wie ein tiefer, klarer See, so *vollkommen* blau. Ja, *voll*-kommen, ein *volles, rundes* Blau, *wie der Vollmond.* Ruhig und konzentriert. Edel und schön, aber ernst.
Stell dir den Donnerstag schokoladig vor. Aber nicht süß, eher bitter und *herb* – herb, ja, fast *herb*-stlich, aber das ganze Jahr über, nicht nur im Herbst – den du dir jetzt aber nicht *herb* vorstellen darfst.
Der Freitag ist schwarz, so wie jede Katze bei Nacht in einer einsamen, von dumpfem Laternenlicht erleuchteten Straße. Ein Tag wie eine Aufnahme in Monochrom. Erinnert an Vergessenes, Vergangenes und Verlorenes.
Den Samstag, ganz im Gegenteil, stell dir vor wie ein Licht. Weiß und rein, keine Ahnung warum, es gibt keinen Grund und keinen Vergleich. Ich bitte dich nur, stell es dir einfach vor.
Der Sonntag sieht aus wie eine Sonnenblume im Sommer, im letzten Strahl der Sonne, bevor sie untergeht. Wie der Sonntag zur Sonne kommt, ist bestimmt nicht schwer nachvollziehbar.
Dabei kann so vieles *Sonne* sein.
Stell dir vor, ein einziger Klang lässt die Sonne in deinem Kopf aufgehen. Stell dir vor, es gibt Töne, die wie ein goldener Regen aus Sonnenschein vor deinen geschlossenen Augen niedergehen. Und dieser goldene Regen lässt es warm

auf deiner Haut prickeln, weil du es nicht nur in deinem Kopf siehst, sondern auch irgendwie spürst und auch wieder nicht direkt, sondern eher *darin*.

Stell dir vor, die Musik, die du siehst, schafft es, dein Herz zum Rasen zu bringen, dich völlig zu überwältigen. Sie kann deine Atmung beeinträchtigen und sie fällt dir plötzlich schwer oder du brauchst auf einmal so viel mehr Luft, als deine Lungen fassen können.

Musik kann dich gedanklich und emotional in völlig andere Welten entführen, dich sogar in einen anderen Menschen verwandeln. Es sind nicht nur die Worte in so manchem Lied, die dich im Inneren berühren. Es sind die Klänge und ihre Farben, die dich überschwemmen und die Emotionen, die in jeder Farbe jedes Klangs stecken. Stell dir vor, du fühlst diese Emotionen, weil du sie in deinem Kopf so deutlich visualisieren kannst.

Fragst du dich dann, ob es nicht vielleicht auch andersherum ist? Vielleicht siehst du es nur so klar, weil du es so deutlich spürst.

Nun hörst du ein Lied und die Klänge und Töne und auch den Gesang (begreifst noch nicht einmal unbedingt den Text, weil du gar nicht wirklich darauf achtest) und das erzeugt diese Farben und damit auch Gefühle – Gefühle, die von irgendwelchen unkontrollierbaren Botenstoffen durch dein Gehirn und in all deine Zellen geschickt werden. Kannst du unterscheiden, ob ein Gefühl dein *eigenes* ist oder eines, das du übernommen, nein, sagen wir, *aufgesogen* hast? Stell dir vor, du kannst es nicht.

Stell dir vor, du musst erst *erwachsen* werden – wenn wir es so nennen möchten, denn seien wir mal ehrlich, wer wird das jemals? – und irgendwie durch Zufall herausfinden, dass du ein:e hochsensible:r Synästhetiker:in bist, um zu verstehen, was dich von denen unterscheidet, die dich immer nur für überempfindlich und/oder verrückt erklärt haben, weil deine Gedanken ihnen so *surreal* erscheinen.

Während diese ganzen Verbindungen in deinem Kopf und die Gefühle, die du hast, für dich ganz real, vollkommen natürlich und *symmetrisch* sind …

So wie sich *alle Gedanken,* in *jedermanns Kopf,* ganz real, vollkommen natürlich und symmetrisch anfühlen.

Denn – während du dir das mal so vorstellst – kannst du sagen, dass es nicht real ist, wenn du genau fühlst, was diese Frau in diesem Film fühlt, wenn sie ihr sterbendes Kind in den Armen hält? Vorausgesetzt, die Gefühle werden von der Schauspielerin glaubhaft umgesetzt.

Würdest du sagen, es ist nicht real, wenn die erste Antwort, die dir auf die Frage nach deinem liebsten Musikgenre einfällt, lautet: Rot, Blau und Violett? Wenn es eben *genau das* ist, was deine *Ohren sehen,* während deine Lieblingsmusik spielt.

Oder würdest du sagen, es ist nicht real, wenn ein Lied tatsächlich aus dem Nichts Wut und Aggressionen in dir auslöst? Wie fühlst du dich dann, wenn man dir vorwirft, den Musikgeschmack anderer nicht zu respektieren? Dabei ist es dir egal, was die anderen mögen und es geht nicht darum, dass du *nicht magst*, was sie mögen. Es geht darum, dass die Auswirkungen der *Synästhesie* und der *Empathie* bei Musik aufeinandertreffen, miteinander verschmelzen und das, was sowieso schon vervielfältigt ist, *nochmals verdoppelt* wird. Sodass die Gefühle, die die Musik in dir verursacht, UNERTRÄGLICH sein können.

Musik kann dich die Kontrolle über dich selbst verlieren lassen. Stell dir vor, die Musik schafft es sogar, deine Persönlichkeit und somit dein Handeln zu beeinflussen und es wird dir erst viel später klar.

So wie dir klar wird, dass du unbeabsichtigt zu jemandem wurdest, den du selbst nicht leiden kannst.

Würde dich das beschäftigen? Würde es dich wachhalten, weil du dich, ohne Kontrolle über dich selbst, grauenhaft verhalten hast und keine andere Entschuldigung dafür aufbringen kannst als *deine »Macke«?*

Stell dir vor, du bist in einem Raum voller fremder Menschen und all ihre Gefühle prasseln auf dich ein, dazu vielleicht noch *unerträgliche* Musik.

Es ist nicht so, als könntest du alles einzeln deuten oder zuordnen, nein, *alles* vermischt sich und wird zu einem Kloß in deiner Magengrube. Zu schwitzigen Händen und *dröhnender, allgegenwärtiger Lautstärke.*

Es wird, wenn du dich zu sehr darauf fokussierst, zu grellen Blitzen, die zwar nicht die Sicht deiner Augen blenden, aber dafür deine eigenen Gedanken überbelichten. Das bringt deine *eigenen* Gefühle aus dem Gleichgewicht, und je nach *deiner eigenen* Verfassung und Umgebung wird das zu Angst, Verzweiflung oder Wut.

Würdest du diese Gefühle dann nicht als real empfinden?

Stell dir vor, die Welt ist für dich lauter und bunter, als sie jedem anderen erscheint. Stell dir jeden einzelnen Tag vor, vervielfältigt durch das *Kaleidoskop deiner eigenen Wahrnehmung.*

Stell dir vor, der kaltgewordene Kaffee schmeckt auf einmal nicht mehr nach Kaffee, weil er dich so sehr an den Geruch eines Aschenbechers erinnert.

Stell dir vor, der Juli ist für dich die stürmische Szene eines Unwetters, mit Sicht trübendem Regen und sich im Wind wiegenden Bäumen. Wohingegen der Oktober goldener Sonnenschein ist und halbnackte Baumkronen, die gegen dieses goldene Licht in Schwärze versinken.

Stell dir vor, das, was du mit so manchen Dingen verbindest, verbindet niemand sonst miteinander.

Stell dir vor, Namen, Zahlen, Buchstaben, Wörter und Wochentage haben Farben. Monate sogar teilweise klare Bilder.

Stell dir vor, Musik visualisiert sich in deinem Kopf zu buntem Dampf, Nebel, Rauch und Lichtern; zu Glitzern, Flackern und Flimmern.

Stell dir vor, alles, was du mit deinen Sinnen wahrnimmst, weckt Gefühle: nicht *deine eigen-t-lichen*, sondern von außen ins Innere gesaugt. Und dennoch so deutlich und so vertraut, so *echt*.

Und wenn es sich so echt anfühlt, wie unterscheidet man denn jetzt *eigentliche* und *nicht eigentliche* – also *von außen aufgenommene* – Empfindungen? Wie unterscheidet man, ob etwas *synästhetisch* oder *logisch* ist?

Und wer kann dir das sagen?

Niemand.

Du kannst nur selbst lernen, zu unterscheiden.

Das ist möglich, aber nicht einfach.

Und auch wenn du weißt, die Gefühle in dir sind nicht *deine eigenen*, lassen sie sich nicht unterdrücken oder kontrollieren.

Und auch wenn du weißt, niemand sonst denkt, das Wort *Liebe* fühlt sich im Mund an wie Zuckerwatte: Für *dich* ist es so und so wird es *immer* sein.

Du kannst es nur wissen oder nicht wissen. Aber du fühlst es, so oder so. Du stellst die Verbindung her, so oder so.

Wenn ein Mensch in deiner Nähe ein Gefühl in sich trägt, es jedoch nicht zeigt, fühlst du dennoch mit und fragst dich, *wo kommt dieses plötzliche Gefühl her?* Es löst Unbehagen aus und einen Drang, sich zu bewegen. *fort*zubewegen.

Stell dir eine solche Situation in einem vollen Zug vor – oder einem Fahrstuhl. Es ist, als würde im Hochsommer bei vierzig Grad Raumtemperatur jemand, der seit 'ner Woche nicht geduscht hat, neben dir stehen.

Nur dass es keinen Gestank braucht, um dir dein Inneres umzukehren – sondern die *Gefühle,* die jeder Mensch unbewusst ausstrahlt – wofür kein Mensch etwas kann.

Du kannst aber auch nichts dafür, dass die Emotionen anderer Menschen Einfluss auf dich und deine Stimmung haben. *Jedes Gefühl hat seine Berechtigung.*

Das mit deiner Stimmung funktioniert aber auch andersherum, denn du kannst auch mit extrem schlechter Laune in eine gut gelaunte Gruppe kommen, die deinen *Emotionsschalter* kippt.

Menschen eine Freude zu bereiten ist nicht nur heilsam für dich, sondern macht süchtig. Denn du bist in der Lage, die Freude anderer (sogar fremder) Menschen in dich aufzunehmen.

Besonders die Freude geliebter Menschen geht direkt in dein Herz, lässt es höher und heller schlagen, breitet sich in deiner Brust aus und wird zu einem warmen, weißen Licht, das sich ausbreitet wie Tinte im Wasser.

Stell dir vor, du *siehst,* wie sich zwei Menschen küssen und empfindest die Liebe und Zuneigung, die sie füreinander empfinden.

Denn es ist auch so, dass sich diese *nicht eigentlichen* Gefühle sehr extrem anfühlen, weil du ja *eigentlich* gar keinen Bezug zu diesen Gefühlen hast und sie für dich aus dem Nichts kommen.

Allerdings strahlt nicht jeder Mensch gleichermaßen seine Gefühle aus.

Dir begegnen auch Menschen, die scheinbar nichts ausstrahlen und diese Menschen beunruhigen dich oft, wenn sie auch in ihrer Mimik/Gestik/Haltung nicht offenbaren, wie sie zu dir stehen. Menschen, die du nicht lesen kannst, bringen dich dazu, eine Maske aufzusetzen und dich neutral, höflich und unauffällig zu verhalten. Dein wahres Ich zu verbergen. Genau wie Menschen, bei denen du fühlst, dass sie dich nicht so akzeptieren, wie du bist, und auch bei Menschen, die selbst (bewusst) eine Maske aufgelegt haben. Die du nicht unbedingt durchschauen kannst, aber du weißt, dass sie da ist.

Generell ist es manchmal schwierig, du selbst zu bleiben. Du passt dich deinem emotionalen Umfeld an und musst erst lernen, damit umzugehen. Musst streng mit dir selbst sein, damit du du selbst bleibst.

Aber im Endeffekt ist *das* der einzige Weg, die *surreale Symmetrie* und das *Kaleidoskop der eigenen Wahrnehmung* zu ertragen, ohne sich zu verlieren.

Du musst dich selbst finden und festhalten. Dich mit Menschen umgeben, die verstehen, wer du bist oder es zumindest respektieren. Diejenigen hinter dir lassen, die es gar nicht verstehen ...

Aber du kannst auch nicht einfach allein bleiben, selbst wenn sich das manchmal am sichersten anfühlt. Nur so kannst du lernen. Kannst du dir vorstellen, wie schwierig das ist? In einer Welt, in der man scheinbar ohnehin den wenigsten Menschen vertrauen kann ...

Und das ist nicht alles. Stell dir vor, du musst einen individuellen Weg finden, diese Dinge zu verarbeiten, die dich so lange ausfüllen, bis dein Kopf verstopft ist. Du hörst nämlich nicht auf, Dinge aufzunehmen, nur weil das Fass schon überläuft.

Nun stell dir vor, dieser Weg, den du endlich für dich findest, wird von deinem Umfeld ständig kritisiert.

Aber wenn du dein Leben lang damit beschäftigt bist, die fremden Gefühle oder die Verknüpfungen in deinem Kopf zu unterdrücken, dann blockieren diese Dinge dein eigenes Ich.

Du verlierst dich selbst, und etwas, das deine Stärke sein könnte, richtet sich erst gegen dich und dann richtet es dich zugrunde.

Deshalb musst du all die Gefühle und Bilder und Farben *fassen.* All das *greifen,* was in deinem Kopf für andere nicht greifbar ist und damit arbeiten, um einen *Fluss* zu erschaffen.

Einen Fluss mit einer angenehmen Strömung, auf der du dich einfach treiben lassen kannst.

Auf dem es vielleicht auch mal Hochwasser gibt. Eventuell die ein oder andere Überschwemmung ...

Aber solange das Umfeld um diesen Fluss herum *wasserfest* ist, ist das kein Problem.

Deshalb bitte ich dich, lass dich nicht nass machen von meinem Fluss.

Ich hoffe jedenfalls, dass dich dieser Brief ein wenig *imprägniert* hat.

Danke für deine Zeit.

Seitdem
von Lena Franke (@lena_schreibt_)

»Komm, ich zeig dir was.«
Das hatte sie damals auch gesagt. Jedoch ohne dabei meine Hand zu nehmen. Es war das Handgelenk gewesen, der Griff fester.
Tom zog mich sanft in unser Schlafzimmer, setzte sich auf unser Doppelbett und zeigte auf seinen Schoß. Langsam nahm ich Platz, mit klopfendem Herzen.
»Dan? Geht's dir gut?«
Ich nickte. Das tat ich immer. Es zu erklären, machte es nicht besser. Und doch hatte ich es ein paar Wochen zuvor getan. Aus Not. Ich hatte es nicht mehr in mir halten, hatte es nicht mehr hineinfressen können. Täglich wurde die Angst davor größer, dass sich alles wiederholen könnte. Die Angst davor, mich jemals wieder so fühlen zu müssen.
Tom war der einzige, dem ich vertraute. Er zwang mich nicht dazu, das Haus zu verlassen und unter Menschen zu gehen. Auch nicht, zu essen, wenn er sah, dass ich nicht mehr konnte. Und das kam oft vor. Mein Hals war seitdem wie zugeschnürt und immerzu lag ein gewisser Druck auf meinem Magen. Ich hatte gehofft, diesen imaginären Strick etwas lösen zu können, indem ich Tom meine Erinnerung schilderte. Doch es hatte nichts geholfen. Und nun wollte er mir etwas zeigen. Auf dem Bett. Ich hatte zwar wenige Minuten zuvor mein Einverständnis gegeben und ihm versprochen, dass ich ihm vertraute, und doch legte sich ein ängstliches Kribbeln in meine Magengrube. Ich wusste, er würde nichts Schlimmes tun. Doch ich wusste auch, er könnte. Theoretisch.
»Gibst du mir einen Kuss?«, fragte Tom lächelnd und musterte dabei meine Augen. Er sagte oft, dass er es liebte, in meine Augen zu sehen, weil sie so schwarz waren und meine Wimpern so lang. Doch seitdem konnte ich keine Blicke mehr halten. Ich sah immer weg, aus Angst, man könnte mir meinen Schmerz ansehen. Könnte mir ansehen, dass ich nicht länger ein richtiger Mann war.
So war es auch diesmal. Ich senkte den Blick und küsste Tom zaghaft auf seine weichen Lippen. Auf der Unterlippe hatte er feine Fältchen – eines der Details an ihm, in welche ich mich verliebt hatte. Wir schlossen im gleichen Moment die Augen und begannen, uns mit Zunge zu küssen. Mein aus Angst entstandenes Herzklopfen wurde von Freude abgelöst. Tom zu küssen war wie ein Feuerwerk zu sehen – nein, zu fühlen. Wie ein Urlaub auf einer einsamen, unbeobachteten Insel im warmen Sand auf einem weichen Handtuch im Halbschatten. Einfach himmlisch.

Ich vernahm meinen eigenen Atem etwas zittrig, dann Toms tiefe Atemzüge. Hin und wieder entstanden in unseren Mündern Geräusche. Er regte meine Speichelproduktion an, gleichzeitig wurde mein Hals trocken.

Behutsam zog Tom den Saum meines Pullovers über meinen Bauch nach oben und erinnerte mich mit einem Lächeln daran, dass ich ihm behilflich sein könnte.

Ich sah ihn kurz an und wandte dann schnell den Blick ab, nahm dabei die Arme nach oben. Der Moment, in dem die kühle Raumluft auf meine Haut traf, war der Moment, der mich zurückwarf. Es war dunkler gewesen. Die Luft etwas feuchter. Und den beißenden Geruch von Desinfektionsmittel hatte ich bis heute nicht einen einzigen Tag aus der Nase bekommen. In manchen Momenten hatte ich urplötzlich wieder alles vor mir. Das gesamte Erlebnis. Ich sah und spürte alles erneut. Und jede einzelne Nacht reiste ich unfreiwillig in der Zeit zurück, so intensiv, dass ich mich nach jedem Erwachen zunächst fragen musste, wo ich mich gerade befand und welchen Tag wir hatten. Seit Tom etwas wusste, beantwortete er mir manchmal diese Fragen.

»Ist dir kalt, Schatz?«, fragte Tom leise und strich dabei sanft über die Gänsehaut an meinen Oberarmen. Bevor ich den Kopf schütteln konnte, nahm er die Bettdecke und legte sie um meine Schultern. »Wir machen das zusammen. Langsam, okay? Ich weiß, dass wir das können. Und du kannst immer ›Stopp‹ sagen.«

Ich schluckte. Nein, das hatte ich nicht gekonnt. Es war zu schnell gegangen, damals. Die gesamte Zeit hatten ›Stopp‹ und ›Hilfe‹ auf meiner Zungenspitze gelegen, doch meine Lippen waren versiegelt gewesen. Und sie waren es geblieben. Nur Tom wusste etwas, seit einigen Wochen. Mit ihm war ich bereits davor zusammen gewesen. Nach diesem Tag hatte sich alles verändert. Es hatte mir das Herz gebrochen, zu sehen, dass Tom es merkte. Dass er meine Albträume beobachtete und meine schlagartigen Anfälle von Selbstmitleid ihn verwirrten. Er hatte immer wieder gefragt, doch es war nicht aus mir herausgekommen. Keine Formulierung auf dieser Welt hatte beschreiben können, was ich tief in mein Innerstes gesperrt hatte. Und nun hatte ich ihm gebeichtet, dass ich mir nichts mehr zutraute. Daraufhin hatte er mir zeigen wollen, dass Liebe stärker ist als Angst.

War das der Grund? Dass ich eine Schwuchtel bin? War es das weit ausgeschnittene Shirt? Täglich stellte ich mir seitdem diese Fragen. Täglich hegte ich den Wunsch, die Zeit zurückzudrehen. Brav zuhause bleiben zu können. Mich dagegen entscheiden zu können, auf diese Party zu gehen. Meine Eltern hatten sich damals dagegen entschieden. Nach einem heftigen Streit hatten sie mir verboten, Tom zu treffen. Ich war in jener Nacht aus dem Fenster geklettert und hatte ihn auf diese Party begleitet – in meinem neuen Oberteil mit dem weiten Ausschnitt, welches er mir extra mitgebracht hatte. Ich hatte mich gut gefühlt. Begehrt, geliebt, schön.

Dann war es passiert.

Und seitdem … war alles anders.

Wieder begann Tom, mich zu küssen. Er umarmte mich mitsamt der Decke. ›Ja, ich will!‹ und ›Nein, hör auf!‹ stritten sich so lauthals in meinem Kopf, dass ich unsere Kussgeräusche und seinen genüsslichen Atem nicht mehr wahrnehmen konnte. Sanft schob er mich von seinem Schoß, um mich anschließend langsam auf den Rücken zu legen. Ich spürte das Pochen meines Herzens bis in die Fingerspitzen hinein, als drohten diese zu platzen.

Ich sah sie über mir. Ihr Lächeln. Das Funkeln ihrer Augen. Dann ihre Hand, wie sie ausholte, weil ich den Blick abgewandt hatte. ›Sieh mich gefälligst an!‹ Das Bild ihrer Lippen, jeder einzelnen Pore und jedes kleinsten Haares hatte sich in meinen Kopf eingebrannt, als müsste ich nur nach vorn fassen, um sie zu berühren. Sie war da. Immer. Und ich roch sie, roch das Desinfektionsmittel auf ihren Händen. Spürte, wie sie mich damit berührte. Immer wieder. Und ich hatte keinen Mucks gesagt, damals. Ich hatte nicht gekonnt.

»Shh, Dan.« Toms Stimme tauchte in meiner Nähe auf, dann ein Daumen an meiner Wange.

Ich zuckte. Es war sein Daumen. Hastig atmete ich, während er mir die Tränen sorgfältig von der Haut strich.

»Dan, es war zu früh. Entschuldige bitte! Ich wollte das nicht, hörst du?«

»Es tut mir leid, ich …«, stammelte ich, noch immer abgelenkt von meinen eigenen, lauten Gedanken. Mir war klar, wo ich mich befand. Bei Tom, in unserem Bett, in unserer Wohnung. Doch Teile von mir fühlten sich woanders. In ihrem Keller, in ihren Händen.

Toms warme Finger rochen nach Lavendel. Meinem Lieblingsgeruch. Er half mir damit zurück in meinem Pullover und legte mich dann wieder ab, deckte mich sanft zu.

»Es geht gleich, ich … ich versprech's!« Schon der Gedanke daran ließ weitere Tränen aus meinen Augen laufen.

»Nein, Dan. Ich möchte nicht, dass du dich zu etwas zwingst. Wir warten einfach noch.«

»Nein, ich …!« Panisch versuchte ich, Worte dafür zu finden. Ich hatte bereits zu lange gewartet. Wenn er mich nicht mehr berühren konnte, dann konnte es keiner! Ich war verloren! So verloren, wie ich mich seitdem tagtäglich und zu jedem Augenblick fühlte. Mit dem dringenden Bedürfnis nach Rettung und der diesem Bedürfnis gegenüberstehenden Angst vor meiner Mithilfe dabei. Ich konnte nicht darüber sprechen. Ich konnte mich nicht langsam mit einem Therapeuten herantasten. Ich wollte nicht daran denken, ich wollte am liebsten einfach verschwinden. Leise schluchzte ich.

»Hey, komm mal her. Ich zeig dir was anderes! Das wird dir sicher gefallen!«

Ich hoffte, es fiel Tom nicht auf, welche Schwierigkeiten ich hatte, mich zu bewegen. Seitdem konnte ich mich nicht mehr erschrecken, ohne mich danach wie gelähmt zu fühlen. Tom half mir, wie immer. Er zog mich sanft zu sich und lehnte sich an das Kopfende unseres Bettes, holte mich an seine Brust. Meine liebste Position. Hier konnte sich mein Gesicht verkriechen, ich konnte seinen Herzschlag hören und wenn ich so tief an ihm lag, dann waren seine Arme nicht lang genug, die falschen Stellen meines Körpers zu berühren.

»Ich bin froh, dass du ehrlich zu mir warst, okay?«

Ich nickte.

»Ich will, dass du das weißt, Dan. Danke für dein Vertrauen! Zusammen schaffen wir das! Du musst dich nicht beeilen. Hör bitte auf, so zu denken. Ich liebe dich doch! Und ich liebe dich nicht nur wegen dem, was wir im Bett machen, hörst du?«

Ich nickte wieder.

»Wir machen das Schritt für Schritt. Ich würde nie etwas tun, das du nicht möchtest. Darf ich dich was fragen?«

Noch einmal nickte ich.

»Fällt es dir schwer, ›Stopp‹ zu sagen?«

Diesmal zögerte ich, bevor ich erneut nickte.

»An welcher Stelle hättest du gern ›Stopp‹ gesagt?«

Wieder zögerte ich. Meine Angst, ihn zu beleidigen, war unendlich groß. Ich wusste genau, dass er sich Mühe gab. Es war meine Schuld. Und nun erschwerte ich ihm damit das Leben. Es schränkte ihn ein, auf mich achten zu müssen. Er konnte nichts mehr tun, das von Lust getrieben war. Es ging nichts mehr. Seitdem. Liebevoll streichelte er meinen Rücken und wartete auf meine Antwort.

»Ausziehen«, flüsterte ich und musste im selben Moment weinen, weil ich mich so schämte.

»Weißt du was? « Tom verlor seine Ruhe nicht. Zärtlich strich er jeden Tropfen aus meinem Gesicht und mit jeder Sekunde, die wir gemeinsam dort lagen, sammelte sich etwas mehr Wärme unter der Bettdecke. »Ab jetzt küssen wir uns nur noch. Und dann machst du den ersten Schritt, wenn du möchtest. Und wenn das in zwei Jahren ist! Es ist mir egal. Denn ich liebe dich. Und Liebe ist stärker als das, was du mir vor Kurzem erzählt hast.«

Einige Zeit war die Situation wie angehalten. Dann drehte ich vorsichtig den Kopf und traf mit meinen feuchten Augen seinen warmen Blick. Es war das erste Mal, dass ich den Blick nicht abwandte, seitdem.

Die Kriegerin
von Stefanie Hempen (@aus_Federkiel_und_Tintenfass)

Mit schnellen Schritten spurtete Svenja die Treppe hoch, die grau lackierten Holzstufen des Altbaus knarzten wehleidig unter ihrem Gewicht. Das Blut rauschte in ihren Ohren, als sie endlich im dritten Stock ankam und ihre Wohnungstür mit zitternden Fingern öffnete. Ihr Puls raste und ihr Atem ging stoßweise, als sie eintrat und sich für einen Moment an die kühle Wand lehnte. Achtlos ließ sie ihre Tasche auf den Boden sinken und schloss erschöpft die Augen.

Nachdem sich ihr Puls beruhigt und sie den Trubel der Außenwelt hinter sich gelassen hatte, atmete sie ein paar Mal tief durch. Jeder Tag bedeutete harte Arbeit für sie, glich einem Kampf. Doch manche Tage waren schwerer zu ertragen, waren so viel herausfordernder als andere.
Heute war so ein Tag.

Sie ging ins Bad, stützte sich auf das Waschbecken, starrte in den Spiegel und fixierte die Frau, die ihr mit einer tiefen Sorgenfalte auf der Stirn und angestrengter Miene Hilfe suchend entgegenblickte.

Blaue Augen, rosige Wangen, geschwungene Lippen. Eigentlich war sie recht hübsch, wenn man einmal von ihrem Gesichtsausdruck absah, der ihre desolate Verfassung verriet, und dem Rest von ihr, den sie meist zu ignorieren versuchte. Dieser Rest, der sich nun wie ein heranrasender Zug in ihr Sichtfeld katapultierte und ihre Aufmerksamkeit zu erzwingen versuchte.
Sie musste sich abwenden, konnte ihrem eigenen Anblick nicht mehr länger standhalten.

Sie ballte die Hände zu Fäusten und versuchte, den immer heftiger werdenden emotionalen Sturm in ihrem Inneren zu bändigen. Versuchte, sich gegen die erdrückende Leere zu wehren, die ihren Brustkorb mit brachialer Gewalt zu zermalmen schien, unaufhaltsam, und ihr die Luft zum Atmen raubte.
Sie biss sich auf die Lippen. Rammte ihre Zähne so tief in das weiche Fleisch, bis sie endlich Blut schmeckte und der Druck auf ihrer Brust langsam nachließ.
Sie senkte die Lider, kleine Tränen suchten sich augenblicklich einen Weg durch ihre dichten Wimpern, rannen lautlos hinab und machten sich erst bemerkbar, als sie mit einem leisen *Plopp* auf den Rand des weißen Keramikbeckens tropften.

Svenjas Tag hatte so schön begonnen. Sie hatte sich mit ihren neuen Freundinnen zum Brunch in der Stadt verabredet. Sie hatte Rike, Luisa und Maja vor einigen Monaten über die Arbeit kennengelernt und nach kurzer Zeit war aus einer flüchtigen Bekanntschaft eine noch frische Freundschaft geworden, die mit jedem Tag, den die vier zusammen verbrachten, intensiver wurde. Svenja genoss diese gemeinsame Zeit in vollen Zügen. Für gewöhnlich war sie an den freien Tagen allein gewesen, doch seitdem sie ihre neuen Freundinnen gefunden hatte, war immer etwas los und es gab kaum ein Wochenende, an dem sie sich nicht mindestens einmal trafen.

So auch heute.

Die vier hatten sich am Bahnhof verabredet und waren gemeinsam zum Café gegangen. Sie genossen den Trubel, beobachteten die anderen Gäste und sparten keine der angebotenen Speisen des Buffets aus. Sie redeten über die Arbeit, ihre Kollegen und den neuesten Bürotratsch, lachten gemeinsam und spekulierten darüber, ob Rike es schaffen würde, den neuen, attraktiven Kollegen für sich zu gewinnen. Svenja redete Rike gut zu und sie schmiedeten Pläne, wie sie ihre Freundin verkuppeln konnten.

Plötzlich unterbrach Luisa die Unterhaltung mit einem eindringlichen »Pssst« und zeigte zum Buffet, wo eine junge, blond gelockte Frau mit einem leeren Teller in der Hand wartete, bis sie an der Reihe war. Ihr Blick huschte hektisch über die Speisen und Svenja war sich sicher, ein leichtes Beben der Oberlippe zu erkennen, als kämpfe die Frau mit den Tränen. Sie war sehr blass und trug ein weites Kleid, das ihr bis zu den Knöcheln reichte und ihr mindestens zwei Nummern zu groß zu sein schien.

»Schaut mal, die Blonde da am Buffet.« Luisa kicherte und gab sich keine große Mühe, ihre Lautstärke zu mindern. »Die ist doch bestimmt voll magersüchtig, so wie die aussieht! Was will die bitte beim Buffet? Für eine halbe Tomate ist das doch viel zu teuer! Da könnte sie viel besser im Müll wühlen und sich einen angefressenen Apfel klauen, mehr bekommt die Bohnenstange doch sowieso nicht runter.« Auffordernd blickte Luisa in die Runde, um ihre Freundinnen dazu zu bringen, in die Lästerei mit einzusteigen.

Alle lachten. Alle, bis auf Svenja.

Fassungslos über diese geschmacklose Äußerung schüttelte sie den Kopf und senkte beschämt den Blick. Wie konnte es sein, dass das alle so lustig fanden? Hatte sie sich in ihren Freundinnen derart getäuscht?

»Hört auf, darüber lacht man nicht!«, sagte sie verärgert, doch erntete bloß verständnislose Blicke.

»Was ist denn mit dir los? Wieso bist du plötzlich so verklemmt?«
Svenja wurde augenblicklich rot. Von Maja als verklemmt bezeichnet zu werden, versetzte ihr einen Stich und war ihr schrecklich unangenehm. Eigentlich wollte sie auch keine Antwort auf diese Frage geben, doch die Blicke der drei Frauen durchbohrten sie, wie ein verheerender Angriff Hunderter Bogenschützen. Nervös knetete sie ihre Finger und suchte nach einer passenden Antwort, fand am Ende aber keine andere Lösung, als die Wahrheit zu sagen.
»Ich weiß, wie sich das anfühlt, und es ist ganz sicher nicht schön und erst recht nichts, worüber man lachen sollte«, wisperte sie, während quälende Erinnerungsfetzen wie zufällig zusammengewürfelte Filmsequenzen vor ihrem inneren Auge auftauchten.

Sie, wie sie eine Scheibe Schwarzbrot mit Frischkäse in zwölf kleine Stücke schneidet, um sie sich sorgsam für den Tag einzuteilen.
Sie, wie sie über der Toilettenschüssel hängt, um den Burger wieder loszuwerden, dessen Duft einfach zu verlockend gewesen war.
Sie, wie sie mit hasserfülltem Gesicht vor dem bodentiefen Spiegel steht und sich selbst als hässliches und fettes Trampeltier beschimpft.
Sie, wie sie weinend in ihrem Wohnzimmer auf dem Boden kauert und sich wünscht, nicht mehr da zu sein.

»Du hattest mal eine Essstörung und warst so dünn?«, riss Majas Frage sie plötzlich aus ihrem sich immer schneller drehenden Gedankenkarussell.
Svenja starrte in die skeptischen Gesichter ihrer Freundinnen und nickte benommen.
»Krass, glaubt man gar nicht, wenn man dich heute so sieht.«
Svenja versuchte, das sprichwörtliche Messer zu ignorieren, das sich mit voller Wucht in ihr Herz bohrte. Sie konnte die Blicke der Frauen spüren, ohne hinsehen zu müssen. Wusste, dass sie jeden Makel ihres Körpers nun genauer unter die Lupe nahmen.
Doch dann gab sie sich, unter Aufwartung all ihrer Kraft, einen Ruck und brachte ihre Stimme dazu, sich wieder herauszutrauen. Erzählte stockend von der Zeit, die ihre persönliche Hölle gewesen war. Berichtete, wie schlecht es ihr damals gegangen, wie hilflos und am Rande der Verzweiflung sie gewesen war. Und wie froh sie war, diese Zeit lebendig überstanden zu haben.
Ungläubig starrten ihre Freundinnen sie an. »Hast du Fotos von der Zeit?«, fragte Rike irgendwann interessiert und Svenja kam sich vor wie eine Angeklagte vor Gericht, deren Aussage von niemandem geglaubt wurde. Auch Maja

und Luisa bedrängten Svenja und beteuerten, dass sie unbedingt sehen wollten, wie sie damals, in diesem anderen Leben, ausgesehen hatte.

Irgendwann gab Svenja nach und tippte mit verschwitzten Fingern auf ihrem Handy herum. In diesem Moment fragte sie sich, wieso sie die Fotos überhaupt noch auf ihrem Telefon gespeichert hatte. Wieso sie diese furchtbaren Andenken wie gut gehütete Trophäen immer bei sich trug. Doch so war es nun einmal. Und da ihr klar war, dass ihre Freundinnen vorher keine Ruhe geben würden, suchte sie schweren Herzens ein Bild heraus und legte ihr Telefon in die Mitte des Tisches, damit alle neugierigen Augenpaare das Foto begutachten konnten. Es zeigte eine jüngere Svenja in schwarzen Klamotten, bauchfrei und mit hängenden Schultern, herausstehenden Schlüsselbeinen und einem tieftraurigen Blick, der nur erahnen ließ, welche innerlichen Qualen sie in diesem Moment ausgestanden haben musste.

»Wow, da sahst du ja richtig gut aus!«, rief Maja überrascht.

Das Messer, das sich in Svenjas Herz gebohrt hatte, rutschte in diesem Moment noch ein Stück tiefer, verdoppelte den kaum auszuhaltenden Schmerz.

»Na, so schlimm war das doch gar nicht, Svenja. Du hast voll übertrieben, du sahst doch megasexy aus! Ich weiß nicht, was du hast. Die Kerle fanden dich sicher superheiß!« Luisas Augenbrauen schnellten anerkennend in die Höhe, während Svenja verschämt den Blick senkte. Mit allem hatte sie gerechnet, aber nicht mit dieser Reaktion. Sahen sie nicht, wie furchtbar sie ausgesehen hatte? Wie traurig und gebrochen ihr Blick gewesen war?

»Heute hast du echt eine ganze Menge mehr auf den Rippen als früher – aber du bist ja auch älter. Aber echt mal, damals sahst du wirklich absolut klasse aus!«, hatte sich schlussendlich auch noch Rike zu Wort gemeldet.

Hätte sie doch einfach den Mund gehalten. Hätte sie einfach nur die Lästereien ihrer Freundinnen ausgehalten, sich nicht verplappert und sich durch ihre unbedachte Reaktion in den Mittelpunkt gerückt. Dann würde es ihr jetzt besser gehen.

Immer noch stand sie am Waschbecken und bekam die Kommentare ihrer Freundinnen nicht aus dem Kopf, sosehr sie es auch versuchte. Sie leckte über ihre Lippen und schmeckte das bereits eingetrocknete Blut. Manchmal konnte nur das ihr helfen, sich aus dem zerstörerischen Unwetter zu befreien, das in ihrer Seele tobte.

Früher hatte es mehr Blut gebraucht, mehr Schmerz, um sie wieder ins Hier und Jetzt zurückzuholen. Doch das war inzwischen Vergangenheit, und sie war froh darüber. Ja, im Gegensatz zu früher ging es ihr heute wirklich gut.

Doch obwohl es ihr gut ging, lösten manche Situationen nach wie vor etwas in ihr aus, was sie nur schwer kontrollieren konnte. Entfesselten Gedanken, die sich kaum bändigen ließen und die ihr nicht gerecht wurden. Dessen war sie sich eigentlich bewusst, doch ob sie es auch wirklich glauben konnte, war immer tagesformabhängig.

Traurig blickte sie an sich hinab. Sah ihren Bauch, der früher einmal ganz flach gewesen und von ihren hervortretenden Hüftknochen umrahmt worden war. Betrachtete ihre Beine, die heute in einer Jeans Größe zweiundvierzig steckten, die hier und da bereits ein wenig kniff, und sah die Speckröllchen, die sich über den Hosenbund nach oben drückten.
Sie schluckte schwer und spürte, wie sich ihre Augen erneut mit heißen Tränen füllten, ihre Kehle trocken und der Kloß in ihrem Hals immer größer wurde.
Ihre Gedanken wanderten zu dem üppigen Buffet vom Brunch. Und sie erinnerte sich, wie sehr es ihr geschmeckt und wie sie, ohne darüber nachzudenken, Brötchen, Speck und Würstchen in sich hineingeschaufelt hatte. Und dass sie ihr Sättigungsgefühl einfach ignoriert hatte, denn der Schokoladenpudding hatte so gut ausgesehen …
Sie schämte sich. Hasste sich. Und wusste, wie sie sich und ihr Gewissen schnell erleichtern könnte. Ihr Blick wanderte zur Toilette und blieb daran hängen.
Es wäre so leicht.

Noch einmal ballte sie ihre Hände zu Fäusten und atmete tief durch. Nein, sie würde diesen Schritt nicht gehen. Sie würde sich nicht wieder hinreißen, das schlechte Gewissen nicht siegen lassen. Egal, wie weh es ihr tat. Egal, was ihre Freundinnen sagten. Egal, was ihr Spiegelbild ihr weismachen wollte.

Ruckartig drehte sie sich um, straffte die Schultern und verließ, erhobenen Hauptes und mit dem Kampfgeist einer Kriegerin, das Badezimmer. Dabei wiederholte sie mit fester Stimme ihr seit Jahren wichtigstes Mantra: »Ich bin gut so, wie ich bin!«

Maskenball
von Gerd Schäfer (@gerdschaefer_autor)

»Guten Abend, Herr Kaufmann. Wie schön, dass Sie kommen konnten!«
Die Freude ist ganz auf Ihrer Seite, denkt Lasse und ignoriert die grinsende Barbiepuppe, die vor ihm steht. Stattdessen schließt er die Augen und baut eine Mauer zwischen sich und den unzähligen nervtötenden Personen, die um ihn herumschwirren. Solche Menschenansammlungen sind ihm zuwider. Menschen im Allgemeinen geht er so gut wie möglich aus dem Weg.
Früher war das anders. Früher wollte er anderen gefallen, wollte wahrgenommen und anerkannt werden. Und was hatte ihm der ganze Aufwand gebracht? Nichts außer Stress und weniger Zeit für die wirklich wichtigen Dinge im Leben. Doch er hat dazugelernt. Inzwischen kümmert ihn nicht mehr, was andere über ihn denken. Wer ihn nicht mag, wie er ist, kann ihm gestohlen bleiben.
Während er die Mauer um sich herum allmählich höher zieht und das Gemurmel der übrigen Menschen leiser wird, spürt er, wie sich langsam, aber stetig diese schon bekannte Dunkelheit in ihm ausbreitet. Doch statt sie zu bekämpfen, gibt er sich ihr hin. Ruhig ein- und ausatmend versinkt er immer tiefer in der Schwärze und begrüßt die Bilder und Erinnerungen, die ihn erwarten …
Wie so oft saß er am Schreibtisch und tippte auf seinem Notebook. Die Liebesgeschichte, an der er schrieb, ging ihm heute nicht besonders gut von der Hand. Sein Blick wanderte aus dem Fenster. Wo war die Sonne? Warum wurde alles so grau? Hatte er nicht gestern noch Freude empfunden, als er ein neues Kapitel seines Buches fertiggestellt hatte? Wo war sie hin? Was war mit der Zufriedenheit geschehen? Stattdessen diese entsetzliche Leere, die jedes positive Gefühl in ihren finsteren Schlund zog.

Wieder einmal war es so weit. Ein weiteres Mal würde ihn die Dunkelheit verschlingen und ihm die Freuden des Lebens vorenthalten. Ruhelos, rastlos und gleichzeitig motivationslos würde er die kommenden Tage damit verbringen, sich durch das dunkle Grau zu kämpfen. »Depressive Eintrübung« war die niedliche Beschreibung seines Hausarztes für diesen Zustand. Doch egal, wie man es auch nannte – Eintrübung oder einfach nur Depression –, es änderte nichts daran, dass die Dunkelheit in Herz und Seele einsickerte wie die giftige Brühe eines lecken Sondermüllfasses.

Unzählige Male hatte er solche Phasen bereits erlebt und auch überlebt. »Selbsterkenntnis ist der erste Schritt zur Besserung«, hieß es so schön. Dem konnte er zustimmen. Die Erkenntnis, sich in einer depressiven Periode zu befinden, machte Vieles leichter. Zu wissen, dass es vorübergehen, dass die Farben bald wieder leuchten und die Sonne wieder scheinen würde, war ein Geschenk.

In den letzten Jahren hatte er einiges über seine Depression gelernt. Angeblich gab es drei Gründe für eine solche Eintrübung des Geistes: Vererbung, die dunkle Jahreszeit und die Lebensumstände. Wie es aussah, hatte er das Glück, von allen drei Varianten begünstigt zu sein. Jede einzelne für sich war erträglich, doch wenn alle drei Phasen gleichzeitig auftraten, versank er in der finsteren Tiefe und kam so schnell nicht wieder heraus.

Über das Thema zu reden, fiel ihm schwer. Manchmal aber musste es sein, da es notwendig war, andere über seinen Zustand aufzuklären. Gerade in diesen Gesprächen führten die Reaktionen oft zu einem fassungslosen Kopfschütteln seinerseits. *Wir alle sind mal schlecht drauf! Du siehst doch ganz zufrieden aus. Man merkt es dir gar nicht an. Schlaf dich mal richtig aus! Du musst mal wieder was Lustiges unternehmen!*

Viele Menschen verstanden nicht, dass er sich auch in seinen depressiven Phasen nach außen genauso gab wie sonst. Was erwarteten sie? Dass er weinend durch die Gegend lief und sich das Gesicht mit Asche anmalte? Nein, er konnte lachen und Witze reißen – doch es änderte nichts an der Leere, der Unzufriedenheit, der Erschöpfung, den Ängsten, den Grübeleien und der Hoffnungslosigkeit. Niemand bemerkte sein Leid, niemand durchschaute seine Maske aus aufgesetzter Heiterkeit.

MASKENBALL
Die Maske glänzt, die Maske strahlt,
lacht allen lieb entgegen.
Die Augen zwinkern, froh der Blick,
sie strotzt vor purem Leben.

Doch was verbirgt sich hinter ihr?
Wenn du es weißt, dann sag es mir!
Sag, wie schaut die Wahrheit aus?
Was schaut aus toten Löchern raus?

Die Maske glänzt, ist spiegelglatt,
da gibt es keine Falten.
Die Farben strahlen rein und bunt,
ihr Lächeln stets kann halten.

Doch niemand weiß, was drunter keimt
und dunkelschwarze Tränen weint.
Niemand kennt den dumpfen Schmerz,
der stetig quält das schwere Herz.

Die Maske, die sagt immer »Ja«,
sie macht es jedem recht.
Zu jedermann sie freundlich ist,
ihr geht es niemals schlecht.

Lasst euch nicht von Masken täuschen,
achtet auf die kleinen Zeichen!
Glaubt nicht alles, was ihr seht.
Um zu seh'n, wie's um mich steht,
um zu spür'n das wahre Grauen,
musst du in meine Seele schauen.

Was sollte er tun, um seiner »depressiven Eintrübung« Herr zu werden? Stimmungsaufhellende Medikamente kamen für ihn nicht in Frage. Sein Leben in die Hände dieser kleinen bunten Pillen zu legen, schloss er kategorisch aus. Er sah für sich höchstens einen einzigen möglichen Grund, diesen Weg zu gehen; doch egal, wie düster es um ihn wurde, bislang war er nie auf den Gedanken gekommen, seine Existenz vorzeitig zu beenden. Viel zu sehr hing er daran. Und solange diese Lust am Leben blieb, würde er ohne Chemie auskommen.
»Gehen Sie zur Psychotherapie«, lautete die Empfehlung seines Arztes. Wahrscheinlich war professionelle Hilfe das Beste, was man in einer solchen Situation bekommen konnte. Schnell jedoch hatte er die Erfahrung gemacht, dass die Art seines Psychotherapeuten ihn nicht weiterbrachte. Wo war der Sinn, wenn die Überwindung, zu diesen Terminen zu gehen, viel mehr Kraft kostete, als an positiven Ergebnissen zurückkam? Seine Fragen konnte er nicht in Worte fassen und so bekam er auch keine Antworten. Bereits früh hatte er das Gefühl, zu wissen, was der Therapeut von ihm erwartete und hören wollte. Also begann er, mit dem Psychotherapeuten zu spielen, ihn glauben zu lassen, dass er

gute Arbeit leistete und ihn auf den richtigen Weg brachte. Und schon hatte er die letzte Sitzung hinter sich, war als geheilt entlassen und sparte sich die blöde Fahrerei zu Gesprächen, die ihm unnütz vorkamen. Einen weiteren Versuch mit einem anderen Therapeuten zu wagen, kam ihm nicht in den Sinn. Für ihn musste es einen alternativen Weg geben.

Wie aber sollte der aussehen? Wie konnte er die Depression in den Griff bekommen, wenn die beiden wichtigsten Stützpfeiler, um dieses Tal aus Dunkelheit zu überqueren, wegbrachen? In diesem Moment wusste er noch nicht, dass die Antwort viel einfacher war, als er es zu hoffen wagte. Damals versuchte er sich erst einmal vor Augen zu führen, was ihn belastete, wie seine Tage abliefen.

Innere Unruhe, Rastlosigkeit, Grübeleien. Sein Kopf war voll von unzähligen düsteren Gedanken. Er schaffte es nicht, auch nur zehn Minuten ruhig auf dem Sofa zu verweilen und sich zu entspannen. Kaum saß er, hatte er das Gefühl, etwas tun zu müssen, um seine Zeit nicht mit unnützer Sitzerei zu verschwenden. Leider hatte sich jedoch zusammen mit der Finsternis auch eine Motivationslosigkeit wie eine Decke über ihn gelegt, so dass er nichts auf die Reihe bekam und herumlief wie Falschgeld. Dazu immer neue Gedanken, die das Chaos in seinem Hirn weiter anfachten. Um dieser Gedankenflut Herr zu werden, begann er wieder zu schreiben. Auch wenn es ihm keinerlei Erfüllung schenkte, konnte er auf diese Weise das Durcheinander in seinem Kopf ein wenig ordnen. Seine Texte beschäftigten sich jetzt mit den düsteren Vorstellungen, die ihn daran hinderten, zur Ruhe zu kommen, und er erkannte, dass sie gut waren – tiefgründiger und intensiver als sonst. Zwar fehlte die Leichtigkeit, doch wurde diese durch Tiefe und Kraft doppelt ausgeglichen.

Als Gegenpol zum ewigen Schreiben quälte er sich regelmäßig raus an die frische Luft, er spazierte, er wanderte. Wenn es der Natur auch nicht gelang, in seinen Geist vorzudringen, ordneten doch Bewegung und Sauerstoff seine Gedanken, schärften sie und seine Kreativität. Zum allerersten Mal schaffte er es, seine Gefühle in Worte zu fassen. Kaum hatte er nach dem Spaziergang das Haus betreten, setzte er sich an den PC und schrieb sein erstes Gedicht.

INNEN
Nach außen stets lächelnd,
die Tränen, die rinnen,
ganz unbemerkt
in Flüssen nach innen.

Liebe Worte für alle.
Die Wahrheit verschlossen,
die Dunkelheit
wird stetig gegossen.

Nach außen so stark,
von innen zerfressen.
Wie Zufriedenheit geht:
vor Jahren vergessen.

Konnte es sein, dass sich hinter der Dunkelheit, hinter den Ängsten und dem Schmerz mehr verbarg? War es möglich, dass aus dieser Finsternis etwas Besonderes geboren wurde? Lange dachte er darüber nach, beschloss allerdings, diese Gedanken für sich zu behalten, kamen sie ihm doch falsch vor. Wie konnte es sein, dass er sein Leben nicht im Griff hatte und alles um sich herum vernachlässigte, aber gleichzeitig etwas Gutes darin sah?
Stattdessen suchte er nach einem neuen Weg, um die Düsternis aus seinem Leben zu vertreiben. Vielleicht war eine Kur das richtige Mittel. Sein Arzt war guter Hoffnung und schickte ihn in eine Reha, denn »Bewegung ist Leben«. Hier wurde sich viel bewegt und es tat ihm gut. Trotzdem wusste er, dass er dies niemals so in seinen Alltag würde integrieren können. Vorträge von Psychologen schenkten ihm zwar keine neuen Erkenntnisse, erinnerten ihn aber an Methoden und Prozesse, die er schon wieder verdrängt hatte. In der Theorie lernte er, den Stress zu vermeiden, der ihn in die depressive Phase zwang, jedoch zweifelte er daran, dass sich solche Belastungen im wahren Leben aufhalten ließen. Die Realität war selten so einfach wie das Lehrbuch.
Die Reha war zwar eine perfekte Möglichkeit, für ein paar Wochen dem Alltag zu entfliehen und Stress zu vermeiden, brachte ihm anfangs jedoch keine nennenswerten Erkenntnisse darüber, wie er die Depression besiegen konnte.
Dann hatte er seinen dritten und letzten Termin bei der Psychologin. Sein Blick fiel auf die weißhaarige Dame, die ihm gegenübersaß. In zwei Tagen würde er wieder nach Hause fahren. Die beiden ersten Treffen waren großartig gewesen. Sie hatte ihm viele kluge Fragen gestellt, unter anderem diejenigen, die er selbst nicht in Worte hatte fassen können. Dazu hatte sie ihm Achtsamkeitsübungen und Muskelentspannungsübungen gezeigt, die ihm zur Ruhe verhelfen sollten. Er mochte sie, daher hatte er ihr von seinen Texten und Versen erzählt. Während sie ihn beobachtete, las sie ein weiteres Gedicht.

DÜSTERNIS
Dunkelheit in meiner Seele,
Finsternis in meinem Herzen.
Der Strudel, der mich abwärts reißt,
vergrößert stetig meine Schmerzen.

Aus kleinen Hügeln werden Berge,
aus Pfützen tiefe, weite Seen.
Wie festgewachsen bleib ich stehen,
kann keinen Schritt mehr vorwärts geh'n.

Die Welt bricht über mir zusammen.
Kein Mensch versteht, was tief in mir
sich an düsteren Gedanken sammelt,
mich bremst und stoppt im Jetzt und Hier.

Gebremst, gefesselt, festgehalten,
bewegungslos mich Ketten binden.
Getrieben, rastlos wie ein Tier,
kann niemals wirklich Ruhe finden.

Dunkelheit in meiner Seele,
Finsternis in meinem Denken,
doch Verständnis, Liebe und Vertrauen
der Düsternis ein Licht kann schenken.

Ohne ihre Miene zu verziehen, schob sie ihm das Blatt zu. »Wissen Sie, dass viele Berühmtheiten aus Kunst und Kultur an Depressionen litten, Herr Kaufmann? Van Gogh, Hemingway, Charles Dickens, Wilhelm Busch. Einige sagten, dass sie ihr Schaffen allein diesen düsteren Phasen verdanken.« Endlich lächelte sie. »Sie haben selbst gesagt, dass Sie nicht den Hang dazu haben, sich etwas anzutun; nicht Gefahr laufen, sich zu verletzen oder gar zu töten. Es ist daher nicht unbedingt notwendig, gegen ihren Zustand anzugehen. Diese Dunkelheit in Ihrem Inneren gehört zu Ihnen, ist ein Teil von Ihnen. Warum also freunden Sie sich nicht mit ihr an? Versuchen Sie nicht, dagegen anzukämpfen, sondern nutzen Sie das Potenzial, das darin steckt.«
Er brauchte ein wenig, um das sacken zu lassen … um zu verstehen, was sie ihm eben gesagt hatte. War das vielleicht die Lösung? Sich der Finsternis hinzugeben? Sich in der Düsternis zu suhlen, statt sich vor ihr zu fürchten? Sie als einen

Teil von sich zu sehen, der die gleiche Berechtigung hatte wie Zufriedenheit, gute Laune und Lachen?

Lange schaute er sie an, dann stahl sich ein Lächeln in sein Gesicht, Erleichterung sprudelte durch seinen Körper. »Ich danke Ihnen, Frau Doktor! Ich danke Ihnen aus ganzem Herzen!« Noch nie hatte er eine solche Erlösung verspürt. Es fühlte sich an, als hätte sie Steine und Zementsäcke von seiner Seele geräumt. Die Worte, die sie ihm gesagt hatte, waren viel mehr als eine Diagnose oder eine Option, sie waren ein Geschenk!

LEUCHTTURM
Die Schatten verschlingen
Hoffnung und Licht,
verdunkeln die Dinge
und trüben die Sicht.

Die Düsternis tilgt
Freude und Lachen,
kann ganz ohne Feuer
Brände entfachen.

Zerstört und zerstückelt
die Lust am Sein,
färbt schwarz jede Buntheit,
hält Leben klein.

Doch auch in den Schatten
gibt es ein Licht,
ein rettender Anker,
eine Stimme, die spricht.

Ein Leuchtturm im Dunkeln,
der Sicherheit schafft,
mir Geborgenheit schenkt,
Liebe und Kraft.

»Und der diesjährige Literaturpreis im Bereich Drama geht an Lasse Kaufmann!«

Ein Stoß in die Rippen holt ihn ins Hier und Jetzt zurück. Die anderen Gäste der Preisverleihung haben sich von ihren Sitzen erhoben und applaudieren.

Lasse atmet tief durch, streicht sich das Jackett glatt und steht langsam auf. Kaum hat er den ersten Schritt Richtung Podium gemacht, strahlt sein ganzes Gesicht vor Freude und Rührung. Noch immer wünscht er sich nichts sehnlicher, als weit weg von dieser nervtötenden Menschenmasse zu sein, doch er weiß, dass er noch kurze Zeit durchhalten muss. Mal wieder ist es so weit ... wieder einmal tanzt er eine Runde seines Maskenballs.

Von Dunkelheit und Licht
von Ulrike Asmussen (@lebeninworten)

Meine Hände umschlossen das kühle Geländer. Tief atmete ich ein und aus und spürte, wie sich meine Lungen mit Luft füllten.
Einatmen, ausatmen, einatmen, ausatmen …
Ein leichter Wind wehte durch die Nacht. Ich zitterte. Aus dem zweiten Stock drangen die Bässe der Partymusik zu mir nach oben. Bis vor wenigen Minuten war ich noch dabei gewesen. Lange hatte ich es dort nicht ausgehalten: zu viel Lärm, zu viel Alkohol, zu viele glückliche Menschen.
Tränen traten mir in die Augen. *Es tut mir so leid.* Was würden die anderen denken? Eigentlich konnte mir das egal sein. Hoffentlich zerstörte ich nichts. Wahrscheinlich würde es sowieso niemanden interessieren.
Auf meinen Armen bildete sich eine Gänsehaut. Ich trug keine Jacke. Für mein Vorhaben war es sowieso besser, wenn ich sie nicht dabeihatte. Außerdem wäre es Alma mit Jacke vielleicht eher aufgefallen.
Alma. Ich brachte es nicht übers Herz, jetzt weiter an sie zu denken. Ich war schon viel zu weit gegangen. Vielleicht war es doch ein Fehler gewesen, ins Studentenwohnheim zu ziehen. Ich hätte sie nicht kennenlernen dürfen.
Der Himmel über mir war stockdunkel. Das passte viel besser zu den Emotionen in meinem Kopf als das für andere traumhafte Frühlingswetter der letzten Tage.
Ohne noch einmal darüber nachzudenken, drückte ich mich hoch und schwang meine Beine über die Brüstung. Ich setzte mich auf das kalte Geländer und ließ meine Füße über den Abgrund hängen. Ein Kloß bildete sich in meinem Hals. Würden vier Stockwerke ausreichen? Ich musste es wohl darauf ankommen lassen. Zu verlieren hatte ich nichts. Im Zweifelsfall würde ich bewusstlos erfrieren.
Denk nicht weiter drüber nach!
Wenn ich jetzt einen Rückzieher machte, würde ich es bereuen. Wenn ich es durchzog, konnte ich nichts mehr bereuen. Dann wäre endlich alles vorbei. Ich verdrängte das letzte bisschen Angst, langsam wurde mir wirklich kalt.
Falls ich jemandem etwas bedeute: Es tut mir leid.
Ich rutschte ein Stück nach vorne.
»Grace!«, rief plötzlich jemand hinter mir.
Mist.
Schnell rutschte ich wieder zurück und drehte mich um.
Da stand Alma, meine Zimmernachbarin. »Was machst du hier?«, fragte sie.

»Geh weg!« Erneut spürte ich Tränen in mir aufsteigen. Ich wollte nicht weinen, konnte aber nichts dagegen tun. Es tat weh, sie wegzuschicken, aber ich durfte sie nicht weiter in diese Sache hineinziehen.

Doch leider tat Alma genau das Gegenteil von dem, was ich gesagt hatte, und kam zu mir ans Geländer.

Ich schaute sie an und schnell wieder weg. Sie sollte die Tränen und die Angst in meinen Augen nicht sehen.

»Was ist los?«, fragte sie.

»Nichts. Lass mich in Ruhe!«

»Kommt nicht infrage«, widersprach Alma und setzte sich neben mich auf das Geländer.

Jetzt war es zu spät. Warum hatte ich es nicht längst hinter mich gebracht?

Alma bemerkte meinen Blick nach unten. »Wenn du springst, springe ich auch«, verkündete sie.

Wie kam sie darauf, dass ich springen wollte? Nur weil ich spätabends auf dem Geländer der Dachterrasse saß und weinte ... Okay, vielleicht war es doch nicht so abwegig.

Ich ging nicht näher auf ihre Aussage ein. »Geh einfach wieder zurück zur Party.«

»Das geht nicht. Wenn ich jetzt gehe und dir dann etwas passiert, könnte ich mir das nie verzeihen.«

»Aber du willst doch bestimmt weiterleben«, versuchte ich, sie von ihrer Idee abzubringen.

»Da hast du recht. Ich würde es meinen Eltern auch nicht antun wollen, ihre 19-jährige Tochter zu beerdigen«, stimmte Alma zu.

Ich schöpfte wieder Hoffnung. Dass Alma wegen mir etwas passierte, könnte ich nicht mit meinem Gewissen vereinbaren. Es war schlimm genug, dass sie sich meinetwegen Gedanken machte. »Super«, sagte ich, »dann geh wieder hinein, genieße dein Leben und vergiss mich.«

»Dafür musst du mitkommen. Ich kann dich nicht vergessen.«

Darauf fiel mir nichts mehr ein.

»Überleg doch mal«, sprach Alma weiter. »Stell dir vor, du würdest an meiner Stelle hier auf der Dachterrasse auftauchen und sehen, wie jemand auf dem Geländer sitzt. Stell dir vor, du unternimmst nichts und die Person stirbt. Was meinst du, wie lange dich das wohl noch beschäftigen würde?«

Mist, sie hatte recht. Plötzlich fühlte ich mich nur noch elend. Ich wollte nicht schuld daran sein, dass sich jemand schlecht fühlt. Und allein durch die Tatsache, dass sie mich hier gefunden hatte, ließ sich das kaum noch vermeiden. In diesem Moment wünschte ich, ich wäre nie geboren worden.

Wieder fing ich an zu weinen und zitterte nun stärker.

Alma rückte ein Stück näher an mich heran und legte mir einen Arm um die Schultern.

Nach kurzem Zögern ließ ich meinen Kopf an ihren Hals fallen.

Eine Weile saßen wir schweigend da. Ihre Nähe gab mir Halt und Geborgenheit. Ich wurde wieder ruhiger, und als die Tränen alle waren, erfüllte mich eine angenehme Leere. Nur das Zittern blieb. Aber daran war wohl die Kälte schuld.

»Ich finde es hier draußen ziemlich kalt und ungemütlich«, sprach Alma meine Gedanken aus. »Kommst du mit rein? Dort ist es angenehmer.«

Ich sagte nichts, sondern nickte nur vorsichtig. Und ehe ich noch weiter darüber nachdenken konnte, waren wir schon wieder auf der anderen Seite des Geländers. Mir wurde schwindelig, fast gaben meine Beine nach. Alma nahm meine Hand und ich drückte sie fest.

Die Wohnung, zu der unsere beiden Zimmer gehörten, lag im ersten Stock. Wir setzten uns auf Almas Bett. Ich lehnte mich gegen sie, ihre Hand hielt ich immer noch fest wie einen Rettungsanker in stürmischer See. Im Stockwerk über uns war die Party in vollem Gange.

»Was ist eigentlich mit dir?«, fragte Alma, nachdem wir eine Weile still dagesessen hatten.

»Wie meinst du das?«, wollte ich wissen.

»Ich meine deine Geschichte, deinen Hintergrund, weshalb du dich auf dieses Geländer gesetzt hast.«

Ehrlich gesagt würde ich das Thema lieber verdrängen.

»Oder fangen wir anders an.« Anscheinend merkte Alma, dass ich nicht darüber reden wollte. »Ich weiß nicht sonderlich viel über dich. Wer bist du?«

Gute Frage. Wer bin ich?

»Ich weiß nicht«, antwortete ich, »irgendwie bin ich niemand. Ich bin für niemanden die Tochter, für niemanden eine Freundin, für manche höchstens eine Erinnerung aus alten Zeiten oder einfach die neue Zimmernachbarin.« Ich schluckte. »Ich bin nichts, nur der Schatten im Hintergrund oder die stille Person, die bloß den Raum füllt.«

»Ich finde, du bist viel mehr als das«, entgegnete Alma. »Aber ich glaube, kaum jemand sieht deine Besonderheit und du siehst nicht die, für die du besonders bist.«

»Hm«, machte ich.

In der Mittelstufe hatte ich viele Freunde und eine Familie, in der ich mich wohlgefühlt hatte. Doch beides ist im Laufe der Zeit verloren gegangen, und damit auch ein Teil von mir. »Ich weiß nicht, wo das Leben geblieben ist, das ich mal geführt habe«, sagte ich mehr zu mir selbst.

Alma nickte verständnisvoll. »Was ist mit deinen Eltern? Warum meinst du, du wärst keine Tochter?«

»Mein Vater ist abgehauen, als ich fünfzehn war. Von einem Tag auf den nächsten war er weg. Bis auf eine Nachricht, dass es ihm gut geht, habe ich nie wieder etwas von ihm gehört. Daraufhin hat meine Mutter immer mehr getrunken und mich immer weniger beachtet.« Mit gesenktem Kopf sprach ich weiter: »Vor ein paar Wochen habe ich es nicht mehr ausgehalten und bin hier eingezogen.«

»Das tut mir leid.«

Zum ersten Mal seit Langem fühlte ich mich verstanden. Ich hatte das Gefühl, dass ich mit Alma über alles reden konnte. Es gab so viel in mir, das erzählt werden wollte. Und Alma war bereit, sich alles anzuhören.

Irgendwann beschloss Alma, dass wir etwas essen müssten. Sie ließ meine Hand los und ich fühlte mich wie ein kleines Kind, dem man den Teddy weggenommen hatte.

Nach dem Essen legten wir uns nebeneinander in Almas Bett. Sie legte einen Arm um mich und ich kuschelte mich an sie. Ich genoss den Moment und hatte das Gefühl, mir um nichts Gedanken machen zu müssen.

»Was ist eigentlich mit dir?«, erkundigte ich mich nach einer Weile. »Jetzt haben wir über mich geredet, aber über dich weiß ich nicht viel.«

»Ich glaube, das Spannendste, was mir in meinem bisherigen Leben passiert ist, war, dass ich mit sechzehn meinem damaligen Freund erklären musste, dass ich lesbisch bin.« Alma schmunzelte.

Ich fand es bewundernswert, dass Alma das einfach so freiheraus sagte. Ich hätte mich das wahrscheinlich nicht getraut. »Blöde Situation«, gab ich einfallslos von mir.

»Das kann man wohl sagen«, stimmte Alma mir zu. »Letztendlich war es aber halb so schlimm. Noch im selben Gespräch hat er sich als schwul geoutet. Daraufhin haben wir einige Monate eine Fake-Beziehung geführt, damit er seinen intoleranten Eltern erzählen konnte, dass er zu mir fuhr, während er bei seinem Freund war.«

»Schöne Geschichte«, kommentierte ich ähnlich einfallsreich wie eben, »also bis auf die intoleranten Eltern.«

»Da hast du recht. Eltern sollten doch wollen, dass ihr Kind glücklich wird, egal mit wem.«

Da konnte ich ihr nur zustimmen.

»Als was würdest du dich bezeichnen?«, wollte Alma nach einer kurzen Gesprächspause wissen. »Also, welcher sexuellen Orientierung würdest du dich zuordnen?«

Äh …

»Weiß ich nicht so genau«, antwortete ich ausweichend.

»Okay … Musst du ja auch nicht wissen.« Alma gab mir einen Kuss auf die Schläfe.

Wieso war Alma nur so lieb zu mir? Womit verdiente ich ihre Nähe überhaupt? Sie hatte mich einfach angenommen und war für mich da.

Irgendwann beschlossen wir zu schlafen. Ich wollte nicht allein sein und Alma wollte mich auch nicht allein lassen, also blieb ich bei ihr. Wir zogen uns nicht einmal um, sondern schalteten lediglich das Licht aus. Mittlerweile war es ruhig im Haus. Das Einzige, was ich hörte, war Almas leiser Atem neben mir.

Am nächsten Morgen wachte ich mit einem verspannten Nacken auf. Als ich mich umdrehte, stieß ich mit meinem Ellenbogen gegen Almas Oberkörper. Erschrocken zuckte ich zurück und entschuldigte mich.

»Leg dich mal auf die andere Seite, mein Arm ist eingeschlafen«, bat sie mich und lachte. »Wie geht es dir?«, erkundigte sie sich, nachdem wir die Plätze getauscht hatten.

Es war keine Small-Talk-Frage, sondern ernst gemeint.

»Ich weiß es nicht«, antwortete ich ehrlich. »Ich bin innerlich einfach komplett leer. Aber es ist eine angenehme Leere.«

Alma nickte und strich mir über die Schulter.

»Aber ich bin froh, hier zu sein«, ergänzte ich. »Danke, dass du für mich da bist.«

»Gerne.« Alma lächelte.

Eine Weile blieben wir einfach liegen und genossen es, nichts zu tun. Am liebsten hätte ich in diesem Moment die Zeit angehalten und wäre nie wieder aus diesem Bett aufgestanden. In Almas Nähe fühlte ich mich geborgen. Und mein eigentliches Leben war so schön weit entfernt.

Den restlichen Tag verbrachten wir zu einem großen Teil damit, unser Gespräch vom Vorabend weiterzuführen. Wir lagen dabei auf dem Bett, saßen im Aufenthaltsraum oder gingen spazieren. Nur die Dachterrasse mieden wir.

»Ich wäre heute übrigens eigentlich bei meinen Eltern zu Besuch gewesen«, erzählte Alma gegen Abend. »Doch das habe ich gestern Abend abgesagt, um den Tag mit dir zu verbringen.«

»Das hättest du nicht tun müssen.« Ich wollte keine Umstände bereiten.

»Ich wusste, dass du das sagst. Deswegen habe ich dich auch nicht gefragt.«

Hmm. Das hatte sie schlau angestellt.

»Ich habe doch gemerkt, dass du mich brauchst. Mir ist schon ziemlich schnell nach deinem Einzug aufgefallen, dass etwas mit dir nicht stimmt. Du warst total verschlossen, warst nur in deinem Zimmer und hast kaum gegessen ...«

Das war ihr aufgefallen? Ich wusste nicht, ob ich froh darüber sein sollte, dass sie so aufmerksam auf mich geachtet hatte.

»Außerdem wollte ich selbst gerne Zeit mit dir verbringen.«

Das freute mich. Ich lächelte.

»Kann es sein, dass man dich ein bisschen zu deinem Glück zwingen muss?«, fragte Alma plötzlich.

»Äh, möglich«, antwortete ich unsicher.

Alma lachte. »Dann zwinge ich dich jetzt zu einem leckeren Abendessen«, verkündete sie. »Lass uns Pizza backen.«

Anstelle einer Antwort grinste ich sie an.

»Ich habe noch ein paar Wunderkerzen«, erzählte Alma, als wir mit dem Essen fertig waren. »Hättest du Lust, die mit mir zusammen anzuzünden?«

Es war lange her, seit ich das letzte Mal eine Wunderkerze in der Hand gehabt hatte, also stimmte ich zu.

Draußen war es bereits dunkel. Wir gingen zu einem Park in der Nähe des Studentenwohnheims und setzten uns auf eine Bank. Alma holte ein Feuerzeug heraus, reichte mir eine Wunderkerze und zündete sie an. Anschließend nahm sie eine zweite und entzündete diese an meiner.

Eine Weile schauten wir still den Funken in der Dunkelheit zu. Das Licht spiegelte sich in Almas meerblauen Augen. Ich lächelte sie an. Es war das ehrlichste Lächeln, das ich seit Wochen gezeigt hatte. In diesem Moment war ich einfach glücklich.

Von jetzt an wird alles wieder besser.

Ich weiß nicht, wie ich zu dem Schluss gekommen bin, aber ich wusste es tief in mir drin.

Die Wunderkerzen waren heruntergebrannt und der letzte Funke verglühte in der Dunkelheit. Normalerweise hatte ich Angst im Dunkeln, aber jetzt fühlte ich mich sicher.

Es dauerte nicht lange, da drückte Alma mir die nächste Wunderkerze in die Hand und zündete sie an. »Wenn du einen Wunsch frei hättest, was würdest du dir wünschen?«, fragte sie.

Ich musste nicht lange überlegen. Mir war klar, was ich mir wünschte. Ich zögerte nur kurz, um die richtigen Worte dafür zu finden.

»Ich weiß, man kann die Zeit nicht zurückdrehen, aber ich wünsche mir, ich wäre wieder so glücklich wie früher. Und das am besten mit meinen Eltern.«

»Schöner Wunsch, das kann ich verstehen.« Alma lächelte. »Zumindest die erste Hälfte lässt sich bestimmt verwirklichen.«

»Ich weiß nicht so recht«, entgegnete ich.

»Wieso nicht?«

»Keine Ahnung, ich bin einfach nicht gerade hoffnungsvoll.«

»Hast du mal darüber nachgedacht, eine Therapie zu machen?«

Das hatte ich. Aber ich war mir viel zu unsicher und wusste nicht, ob ich über meine Probleme reden und alles thematisieren könnte.

»Du musst dich ja nicht jetzt entscheiden«, sagte Alma, »aber ich würde es dir empfehlen. Meine Schwester hatte früher mit einer Angststörung zu kämpfen. Sie meint, in Therapie zu gehen, war die beste Entscheidung ihres Lebens.« Sie schaute mich an. »Du musst es jedoch auch wollen und dich darauf einlassen können.«

Ich nickte nur und beobachtete die Funken der Wunderkerze. »Was würdest du dir denn wünschen?«, fragte ich dann.

»Ich wünsche mir, dass ich dich auf deinem Weg begleiten und vielleicht eine Art Familienersatz werden kann.«

Völlig gerührt wusste ich nicht, was ich darauf antworten sollte. Aber die Tränen in meinen Augen und das Lächeln auf meinem Mund sprachen wohl für sich.

Die Wunderkerze in meiner Hand erlosch und es war wieder dunkel.

Alma rückte ein Stück näher und nahm mich in den Arm. »Du hast recht, man kann die Zeit nicht zurückdrehen. Es wird nie wieder, wie es früher war«, flüsterte sie. »Das klingt vielleicht traurig, aber die Zukunft kann mindestens genauso schön werden.«

Da hatte sie recht.

»Ich würde mich freuen, wenn ich ein Teil deines neuen Lebens sein darf. Und wenn wir dieses zusammen wieder lebenswerter machen können.«

Das klang viel zu schön, um wahr zu sein.

»Womit habe ich dich eigentlich verdient?«, wollte ich wissen und meinte es wirklich so. Ich konnte nicht verstehen, warum sie Zeit mit mir verbrachte und für mich da war. Wieso sollte man mich mögen? Schließlich gab es an mir nichts Besonderes oder Bewundernswertes. Wieso sollte man mit mir Zeit verbringen, wenn es mir immer wieder schlecht ging und ich so anstrengend war?

»Du machst dir manchmal viel zu viele Gedanken«, beruhigte Alma mich. »Du bist ein ganz toller Mensch. Du magst das vielleicht nicht so sehen, aber ich tue das. Du hast vielleicht psychische Probleme, aber du bist mehr als das. Und ich glaube fest daran, dass alles wieder besser wird.«

»Aber …«

»Kein Aber«, bestimmte Alma, »du bedeutest mir schon viel zu viel, als dass ich dich einfach aufgeben könnte. Ich habe mich nämlich in dich verliebt.«

Krass.

»Wirklich?«

»Wirklich.«

Über mein Gesicht breitete sich ein Strahlen.

»Heißt das, du magst mich auch?«, fragte Alma, plötzlich unsicher.

Mein Herz klopfte schneller. Ja, ich mochte Alma. Aber mochte ich sie auf diese Weise? Ich hatte Angst, mich voll und ganz auf eine andere Person einzulassen. Am liebsten hätte ich nach Bedenkzeit gefragt. Doch dann beschloss ich, dass ich im Leben bereits genug gewartet hatte und mich nun endlich auf den Weg in eine glücklichere Zukunft begeben wollte. Mit Alma.

Also schob ich alle Zweifel beiseite und neigte mich zu ihrem Gesicht. Alma zog mich näher zu sich heran. Kurz zögerte ich, dann schloss ich den letzten Abstand zwischen uns und gab ihr einen vorsichtigen Kuss auf die Lippen. Alma erwiderte den Kuss und ich vergaß all die Sorgen und Probleme um mich herum. Jetzt fing endgültig ein neuer Lebensabschnitt an. Es würde nicht immer leicht werden, doch ich hatte Alma an meiner Seite, mit ihr würde ich alles schaffen.

»Ich bin unglaublich froh, dass du gestern nicht gesprungen bist, Grace«, flüsterte sie mir zu.

»Ich auch«, beteuerte ich und lehnte meine Stirn gegen ihre.

Ich wusste nicht, ob sie wirklich hinterhergesprungen wäre. Ich wusste nicht einmal, ob ich es wirklich durchgezogen hätte. Aber ich wusste, dass es gut war, dass wir das nicht getan hatten. Und das verdankte ich im Wesentlichen Alma.

»Danke«, sagte ich mit Nachdruck, »danke, dass du in meinem Leben aufgetaucht bist und beschlossen hast, bei mir zu bleiben.«

Ben
von Juma Jaro (@juma_jaro)

»Stell dir vor, du würdest jetzt einfach springen«, sagt Ben und schaut durch die Stäbe der gesicherten Dachterrasse. Sein Lieblingsort. Über uns der klare Nachthimmel. Die Lichter der Großstadt verschlucken die kleinsten Sterne. Nur die Flugzeuge blinken mit den Größeren um die Wette. Ich sitze auf einer Bank, die Hände in die Jackentaschen gesteckt, und atme tief ein. Die Luft ist frühlingshaft kühl und riecht nach mit Autoabgasen aromatisiertem Blütenstaub. Wie gern würde ich die Ruhe und diesen vertrauten Geruch genießen. Aber Ben will reden. So ist er nun mal. Von hier oben sehen wir oft über die Stadt und Ben erzählt unermüdlich Geschichten über die Einwohner. Es ist zermürbend, wie das unaufhörliche Quietschen eines kaputten Keilriemens. Unkontrollierbar, als wenn bei meinem Zimmernachbarn der Fernseher läuft. Ich höre die Stimmen durch die Wand und selbst wenn sie mich noch so nerven, kann ich sie nicht selbstständig abschalten. Ja, ich könnte höflich fragen, ob man den Fernseher leiser machen würde. Aber Ben reagiert nicht auf höflich.

Hier oben auf der Dachterrasse vergeht die Zeit gefühlt langsamer. Man nimmt den Straßenverkehr wahr, als würde man träumen. Weit weg und ein bisschen wie durch Watte. Reale Stimmen mischen sich darunter. Menschen, die nach einem Taxi rufen oder lachen, während sie ein gemeinsames Ziel ansteuern. Die Häuser bleiben immer die gleichen, mit den gleichen Schornsteinen und Fenstern, aus denen die gleichen Menschen nach draußen schauen. Ich bin in diesem Stadtteil aufgewachsen und kenne jede Fassade, jedes Graffiti und viele Nachbarn, die noch immer hier leben. Frau Müller von gegenüber öffnet jeden Morgen um sieben Uhr das Fenster, um den nächtlichen Mief gegen Berliner Stadtluft zu tauschen. Als ich ein kleiner Junge war, hat sie mir oft Süßigkeiten zugesteckt. Dann hat sie gelächelt und sich über mein strahlendes Grinsen gefreut. Mittlerweile huscht sie lieber schnell ins Haus, wenn ich die Straße entlangkomme. Aus dem Lächeln ist ein skeptischer Blick geworden.

Ich war fast achtundzwanzig Jahre alt, als die Menschen anfingen, über mich zu sprechen oder mich anzustarren, als wäre mein Gesicht durch Narben entstellt. Sie steckten tuschelnd die Köpfe zusammen, ihre Blicke krochen mir im Nacken hoch und durchbohrten meinen Kopf. Wie unheimliche Schatten klebten sie an mir und egal, in welche Richtung ich mich drehte, sie starrten mich unbarmherzig weiter an. Wenn ich dadurch wütend wurde, wurden sie noch unverschämter, verfolgten mich. Selbst zu Hause fühlte ich mich nicht sicher.

Als ich Ben das erste Mal begegnete, war er auch nicht besser. Er erschreckte mich fürchterlich, weil er plötzlich hinter mir stand und mir »Wie siehst du denn aus?« ins Ohr schmetterte. »Wenn du immer so rumläufst, musst du dich nicht wundern, dass die Müller über dich redet!«

Ehrlich gesagt hatte ich Angst vor ihm. Er war aggressiv und schrie mich oft an. »Hey Tim, hat dich Laura heute versetzt? Bestimmt trifft sie sich mit einem anderen«, »Loser! Nichts kriegst du auf die Reihe!«, »Sie haben heute wieder über dich geredet, stimmt's?«

Er wurde immer lauter und ich kam dagegen nicht an. Zog mich mehr und mehr zurück. Von meiner Freundin, meinen Freunden und sogar von meiner Familie. Niemand sollte sehen, wie ich meine Tage lethargisch auf dem Sofa verbrachte. An nichts interessiert und für nichts zu gebrauchen.

»Geh doch mal zum Arzt«, sagte meine Mutter immer. Dabei wollte ich niemandem erzählen, was ich wusste – glaubte zu wissen. Vertrauen. Ich hätte vertrauen müssen. Viel früher. Irgendjemandem. Aber alle waren gegen mich. Eigentlich tut mir Beständigkeit gut. Nur ist Ben eben auch beständig. Genervt sehe ich in Richtung Fernsehturm und versuche, Ben auszublenden und an etwas Schönes zu denken. Besonders angenehm ist mir die Erinnerung an meine Studienzeit.

Ich spielte Saxophon und war handwerklich begabt. Alte Autos hatten es mir besonders angetan. Das Gefühl, etwas Kaputtes zu reparieren, erfüllte mich. Besondere Momente waren immer der erste und der letzte Blick unter die Motorhaube. Beim ersten Blick eröffnete mir ein Wagen seine schlimmsten Albträume. Rost, angenagte Kabel und Vorratskammern von Eichhörnchen. Behutsam entnahm ich Autoteil für Autoteil, um es genauer zu untersuchen. Irreparable wurden ersetzt, die anderen gereinigt. Im Laufe der Zeit erzählten mir die Autos ihre Geschichten. Schenkten mir ihr Vertrauen. Und wenn ich sie wieder zusammensetzte, kannten wir uns sehr gut. Schließlich hatten wir bis dahin viele Stunden zusammen verbracht. Der letzte Blick machte mich dann stolz. Alles war wieder in Ordnung. Und nachdem auch Lack und Scheiben frisch geputzt und poliert waren, durfte das Fahrzeug tun, wozu es bestimmt war: fahren. Durch die Sonnenstrahlen hindurch, vorbei an Feldern oder auch Menschen, die ihm beeindruckt nachsahen.

Diese erste Fahrt nach tagelanger Arbeit machte ich oft mit meiner Freundin Laura. Mit gepacktem Picknickkorb, raus zum Strandbad Wannsee. Den mit Autoabgasen getränkten Blütenstaub in der Nase. Damals noch ohne Ben!

Heute wiege ich hundert Kilo und Laura hat einen anderen Freund. Mein Leben ist verrostet und angenagt.

»Guck doch endlich mal!«, reißt Ben mich aus meinen Gedanken. »Wenn du durch die Stäbe passen würdest, wäre das das sichere Ende! Aber leider bist du zu fett!«

Da ist wieder so ein Moment. Warum sagt er so was? Wenn er schon so oft bei mir ist, soll er wenigstens wie ein Kumpel sein.

»Sag nicht, dass ich fett bin «, entgegne ich ruhig, aber bestimmt. »Das mag ich nicht!«

Er nimmt neben mir Platz und ich nehme mir fest vor, stark zu sein. Mich gegen ihn zu stellen und nicht auf ihn zu hören.

»Du bist 'n Idiot«, sagt er leiser, »lässt dich gehen und nimmst dauernd zu.«

»Daran, dass ich zunehme, sind die Medikamente schuld. Dafür kann ich nichts.«

»Okay, aber du lässt dich gehen. Dafür kannst du was.«

»Es ist schon besser geworden.«

»Findest du? Hast du mal in den Spiegel geguckt? Deine Frisur hat sich aus dem letzten Jahrhundert hierher verlaufen.«

»Ich hab einen Friseurtermin. In zwei Tagen.«

»Ich hab einen Friseurtermin. In zwei Tagen«, äfft er mich nach.

Er schafft es schon wieder, dass ich mich schlecht fühle. Das ist ein wichtiger Punkt auf meiner Liste »Dinge, die ich in den Griff kriegen will«. Ich lerne gerade, Stopp zu sagen, wenn Ben zu dominant wird. Das funktioniert tatsächlich. Ich muss mich nur viel öfter trauen. Ben verändert sich, wenn er merkt, dass er nicht mit mir umgehen kann, als wäre ich nichts wert. Wenn ich es schaffe, selbstbewusst zu sein. Dafür brauche ich Mut und Willen. Aber den habe ich, seit ich weiß, dass niemand bösartig zu mir ist. Dass Frau Müller nur skeptisch guckt, weil sie nicht weiß, wie man mit Menschen wie mir umgehen kann. Seit ich weiß, dass niemand über mich redet, tuschelt oder mich verfolgt, weil sie es auf mich abgesehen haben. Und dass es jemanden gibt, der unter meine Motorhaube guckt. Zwar kann er nichts ersetzen, aber dennoch reparieren.

Ein strukturierter Tagesablauf hilft mir dabei, meinen Alltag zu meistern. Ich will irgendwann wieder arbeiten. Mein Abitur und mein abgeschlossenes Studium sollen nicht umsonst gewesen sein. Menschen wie ich dürfen nicht ausgegrenzt werden. Wir brauchen Unterstützung, um ein annähernd normales Leben führen zu können. Die meisten meiner Freunde stehen heute an meiner Seite und motivieren mich, weiterzukämpfen. Sie kennen mich viel länger als Ben und können verstehen, dass ich mit meiner Situation überfordert war.

Ich verstehe heute, dass Laura überfordert mit mir war. Meine Eltern sind das heute noch manchmal, aber sie geben sich große Mühe. Die Diagnose hatte uns erbarmungslos von den Füßen gerissen. Vor allem meine Mutter konnte nicht glauben, dass ich nicht einfach nur ein paar Vitamine brauchte, um wieder auf die Beine zu kommen. Dass es keine kleine depressive Phase war, in der ich steckte, nachdem ich meinen Job verloren hatte. Die Stresssituation durch den weggefallenen Job war aller Wahrscheinlichkeit nach der erste Auslöser. Der gelegentliche Konsum von Cannabis begünstigte den Vorgang in meinem Körper. Das schmierten mir meine Eltern selbstgefällig aufs Brot. Allerdings meinte der Arzt, dass es auch ohne Drogen früher oder später dazu hätte kommen können. In vielen Gesprächen stellte sich heraus, dass ich genetisch bedingt gefährdet bin. Mit dem Wissen von heute möchte ich anderen helfen. Aufklärung ist in so vielen Bereichen wichtig: hinsehen und zuhören. Menschen wie ich können mit ihrer Krankheit leben. Der erste Schritt ist die Einsicht, Hilfe zu brauchen. Ohne diese Einsicht würde ich möglicherweise nicht mehr leben.

»Tim, komm rein!«, höre ich hinter mir die Stimme meines Betreuers Farid. »Es wird zu kalt. Außerdem ist Schlafenszeit.«

»Spielverderber!«, blafft Ben und lässt mich überraschenderweise kurz schmunzeln.

»Redet Ben wieder?«, fragt Farid.

Ich stehe auf und nicke leicht. Mein Betreuer lächelt mich motivierend an und geht wieder ins Haus zu meinen drei Mitbewohnern. Sie sind unterschiedlichen Geschlechts, unterschiedlich alt und unterschiedlicher Herkunft. Jedoch kämpfen wir alle den gleichen Kampf: gegen Schizophrenie. Gehorsam folge ich und plötzlich ist es still. Ben ist gegangen. Aber er wird wiederkommen. Denn Ben ist beständig.

Flut
von Sonja Zimmer (@sonja_zimmer_autorin)

Es war eisig. Nicht nur wegen der Temperaturen, die gerade einmal die Null-Grad-Grenze erreicht hatten, und des kalten Windes, der ihr vom Dollart her unbarmherzig kleine Tropfen ins Gesicht peitschte. Nein, auch zwischen ihnen. Er hatte es nicht gemerkt, wie sollte er auch. Er war ununterbrochen am Reden gewesen. Hatte versucht, ihr klarzumachen, weshalb sie für ihn nicht mehr tragbar gewesen sei. Damals. Müsste sie doch verstehen. Gelacht hatte er dabei. Wie schön es doch sei, sie heute zu sehen.
Jetzt saß er im nassen Watt und lachte nicht mehr. Sabber lief ihm aus dem Mund, während er wahrscheinlich selig von der nächsten Karrierestufe träumte.
Ausgeträumt.
Er lehnte an einem nassen Pfahl, der stolz aus dem Watt ragte. Mit Seetang überzogen trotzte er den Gezeiten, hielt eine Reuse sicher an ihrem Ort. Heute würde er ihn halten. Heute hatte er eine besondere Aufgabe. Eine, die ihr ein kleines Stück Luft zum Atmen wiedergeben sollte.
Sie stellte ihren Rucksack auf den rutschigen Wattboden. Das Grau des Bodens verschmolz am Horizont mit dem Grau des Himmels. Das Wetter war ihr Komplize. Ihr heimlicher Beobachter.
Noch war Ebbe, aber das Wasser würde bald wieder auflaufen. Und wenn er zur Besinnung kam, dann war es für ihn zu spät. Kein Weg mehr zurück. Er würde am eigenen Leib erleben, wie es war, unschuldig ausgeliefert zu sein. Die Wellen kommen zu sehen, ohne entkommen zu können. Von ihnen verschlungen zu werden, ohne die Chance, zu flüchten. Ohne Chance, sein Leben zu retten.
Unschuldig. Sie lachte bitter. Unschuldig war er nicht. Nicht er. Nicht er, der sie ohne Grund von jetzt auf gleich systematisch niedergemacht und diskreditiert hatte. Nicht er, der ihr immer wieder vor Augen geführt hatte, wie schlecht sie war, wie ungenügend für ihren Posten. Der sie mit angeblichen Fehlern vorm Vorstand hatte auflaufen lassen, sie gedemütigt und ihr wegen vermeintlicher Nichtbelastbarkeit noch Extraaufgaben reingedrückt hatte, bis sie … ja, bis sie es geglaubt hatte. Bis sie nicht mehr konnte. Bis sie zusammengebrochen war. Und sie wusste bis heute nicht, warum er das getan hatte.
Unschuldig? Unschuldig war sie gewesen.

Er hatte ihr das Leben zur Hölle gemacht. Und lebte weiter, während sie ihres verloren hatte. Sie existierte nur noch, leben konnte man das nicht mehr nennen.

Sie zog ein langes Seil aus dem Rucksack und sah ihn an. Es kostete sie Überwindung, ihn anzufassen. Sie ekelte sich vor ihm. Für einen Moment tauchten Zweifel auf. Skrupel. Durfte sie das tun – Leben gegen Leben?

Doch dann schüttelte sie sich und wickelte das Seil mehrere Male eng um seinen Bauch und den Pfahl und fixierte es mit einem festen Knoten. Ihre Hände waren steif gefroren und sie brauchte einige Anläufe. Sorgfältig prüfte sie den Knoten mehrmals, bevor sie mit dem langen Ende des Seiles noch seine Hände zusammenband. Es sollte keine Möglichkeit für ihn geben, zu entkommen.

Sie hatte schließlich auch keine gehabt. Kann nicht so schlimm sein, hatten die Kollegen gesagt. Sie müssen so etwas schon aushalten, der Personalrat. Keiner hatte ihr geholfen. Keiner. Die ersten Wochen nach ihrem Zusammenbruch hatten sich die lieben Kollegen noch gemeldet und Fürsorge vorgeheuchelt. Als klar war, dass sie so schnell nicht wieder anfangen würde, hatten die Anrufe aufgehört. Sie war vergessen worden. Abgehakt. So schnell konnte es gehen.

Sie griff sich den Rucksack, um den Reißverschluss zu schließen. Ihr Blick fiel auf die Thermoskanne mit Tee. Unwillkürlich musste sie lächeln. War dieser angeblich so clevere und hochintelligente Mann wirklich so naiv? Hatte er sich nicht einen Augenblick lang Gedanken darüber gemacht, warum ausgerechnet sie ihn nach all den Jahren angerufen hatte? Warum ausgerechnet sie ihn hierher eingeladen hatte? Heimliches Treffen. Auf der alten Bohrinsel am Dollart. Hatte er wirklich nicht gemerkt, was er ihr damals angetan hatte? Hatte er gedacht, hey, meine Ex-Mitarbeiterin mag mich und will mit mir allein sein? Sie traute es ihm und seinem Ego ohne Weiteres zu. Egal. Er war gekommen. Hatte ihr bedenkenlos erzählt, dass er einen Termin erfunden hatte, um sie zu sehen. Er hatte ihren Tee getrunken. Und als die Wirkung langsam eingesetzt hatte, war er willig mit ihr ins Watt gegangen.

Sie stand auf und warf sich den Rucksack über die Schulter. Aufmerksam sah sie sich um. Das eisige Wetter hielt die Menschen davon ab, die Bohrinsel zu besuchen. Niemand war zu sehen. Niemand würde ihn sehen. Sie waren weit im Watt, die Reuse verdeckte die Sicht auf ihn.

Die Rheiderländer Unendlichkeit, bei der ihr sonst ein wenig mulmig wurde, schien sie heute zu umarmen. Schützte sie. Passte auf sie auf.

Der Wind nahm weiter zu. Ein fast unwirkliches Heulen lag über dem Watt. Es war gut. Niemand würde sein Schreien hören. So wie sie vorher von niemandem gehört worden war. Und so waren ihre Schreie nach der Zeit lautlos geworden.

Der Wind zerrte an ihrer Jacke, als wollte er sie Richtung Ufer treiben. Doch sie blieb. Konnte ihren Blick nicht von ihm wenden. Das Wasser stieg schneller als üblich, der Sturm trieb es unbarmherzig vom Meer in den Dollart. Umspülte ihre Schuhe bald bis zu den Knöcheln. Als das Wasser hineinschwappte, zuckte sie zusammen.

Sie seufzte, hörte in sich hinein auf der Suche nach Schuldgefühlen. Nach Hass. Wut. Nach irgendeinem Gefühl. Doch da war nichts. Sie war stumpf. Sie fühlte nichts mehr außer Angst. Lange schon. Sie war zu einer leeren Hülle geworden, die einfach nur existierte. Die vor Angst kaum mehr einen Schritt vor die Tür wagte. Und doch war sie hier. Hier draußen. Sie hatte es einfach tun müssen. Es war plötzlich so klar gewesen.

Der Gedanke hatte sich in ihrem Kopf festgesetzt. Zunächst hatte die Panik sie erfasst, der Schwindel sie fast zu Boden gerungen. Doch dann, ganz langsam, hatte sie begriffen, dass sie es tun musste. Um ein Stück ihrer Angst zu verlieren. Um eine Chance auf ein Leben zu haben.

Sie musste die Ursache beseitigen. Den Grund, warum sie nicht mehr aus dem Haus ging. Weil immer die Angst sie begleitete, auf ihn zu treffen. Weil sie hinter jeder Ecke ihn erwartete.

Er hatte es nicht verdient, weiter so einen Einfluss auf ihr Leben zu haben. Nicht mehr.

Sie hatte alles versucht, sämtliche Therapien, Medikamente – nichts hatte geholfen. Und dann war er plötzlich dagewesen, im Supermarkt. Auf der anderen Seite des Regals mit den Nudeln. Sie hatte seine Stimme gehört. Unverkennbar. Für einen Moment war sie wie gelähmt gewesen, unfähig zu atmen, sich zu bewegen. Dann war sie langsam rückwärtsgegangen, bis ein Regal sie aufgehalten hatte. Seine Stimme … immer näher. Sie war gerannt. Gerannt um ihr Leben. Hatte den Wagen stehen lassen und war nach Hause gerannt. Hatte sich in einer Ecke neben dem Sofa verkrochen und geweint. Erst einen Tag später war sie in der Lage gewesen, aufzustehen …

Das Wasser lief jetzt dauerhaft in ihre Schuhe und sie warf einen letzten Blick auf die jämmerliche Gestalt, die da vor ihr saß. Ruckartig drehte sie sich um und eilte zurück ans Ufer. Der Wattboden gab schmatzende Geräusche von sich, als applaudierte er zustimmend.

Zurück an Land lief sie zu ihrem Auto und holte ein Fernglas aus dem Handschuhfach. Sie nahm sich nicht die Zeit, ihre Füße zu trocknen. Sie wollte keine Sekunde verpassen. Sie kauerte sich auf der steinernen Umrandung der Bohrinsel zusammen und schaute hinaus auf den Dollart. Es dauerte ein wenig, bis sie ihn wieder entdeckt hatte. Der Horizont verdunkelte sich weiter, verschmolz endgültig mit dem Meer. Noch schlief er. Aber sie hatte das Mittel nicht zu stark dosiert. Bald sollte er aus seinen süßen Träumen erwachen. In einem Albtraum. Und sie wollte keinen Augenblick davon verpassen. Sie wollte sehen, wie er registrierte, dass er in der Falle saß. Sehen, wie erst Wut und dann Verzweiflung in ihm aufstiegen. Sie wollte sehen, wie er verstand, dass es sein Ende war. Nur schade, dass sein Albtraum damit ebenfalls endete. Ihrer hörte nicht auf.

Da, er hatte sich bewegt. Rief er? Der Wind zerstreute jegliches seiner vergeblichen Worte. Sie beobachtete ihn, immer noch seltsam stumpf, aber doch mit einem leisen Lächeln auf den Lippen. Sah er sie, so wie sie ihn? Ahnte er, dass sie noch da war? Mit der auflaufenden Flut stieg langsam Nebel auf, legte sich wie ein Schleier um ihn, und sie spürte eine leichte Enttäuschung, als er aus ihrem Blick verschwand. Sie würde sein Ende nicht sehen.

Eine Weile blieb sie noch sitzen, ließ sich vom Nebel einhüllen und wartete, bis die Flut ganz aufgelaufen war. Jetzt war es vorbei. Die tosenden Wellen hatten ihn verschluckt und würden ihn so schnell nicht wieder hergeben.

Die Flut hatte sein Leben genommen. Hatte aber auch die Angst geschluckt, ihm noch einmal begegnen zu müssen.

Für einen Moment brach ein feiner Sonnenstrahl durch die Wolken. Sie schloss die Augen.

Ob man ihn bei der nächsten Ebbe schon fand? Oder erst, wenn der Fischer zu seinen Reusen ging? Die Zeitungen würden darüber berichten. Spekulieren, wer einem unbescholtenen Bürger so etwas antun konnte. Sie würden in seinem Leben wühlen und nichts finden.

Auch sie nicht. Das Meer verwischte alle Spuren.

Die Kälte war ihr in die Knochen gekrochen und sie stand mühsam auf. Mit schweren Schritten ging sie zurück zu ihrem Wagen. Die Sonne verschwand und eine Welle der Traurigkeit verschlang sie, überrollte sie, holte sie fast von den Füßen.

Er war weg ...

Sie lachte laut auf. Als ob er nicht jeden Tag bei ihr war!

In ihrer Angst.

In der Angst vor allem und jedem.
In dem Gefühl, ein absoluter Versager zu sein.
In dem Wissen, ein sinnloses Leben zu leben.
In der Gewissheit, zu schwach gewesen zu sein.
Sie würde nach Hause fahren.
Alles würde wieder sein wie immer.
Es war umsonst …
Sie schrie gegen den noch stärker werdenden Wind an, bis sie heiser war.
Er wusste, wer es getan hatte.
Hatte er sich auch die Frage gestellt, die sie sich immer wieder stellte, ohne eine Antwort zu bekommen: warum?

Taktgefühl
von Anea Fähe (@aneafaehe)

Meine Muskeln zittern. Mein ganzer Körper steht unter Anspannung und mein Herz schlägt hart gegen meine Brust, während es in meinem Kopf noch dröhnt. Die Stille, die gerade eingetreten ist, ist noch nicht wirklich bei mir angekommen. Mein Unterarm hängt noch in der Luft.

Die weiße Wand vor mir kotzt mich an. Doch den leeren Proberaum hätte ich noch weniger ertragen. So habe ich zumindest für einen Moment abschalten können. Ich schaue wie erstarrt auf meine Hand, die das Becken festhält und die letzten Vibrationen auffängt.

So langsam verstummt das Dröhnen und ich habe das Gefühl, eine Stecknadel fallen hören zu können. Es ist still. Ruhig. Wie die Leere, tief in meinem Inneren. Eine Leere, die ich seit knapp drei Monaten deutlich spüre. Eine Stille, durch die ich mich von allem abgewendet habe, was mir wichtig erschienen ist.

Die Gedanken und Bilder, die ich gerade, während ich auf mein Schlagzeug eingeschlagen habe, vor mir hatte, lassen sich nicht schönreden. Einzelne Bilder flackern wieder auf.

Mein Kumpel Mike mit seiner Schwester, die mich lachend fragen, wo Tina, meine Schwester, ist. Wir haben oft zu viert etwas unternommen. Ich, der große Bruder, der unwissend die Schultern zuckt. Ich hätte mehr auf sie aufpassen sollen. Erwartet man sowas nicht gerade von einem großen Bruder? Dabei habe ich immer versucht, es zu tun. Dass sie mir so entglitten ist, ist schwer zu begreifen.

Meine vagen Vermutungen, meine verzweifelten Eltern. Unsere einfältigen Gespräche, in denen es nicht mehr um Filme, Freunde oder die Schule geht.

»Ich will dir doch nur helfen«, habe ich einmal zu ihr gesagt, als sie wieder einen ihrer Wutanfälle bekommen hat. Aber sie hat mich nur angefunkelt, mit einem Blick, der so gar nicht zu meiner kleinen Schwester gepasst hat. »Das kannst du nicht«, hat sie gesagt und mich belächelt. Wir haben sie wieder tagelang nicht gesehen. Wie so häufig in letzter Zeit.

Die elende Hilflosigkeit, die unausgesprochenen Fragen, dieses Warten auf eine bessere Zeit.

Meine Schwester, wie sie im Badezimmer steht, fast nackt, und ich sie nur anstarren kann. Bei dem Gedanken wird mir übel. Ihre schmale Gestalt, blass, mit den vielen blauen Flecken und Einstichen, in den Armbeugen, auf dem Fußrücken, sogar eine dicke, wulstige Stelle am Hals ist mir in den wenigen Sekunden, in denen ich Zeit gehabt habe, sie zu betrachten, ins Auge gefallen. Dann ihr Blick, verzerrt vor Scham, Wut und etwas, das ich nicht deuten konnte.

Irgendwann ist klar gewesen, was Tina macht und was nicht mehr.

Meine Freunde, unsere Freunde, fragen nicht mehr. Die mitleidigen Blicke, die nicht ausgesprochenen Fragen, die zwischen uns stehen. Die Scham, die ich selbst empfinde, wenn ich über Tina nachdenke. Meine kleine Schwester, die ich anscheinend vor nichts habe beschützen können. Sie ist irgendwohin abgedriftet und scheint nicht mehr zurückzufinden. Aus der Sucht.

Tina, die mich, genauso wie unsere Eltern, anschreit und meistens davon spricht, dass wir sie nicht verstünden. Sie nie verstanden haben. Alles völlig aus dem Zusammenhang gerissen, verdreht sie unsere Welt und sucht nach einer tieferen Wahrheit, die anscheinend nur Süchtige meinen, suchen zu müssen. Das Wort Sucht kommt von siechen und nicht von sinnen. Und das tut Tina mittlerweile, sie siecht dahin.

Dabei sind wir als Kinder unzertrennlich gewesen, haben bis vor ein paar Monaten fast den gleichen Lebenslauf gehabt. Ich weiß nicht, was mit ihr passiert ist. Darüber spricht sie nicht. Allein die Vermutungen und wilden Spekulationen lassen mein Herz erneut stolpern.

Was bei mir zu Hause los ist, kann sich jeder zusammenreimen, aber nicht wirklich vorstellen. Niemand spricht darüber. Was soll man auch sagen?

Ich atme tief ein. Mir fällt der Gestank ein. Meine Schwester riecht nach kalter Asche gemischt mit etwas süßlich Schwerem, ekelhaft Stinkendem, irgendwie Metallischem. Ein Geruch, der tagelang in ihrem Zimmer hängt, wenn sie überhaupt mal zu Hause auftaucht. Der Gestank einer Süchtigen.

Saurer Speichel sammelt sich in meinem Mund. Ich schlucke hart, als ich meine Augen hinunter zu meinen Drums senke. Diese apathische Verzweiflung, die in mir herrscht, habe ich gerade mit der Lautstärke meiner Drums gefüllt. Sie stehen jetzt wieder still, als wären sie heute noch nicht berührt worden. Als hätten sie nicht gerade in voller Lautstärke gedröhnt.

Verdammt, ich habe ein Leben gehabt!

Meine Band, Freunde, Sport, sogar eine Freundin. Hier im Proberaum bin ich seit Wochen nicht mehr gewesen, habe mich von allem zurückgezogen, weil ich die fragenden Blicke nicht mehr ertragen habe. Claire gehe ich seit geraumer Zeit aus dem Weg. Ich kann mich nicht überwinden, ihr zu sagen, dass meine Familie zu kaputt für sie ist. Dass ich sie nicht mehr mit nach Hause bringen kann, weil ich nicht will, dass sie in diese verzerrte Welt eintaucht. Einem Leben, das aus der Verzweiflung und Hilflosigkeit von mir und meinen Eltern besteht. Einem Leben, in dem täglich die Frage auftaucht, wie es Tina wohl gerade geht. Die ständigen Versuche, Zugang zu ihr zu finden, gepaart mit der Hoffnung, dass sie sich irgendwann öffnet und sich helfen lässt. Die Gespräche mit der Schulleitung, weil Tina nicht zur Schule kommt, mit dem Jugendamt und Psychologen. Meine Eltern wollen Hilfe. Sie wollen, dass Tina sich helfen lässt. Sie sind für sie da. Doch meine Schwester bekommt davon nichts mit. Meistens fühlt es sich an, als wäre ich mit meinen Eltern in einer Windhose gefangen und um uns wirbelt Hurrikan Tina.

Man kann nie wissen, wann meine Schwester zu Hause auftaucht und wie sie dann drauf ist. Meistens duscht sie zuerst, danach schläft sie eine gefühlte Ewigkeit. Irgendwann beginnen die Wutanfälle, gemischt mit verzweifelten Heulkrämpfen. Wenn sie dann wieder für ein paar Tage verschwindet, fehlt oft das Geld aus meinem Portemonnaie. Dabei würde ich ihr alles freiwillig geben, wenn ich ihr damit tatsächlich helfen könnte.

Ich schnappe nach Luft. Die Erkenntnis, sie muss es selbst wollen und sich helfen lassen, kommt immer wieder neu. Wie eine eiskalte Dusche. Manchmal würde ich sie gerne einfach nur schütteln und anbrüllen. Denn gegen Tinas Drogensucht gibt es in diesen Momenten, in denen sie der Wahnsinn packt, keine Argumente.

Irgendetwas hat mich heute hierher verschlagen. Vielleicht habe ich einfach rausgemusst. Ich habe mein Schlagzeug zur Wand gedreht, weil ich den Anblick unseres leeren Proberaums nicht ertragen hätte. Die Ruhe, die ich beim Eintreten gespürt habe, war fast gruselig gewesen. Hier ist es meistens laut, irgendjemand zupft immer an einem Instrument, klopft einen Spruch. Alleine bin ich noch nie hier gewesen. Wir sind eigentlich eine coole Clique. Ein eingeschweißter Haufen von Typen, mit ein paar Schulproblemen. Verdammt, es war mal easy!

Mein Unterarm spannt sich erneut an und meine Knöchel treten weiß hervor. Schweiß rinnt über mein Gesicht. Die Stille wird unerträglich. In meinem Kopf beginnt es unangenehm zu hämmern.

Langsam lasse ich meine Hand sinken. Der Sound und die Wut, mit der ich auf das Teil vor mir eingeschlagen habe, sind verklungen. Ich liebe das Machtgefühl, das mein Schlagzeug in mir auslöst. Mit ihm bringe ich jede Pore in mir zum Vibrieren, bis ich das Gefühl habe, eins mit den Tönen zu werden. Es ist unbeschreiblich, wenn die Base mir hart in den Bauch schlägt, während die Snare dazu wütend surrt.

Ich grinse. Gerade hätte ich mein Schlagzeug fast umgebracht. Obwohl ich es hier schaffe, den Takt zu halten, sieht es in meinem Leben völlig anders aus. Der Rhythmus fehlt.

Die Drumsticks rutschen aus meinen schweißnassen Händen. Sie fallen klirrend zu Boden.

Hinter mir pfeift jemand durch die Zähne. Ich kenne den Ton und weiß, dass es mein Kumpel Mike ist, noch bevor ich mich umdrehe.

Sie müssen hereingekommen sein, als ich völlig mit meinem Schlagzeug verschmolzen war. Trotzdem zucke ich zusammen. Ich bin davon ausgegangen, allein zu sein. Anscheinend haben sie mir die Zeit gegeben, zur Ruhe zu kommen.

Meine Wut und Verzweiflung wird man in jeder Schwingung gehört haben.

Mike kommt grinsend auf mich zu und schlägt mir auf die Schulter. »Alter, das war genial. Schön, dass du da bist « Anerkennung sowie ehrliche Freude, mich zu sehen, schwingen in seinen Worten.

Josh hängt im Sofa und klatscht lässig in die Hände, gibt irgendeinen Spruch von sich, den ich nicht wirklich höre, weil ich nur noch Claire sehe.

Sie kommt auf mich zu, aber ich ignoriere ihr warmes, vorsichtiges Lächeln. Ich habe es nicht verdient. Denn ich habe sie genauso wie alle anderen aus meinem Leben ausgesperrt.

Dann steht sie direkt vor mir, legt ohne zu zögern einen Arm um meinen verschwitzten Körper und lässt sich auf meinen Schoß fallen. Die plötzliche Nähe, ihr warmer Atem und ihr blumiger Geruch benebeln mich. Mein Kopf ist auf einmal angenehm leer.

Claires Kuss ist sanft und fordernd zugleich. Mein ganzer Körper vibriert. Nicht mehr durch das Schlagzeug, sondern ihretwegen. So, wie ich auf dem Teil spiele, spielt Claire mit meinem Körper. Ich ertrinke in ihrem Kuss.

Hinter mir zupft Mike auf seinem Bass, Josh singt einen Song: »Nice to see you« »Zieh dich nie wieder so zurück!« Claires Stimme ist sanft an meinem Ohr und ich spüre ihre Wärme. Nicht nur ihre, sondern auch die meiner Freunde.

Mein Herz schlägt ruhiger, im Takt des Lebens, denn es geht weiter.

Danksagung

Zum Ende dieses Buches sagen wir *danke*.

Unser größter Dank geht an euch: all die Autoren und Autorinnen, die einen Text für diese Anthologie verfasst haben. Dabei wollen wir gar nicht unterscheiden, ob euer Beitrag es letztendlich ins Buch geschafft hat oder nicht. Denn für eine solche Geschichte braucht es mehr als Schreibwille und -handwerk. Es braucht Mut.

Mut, sich mit dem Thema »psych-« auseinanderzusetzen – und damit unweigerlich mit sich selbst, denn in jeder Geschichte steckt ein Stück von euch.
Mut, sich öffentlich zu einem Thema zu äußern, das leider noch viel zu oft als Tabu behandelt wird.
Mut, eine Geschichte zu schreiben, die sich mit emotionalen Themen auseinandersetzt, die nicht nur beim Schreiben unter die Haut gehen.

Mit den Texten in dieser Anthologie helft ihr nicht nur den Leserinnen und Lesern, psychische Themen sichtbarer, greifbarer und damit normaler zu machen. Sondern ihr unterstützt durch den Verzicht auf finanzielle Entlohnung weiterhin die präventive Arbeit von Irrsinnig Menschlich e. V., die in genau die gleiche Richtung zielt.

Weiterhin danken wir euch allen, die ihr dieses Buch gekauft habt: Jeder Verkauf steigert den Erlös und damit die Unterstützung von Irrsinnig Menschlich e. V.

Wir danken euch Bookstagramern für die Unterstützung der Aktion #DiMeNiPSYCH. Ihr verhelft damit dem Thema mentale Gesundheit zu mehr Aufmerksamkeit.

Ein Danke an euch alle, die ihr euch bewusst mit psychischen Schwierigkeiten beschäftigt, und ein besonderes Dankeschön an jeden von euch, der für einen Menschen mit mentalen Problemen ein passendes Pflaster ist.

Und schließlich geht ein Danke von Melanie und Nina an Diana, denn ohne ihre Idee zu dieser Anthologie gäbe es diese ganze Aktion gar nicht!
#gemeinsamsindwirstärker

Über die Herausgeber

Diana Dick, ledig, Jahrgang 1988, lebt in Hannover. Die gelernte Bankkauffrau schreibt privat seit über achtzehn Jahren. Seit einigen Jahren veröffentlicht sie ihre Bücher im Selfpublishing. Frau Dick ist nicht nur begeisterte Sportlerin, sondern nutzt ihre Freizeit sehr gerne, um die Welt zu bereisen.

Ihr letzter großer Urlaub war eine Woche Thailand. Ein Land, das ihr überaus gut gefallen hat. Außerdem liest sie Bücher fast jedes Genres in zwei Sprachen. Das Schreiben lag ihr schon immer am Herzen. Sie bildet sich gerne weiter, hat einen Universitätskurs in Creative Writing an einer britischen Kunstuniversität gemacht und einen Bachelor of Science in Wirtschaft & Psychologie. Darüber hinaus ist sie Heilpraktikerin der Psychotherapie.

Melanie Gömann schreibt erst seit dem Jahr 2020 und entdeckte schnell ihre Vorliebe für Kurzgeschichten. Von Beginn an hat sie sich nicht gescheut, Themen aufzugreifen, die sich mit den Schattenseiten der Gesellschaft befassen. Die Autorin engagiert sich zudem für soziale Projekte und verarbeitet diese Erfahrungen in ihren literarischen Werken.

In den letzten Jahren hat Melanie Gömann zwei Kurzgeschichtenbände veröffentlicht und war mit ihren Stories an diversen Charity-Projekten beteiligt. Aufgrund ihres persönlichen Anliegens, Opfern eine Stimme zu geben, war die Autorin sofort begeistert, an einer Anthologie mitzuarbeiten, die sich mit psychischer Gesundheit befasst.

Nina Biesenbach, 1979 geboren, verfiel bereits zu Grundschulzeiten der Magie der Wörter. Seitdem ist das Lesen, Schreiben und Verbessern von Texten ein Teil von ihr. In der Teenagerzeit traten psychische Probleme in ihr Leben und begleiteten sie über viele Jahre.

Für diese Anthologie verbindet sie beide Bereiche mit dem Ziel, das Thema »psych-« zu enttabuisieren. Sie hofft, dass die Texte Berührungsängste abbauen und das Bewusstsein für psychische Themen stärken. Jeder Mensch hat einen Körper und eine Psyche, untrennbar miteinander verbunden. Die Besprechung und Behandlung psychischer Leiden sollte daher ebenso selbstverständlich sein wie die eines verstauchten Fußes oder einer Erkältung. Denn eine Krankheit braucht Hilfe. Egal, ob sie sichtbar ist oder nicht.